고백의 제왕

고백의 제왕

초판 1쇄 발행/2010년 4월 5일
초판 5쇄 발행/2019년 7월 26일

지은이/이장욱
펴낸이/강일우
책임편집/이상술
펴낸곳/(주)창비
등록/1986년 8월 5일 제85호
주소/10881 경기도 파주시 회동길 184
전화/031-955-3333
팩시밀리/영업 031-955-3399 · 편집 031-955-3400
홈페이지/www.changbi.com
전자우편/lit@changbi.com

ⓒ 이장욱 2010
ISBN 978-89-364-3712-1 03810

고백의 제왕

이장욱 소설집

창비

차례

동경소년

나라는 인간은, 소변을 볼 때 옆자리에 아는 사람이 서 있으면 오줌이 전혀 안 나오는…… 그런 유형의 인간이죠,

라고 그가 혼잣말인 듯 중얼거렸을 때까지만 해도 우리는 그에게 관심을 기울일 기분이 아니었다. 그런 종류의 인간은 꽤나 소심한 인간이라고 생각하기 쉽지만, 사실은 그런 식으로 자기에 대해 말한다는 것 자체가 정말 소심한 인간으로서는 거의 불가능한 일이라는 것 정도는 알 수 있었다.

우리가 신경쓰고 있던 것은 오히려 창밖에 내리는 폭우 쪽이었다. 다섯시 비행기가 뜨지 못하면 내일 출근이 어려워질 것이고, 그렇게 되면 와따나베 포우를 찾아온 우리의 짧은 여행은 제법 심각한 파장을 남기게 될 것이니까. 나만 해도 신입 주제에 당장

내일 아침 회의의 프레젠테이션을 펑크낸다면 여러모로 뒷감당이 곤란해져버릴 것이었다.

하지만 창밖에서 격렬하게 내리는 굵은 빗줄기를 보고 있자니, 아무래도 괜찮지 않을까 하는 기분이 되어버렸다. 서울이라는 먼 도시의 일을 걱정해야 한다는 것이 어쩐지 비현실적으로 느껴지기도 했지만, 조금쯤은 이런 상태를 즐기고 싶다는 생각까지 들었다. 어쩌면 당연한 일이었다. 회사일뿐만 아니라 대출상환 만기일에 이제 막 닥쳐올 아이 돌잔치는 물론이고 뇌졸중으로 입원한 외숙에 이르기까지, 서울에 돌아가면 현실이라는 것이 기다렸다는 듯 밀려들 테니까.

아침까지만 해도 괜찮던 날씨는 먹구름이 몰려든다 싶더니 무섭게 표변해버렸다. 손바닥만한 일본식 우산을 펴들고 여관을 나가는 일 자체가 우스꽝스럽게 느껴질 정도였다. 몇번 번개와 천둥이 치더니 하늘은 삽시간에 흙빛으로 변했다. 자못 격렬하다고 할 만한 비가 여관 밖의 골목을 장악해버렸고 정오가 갓 지난 시간인데도 바깥은 밤인 듯 캄캄해졌다. 이런 국지성 호우는 대개 태풍과 함께 오는 것이라고 우리 중의 하나가 중얼거렸다.

이건, 완전히 아열대로군.

지진에, 해일에, 폭풍까지.

일본 전체가 조금씩 바다에 잠겨서 아예 사라질 거라는 얘기도 있던데.

사라질 땅을 여행중이라…… 이거 로맨틱한데?

우리 일행 셋은 여행용 가방을 구석에 세워놓은 채 로비의 쏘파에 몸을 묻었다. 여관 주인에게서 나리따공항의 비행기 이착륙이 금지되었다는 소식을 들은 직후였다. 인천으로 날아가야 할 대한항공 여객기 역시 취소되었다는 말에 누군가 장탄식을 했으며, 그걸 신호로 우리는 동시에 침묵했다. 창밖에는 굵은 빗줄기가 진을 치고 있고, 실내에는 희끄무레한 빛이 겨우 스며들고 있을 뿐이었다. 쏘파 한쪽에 앉아 있던 청년이 혼자 중얼거리듯 말을 시작한 것은 그때였다. 거센 빗줄기에 망연해 있던 우리는 우리도 모르게 그에게 시선을 돌렸다. 그가 천천히 고개를 들고 이렇게 말했기 때문이다.

그런데…… 나의 유끼는…… 정말 죽은 걸까요.

실내의 조명이 어둡긴 했지만 윤곽을 알아보지 못할 정도는 아니었다. 선이 흐릿한 얼굴에 나이는 우리보다 서너 살 아래로 보였고, 어딘지 얼이 빠진 표정이었다. 북방계 특유의 작은 눈이 조금 씰룩거렸다.

그러니까, 102호실의 유끼는…… 정말 죽은 건 아니겠지요?

그가 이렇게 반복해서 말했을 때만 해도 우리는 멍청한 표정으로 그의 얼굴을 쳐다보고 있었다. 하지만 데스크에 서 있던 여관 주인은 본능적으로 불길한 느낌을 받은 듯했다. 주인은 타닥타닥 슬리퍼 소리를 울리며 102호실로 달려갔다. 호리호리한 몸매와 긴 얼굴에 보기 민망할 정도로 진한 화장을 한 여주인은, 하지만 금방 되돌아왔다.

아노…… 아무것도 없는데…… 손님, 무슨 일이신지……?

여주인은 정신이 약간 산란한 듯 일본어 췌언으로 말을 꺼냈다가 재빨리 한국어로 바꾸어 물었다. 그는 대답 대신 고개를 무릎 위로 떨어뜨렸다가 다시 우리를 향해 천천히 들어올렸다. 그의 입가에 차가운 미소랄까 하는 것이 희미하게 번져 있다는 느낌이 드는 순간, 때마침 번개가 쳤다. 번갯불이 순간적으로 실내를 하얗게 밝혔을 때, 우리 모두는 그의 손에서 도드라지는 붉은색을 보았다고 생각했다. 그것은 핏자국이 틀림없었다. 다시 실내가 어두컴컴해지자 기다렸다는 듯 천둥소리가 몰려들었다. 바닥이 흔들리는 느낌이었다. 그러고는 순식간에 축축한 빗소리가 정적을 만들어냈다. 우리의 시선이 갈 곳을 찾지 못하고 흩어지려는 순간, 그의 입이 천천히 열렸다. 우리는 갑자기 애거서 크리스티의 무대로 불려나온 인물들이라도 된 듯 그 입에 시선을 집중했다.

……아시겠지만, 남대문슈퍼가 있는 골목을 나가서 쇼꾸안도오리의 횡단보도를 건너 후지소바를 끼고 돌아 좀 걸어가면, 맥도널드가 나옵니다. 프린스호텔이 보이기 시작할 즈음에 다시 왼편으로 접어들면 커다란 빠찐꼬장이 있고, 거기서부터는 카부끼쪼오지요. 아시다시피, 휘황한 거리입니다. 도무지 생각이라고는 할 수 없는…… 그런 분위기라고 할까요.

그 뒷골목 어딘가에 중국인 술집이 있습니다. 나이 든 중국인 부부가 탁자 몇개를 가져다놓고 운영하는 곳이지요. 작고 허름해 보이지만 꽤 손님이 드는 곳이더군요. 일본인, 중국인, 한국인은 물론이고 때로는 근처 호텔로 돌아가다가 들른 서양인들까지 손님으로 앉아 있습니다. 아무래도 일본인지라, 그저 조용히 도란도란 얘기를 나누거나 혼자 앉아서 따뜻한 사께나 중국술을 마시는 분위기지만 말이지요. 유끼는 어쩐지 그 술집이 편하다고 했습니다.

그러니까…… 그 술집에서 나는 아무래도 많이 마신 모양입니다. 정신을 차리고 보니 유끼는 이미 사라지고 없었어요. 결국 술 탓이라고 해야 하니 나로서는 도대체 할말이 없는 셈입니다만……

어쨌거나 결국 내가 그렇게 술을 마시게 된 것도 유끼 때문이라고 해야 합니다. 유끼는 내게 말했어요. 내가 사라져도…… 날 잊지 마,라고 말입니다. 마음이 아팠지만 내가 할 수 있는 것은 아무것도 없었어요. 잊혀지는 것 따위를 두려워하다니, 유끼답지 않다고 생각하는 게 전부였지요.

그가 잠시 숨을 골랐다. 우리 셋은 어느새 제법 진지하기까지 한 표정을 짓고 있었다. 바깥에 내리는 폭우와 축축한 여관 로비의 분위기 때문이겠지만, 우리는 어쩐지 될 대로 되라는 심정이 되어 등받이에 몸을 기댔다. 어쨌든 이것은 동경의 비 내리는 오후이며, 우리는 여전히 여행중인 것이다. 내일 아침이면 다시 넥타이를 매고 일상으로 돌아가게 되리라고는 도저히 믿을 수 없는, 그런 오후. 호텔이라는 이름을 붙이고는 있지만 후줄근하다고밖에 할 수 없는 동경 뒷골목의 여관. 한국인이 운영한다는 것을 빼면 장점이라고는 거의 없는 곳. 막 늦여름이 지난 비수기의 여관 로비는 낡고 음습한 카펫에서 풍기는 냄새로 가득했다. 손님이라고는 그와 우리 일행뿐인 듯했다. 우리는 무언가로부터 고립되어 있다는 느낌이 들었지만, 솔직히 말해서 차라리 살인 사건 같은 것이라도 일어나주었으면, 하는 기분도 없지 않았다. 그러면 타이쇼오(大正) 시대의 천재 추리소설가 와따나베 포우를 주제로 한 우리의 허망하고도 짧은 여행에 작은 보상 같은 것이 될 수도 있을 테니까.

우리가 확인한 바에 따르면, 와따나베 포우는 기대와 달리 너무나 평범한 사람이었다. 평생을 시계처럼 규칙적인 생활을 하고, 아이를 둘이나 낳아 차례로 대학에 보내고, 아내의 불륜으로 이혼 위기까지 갔다가 모든 것을 용서하고 결혼생활을 지속한, 그렇고 그런 사람이었다. 그는 일본에서조차 거의 알려지지 않은 '저주받은' 걸작 두어 편만으로 우리가 속해 있는 추리소설동호회의 스타가 된 작가였다. 『암굴왕』 같은 쿠로사와 루이꼬의 번안소설 정도가 유행하던 시대에, 와따나베 포우는 일본 최초라고 해도 좋을 몇편의 추리소설을 썼다. 에드거 앨런 포우의 이름을 차용할 만큼 서구문학에도 정통한 사람이었기 때문에 가능한 일이었다. 본격추리물로서는 몇몇 결격사유가 있기 때문에 지금도 선구적인 가치를 제대로 인정받지 못하고 있지만 말이다.

우리는 그를 기억하는 이들을 인터뷰하고 소설의 배경이 된 장소들에 대한 사진과 정보를 모으러 왔다가 거의 허탕만 치고 돌아가는 길이었다. 도대체 특별한 것이라고는 전혀 없는, 그저 그런 인생이었다. 그러다가 우리는 갑자기,

저 102호실의 유끼는…… 정말 죽은 걸까요,
라는 그의 중얼거림 속으로 빨려들어간 것이다. 우리는 그의 얼굴을 찬찬히 바라보았다. 작은 눈에 하관이 좁고 입매가 좀 튀어나온 얼굴이었다. 평생 누구의 관심도 받아보지 못했을 것 같은, 그런 인상이었다.

…… 서울에서 유끼를 만났을 때부터 나는 유끼에게 빠져들었습니다. 당연한 일이었지요. 나는 연이어 취직에 실패한 후 공무원시험을 준비하고 있었습니다. 벌써 삼년째였어요. 대학을 졸업하자마자부터였으니까 지칠 대로 지쳤다고 해도 좋을 때였지요.

친구들도 다 떠난 대학도서관은 어느날부터인가 ID카드 인식기를 설치해서 출입을 통제했습니다. 그 기계가 새빨갛게 불을 밝히면서 삑삑거리는 소리를 한두 번 들어보면, 누구든 다시는 가고 싶지 않아질 겁니다. 나는 동네의 구립도서관으로 자리를 옮겼습니다. 아침에 도서관에 나가서 유령처럼 시간을 보내다가 밤이 되면 귀가했지요. 당연히 공부 같은 것은 손에 잡히지 않았습니다. 지하매점에서 김밥과 컵라면 따위로 혼자 점심을 때우고 정기간행물실에서 스포츠신문들을 뒤적거리거나 영상자료실에 가서 비디오를 보며 시간을 보내는 정도였으니까요……

하지만 나로서는 그런 생활이 그리 나빴던 것은 아닙니다. 아무도 나 같은 인간에게 신경을 쓰지 않았지만, 그랬기 때문에 오히려 좋았다고나 할까요. 어떻게든 생계만 이어갈 수 있다면 평생을 이렇게 살아도 좋아,라고 생각할 즈음이었습니다. 그러던 어느날부터인가…… 나는 매일이다시피 영상자료실의 똑같은 자리에 앉아 비디오를 보는 여자를 눈여겨보게 되었습니다.

유끼였어요.

유끼는 몸피가 터무니없이 작고 가무잡잡한 얼굴에 조금 큰 눈을 가졌습니다. 가슴은 소녀처럼 밋밋하고 팔과 다리는 가늘고 짧아서 전체적으로 왜소하다는 느낌을 주는 여자였습니다. 가만히 보고 있으면, 어딘가 실험용 쥐와 비슷한 느낌이라고나 할까요. 자기 운명을 잘 알고 있는 소형동물의 표정 같다고나 할까요. 유끼처럼 볼품없는 여자애에게는 아무도 관심을 갖지 않겠지만, 나로서는 유끼가 그런 여자라는 것이 오히려 관심을 끌었습니다.

헤드폰을 쓴 채 작은 화면에 시선을 두고 있는 유끼의 표정은 무심했습니다. 차가운 표정은 아니었어요. 그저 매사에 별다른 관심이 없는 사람 특유의 표정이었지요.

나는 유끼를 보자마자 나와 같은 부류의 인간이라는 것을 알아차렸습니다. 그런 느낌을 아십니까? 같은 종족을 만났을 때 몸속에서 일어나는 반응을? 이건 무슨 운명적인 자각 같은 게 아닙니다. 오히려 전기적이고 물리적인 자극에 가깝지요.

그날은 비라도 내릴 듯 제법 음침한 날이었습니다. 구내식당의 창가에 앉아서 유끼는 언제나처럼 혼자 쌘드위치를 먹고 있었어요. 나는 한쪽 구석에서 역시 컵라면에 김밥으로 점심을 때우고 있었지요. 스티로폼 용기에서 모락모락 올라오는 김 사이로 유끼가 희미하게 보였습니다. 물론 멀찌감치 떨어진 자리였어요.

유끼는 쌘드위치를 다 먹고 일어나 식당 구석에 덩그러니 서 있는 자판기로 다가갔습니다. 차분히 동전을 넣고 밀크커피 버튼을 누르는 유끼를, 나는 바라보았습니다. 종이컵이 떨어지고 커피가 나올 때까지 유끼는 대개 삼십도쯤 고개를 기울인 채 잠시 멍해집니다. 그런 순간의 표정을 기억하는 사람은 아마 없을 겁니다. 다른 사람들은 물론이고 유끼 자신이라고 해도 그런 순간의 자기 표정이나 자세 같은 것을 곰곰이 생각해보지는 않을 테니까요. 하지만 나는 유끼의 그 사소한 동작 하나하나를 지금도 온전하게 떠올릴 수 있습니다.

그때였어요. 다가온 남자 하나가 다짜고짜 자판기에서 유끼의 커피를 빼간 것은.

아마 휴대전화로 친구와 잡담을 하다가 자기가 동전을 넣은 것으로 착각했는지도 모릅니다. 그런 일이야 흔하디흔하니까요. 그런데 내가 이해할 수 없었던 건 유끼의 반응이었습니다. 남자가 휴대전화를 귀에 댄 채 유끼의 커피를 빼들고 유유히 사라질 때까지도, 유끼는 아무런 반응을 보이지 않았어요. 마치 당연한 일이라는 듯이 말이지요.

유끼가 다시 동전을 넣으려고 할 때, 이번에는 다른 여자가 다가오더군요. 조금은 신경질적인 표정의 여자였던 것으로 기억합니다. 그러자 유끼는 투입구에 넣으려던 동전을 가만히 거두었습니다. 다가온 여자는 유끼 따위는 신경쓸 것 없다는 듯이 자판기에 동전을 넣고 커피를 뽑아 사라졌습니다. 이번에도 역시 유끼는 여자가 사라질 때까지 가만히 서 있기만 했습니다.

나는 의아했지요. 잠시 주저하던 나는 용기를 내서 자판기를 향해 다가갔습니다. 유끼를 시험하려던 것은 아니지만, 어쨌든 그래야만 할 것 같았습니다. 유끼는 이번에도 동전을 넣으려다가 가만히 손을 내리더군요. 나는 방금 전에 여자가 그랬던 것처럼, 유끼를 보지도 않고 자판기에 동전을 넣어 커피를 뽑았습니다. 유끼는 역시 아무런 반응도 보이지 않은 채 서 있었지요.

나는 뽑은 커피를 유끼에게 불쑥 내밀었습니다. 생각해보면 나 자신조차 놀랄 만한 행동이었어요. 내가 낯선 사람에게 나를 표시하는 행동을 하다니 말입니다. 하지만 그때는 그게 아주 자연스럽다고 생각했어요. 유끼는 조금 놀란 표정을 지어 보였지요.

나에게 커피를? 정말?

이라고 말하는 듯한, 그런 표정이었습니다.

……그렇게 해서 우리의 사랑은 시작되었습니다. 유끼는 텅 빈 듯 가득한 여자였고 알 수 있을 듯도 하지만 도무지 알 수 없는 여자이기도 했습니다. 유끼는 오직 유끼이면서도 그 어디에도 유끼라는 여자는 없다는 듯한 표정을 짓고는 했습니다. 마치 삐까쏘의 그림 속 여자처럼 말이지요. 입과 눈과 코가 조금씩 어긋나 있는.

유끼는, 이름으로 아셨겠지만, 일본인입니다. 본명이 유끼꼬라고 했던가. 국적은 일본이지만 꼭 일본인이라고는 할 수 없다더군요. 일본인 아버지와 한국인 어머니 사이에서 태어났다고 하니까요. 겉으로는 왜소하고 평범한 한국인 여자로 보이지만, 자세히 보면 어디라고 딱 집어 말하기는 어려워도 한국인과는 좀 다른 분위기를 풍기는 데가 있었습니다.

아버지가 해외공관 직원으로 일했기 때문에 유끼는 어린시절부터 한곳에서 살아보지 못했습니다. 유끼의 부모가 만난 곳은 한국이고 유끼가 태어난 곳은 요꼬하마였지만, 유끼가 자란 곳은 도무지 기억조차 할 수 없이 많은 나라였다고 합니다. 근무지가 자주 바뀌는 아버지를 따라 거주지를 옮겨다녔으니까요.

많은 나라에서 살아왔지만 유끼가 구사할 수 있는 말은 일본어뿐이었고, 한국어는 겨우 알아듣고 의사표현을 할 수 있을 정도였습니다. 처음에는 외국인학교에 나가보기도 했지만 적응을 못했다고 하더군요. 내성적인데다가, 제 주위에 있는 사람들이 어떤 사람들인지 알 만하면 다른 나라 다른 도시로 떠나야 했으니 어쩌면 당연한 일인지도 모릅니다.

유끼의 어머니가 죽은 곳도 러시아라고 하더군요. 유끼의 아버지가 성(聖) 뻬쩨르부르그의 일본 영사관에 근무하던 어느 여름이었다고 합니다.

그날은 비 내리는 백야였다고 했어요. 도스또예프스끼를 좋아하던 유끼의 어머니는, 하지만 지나치게 감상적인 사람이었던 것이 틀림없습니다. 유끼의 어머니는 하얀 드레스를 입고 비 내리는 뻬쩨르부르그의 자정을 혼자 산책하고 있었습니다.

운하가 있었고, 기묘한 하늘이 있었겠지요. 태양도 없이 환한 채로 비가 조금씩 내렸을 겁니다. 그것은 밤이면서도 낮인 듯, 꿈속이면서도 꿈 바깥인 듯, 그런 시간이었을 거예요. 유끼의 어머니는, 마치 19세기의 귀부인처럼, 뻬쩨르부르그의 백야를 흐르는 운하 주변을 홀린 듯 거닐었다고 합니다.

그런 유끼의 어머니를 향해 다가오는 몇명의 청년들이 있었습니다. 머리를 빡빡 민 사람들이었다지요. 그 시절은 막 소련이 사라진 후였고 러시아에 스킨…… 스킨헤드라던가요, 그런 부류의 젊은 치들이 많던 때라고 합니다. 특히 황인종을 맹목적으로 혐오하는 어린 불량배들이 꽤 있다고 하더군요. 하얀 드레스를 입고 자정의 운하를 걷던 그녀의 꿈꾸는 듯한 눈빛 속으로, 젊은 청년들이 갑자기, 침입하듯, 들어왔습니다. 부드러운 꿈결 속으로 정체불명의 악령들이 밀려오듯 말이지요. 그네들은 유끼의 어머니에게,

저패니즈?

하고 물었습니다. 유끼의 어머니는 여전히 꿈꾸는 듯한 목소리로,

예스,

라고 대답했지요.

눈앞의 사내가 사악한 표정으로 웃는다고 생각하는 순간, 그녀는 균형을 잃고 운하에 떨어지고 말았어요. 아마 사내들이 밀었거나, 사내들이 겁을 주는 바람에 뒤로 물러서다가 균형을 잃었거나, 그랬을 겁니다.

유끼의 어머니는 익사 직전에 구조되었지만 몸 안의 조직에서 산소가 다 빠져나간 후였습니다. 그런 걸 저산소증이라고 한다

더군요. 그녀는 그후 몇달을 병원에서 지내다가 죽어버리고 말 았습니다.

유끼의 어머니는 한국인인데 왜 일본인이라고 대답했을까? 하고 나는 유끼에게 물어본 적이 있습니다. 유끼는 그런 것은 한 번도 생각해본 적이 없다는 표정으로 나를 바라보았지만 말입 니다.

그후 유끼의 아버지는 한국으로 전근했다고 합니다. 그게 아내 에 대한 사랑 때문이었는지는 잘 모르겠습니다만……

유끼의 아버지는 모든 면에서 유난히 성실하고 청렴한 사람이 었습니다. 몸이 아주 작고, 가르마의 위치에 지나치게 신경을 쓰 는 게 단점이었다고 하더군요. 그는 의전담당관이었습니다. 의 전 관련 업무를 처리하는 데는 유능했지만 결국 진짜 외교관이 되지는 못했습니다. 만사에 지나치게 정확한 나머지 의전행사에 는 빈틈이 없었지만, 정작 자기 자신이 공식석상에 나가면 긴장 한 탓에 언제나 벌벌 떨곤 했기 때문입니다. 의전을 맡았으면 서도 정작 행사에는 나가지 못하는 스타일이라고나 할까요.

유끼의 어머니가 죽은 후 그의 성격은 더 극단적으로 변했습니 다. 일을 빼놓고는 거의 외출이라는 것을 하지 않고 틀어박혀 지 냈기 때문에, 유끼 역시 그런 아버지와 함께 대개 공관 아파트의 실내에서만 지냈다고 하더군요. 학교를 다니기는 했지만 공부에 는 관심이 없었다고 했어요.

그후 몇해가 지난 어느 여름, 유끼의 아버지는 일본 외무성에 서 훈장을 받게 되었습니다. 무슨 기념일에 총리가 직접 수여하는 상을 받게 된 겁니다. 수여식 전날밤, 그는 소감을 피력하는 자신을 상상하느라 녹초가 되어버렸습니다. 온몸의 신경이 팽팽하게 부풀어서 곧 터져버릴 것 같았겠지요. 그리고 결국 수여식 당일이 되어 단상에 올라가야 하는 시간이 오고 말았습니다.

간신히 몸을 가누면서 덜덜 떨리는 목소리로 소감을 말하고 있을 때, 그는 제 바짓단이 젖어간다는 것을 깨달았습니다. 오줌이 흥건했다지요. 바지를 타고 내려온 오줌은 그의 발밑에 조용히 고이기 시작했습니다. 자신이 무슨 말을 하는지도 모르는 채 말을 마치고 그는 제자리로 돌아갔습니다. 그가 걸음을 옮길 때 사람들은 그의 바지에서 이상한 액체가 흘러나오고 있다는 것을 알아차렸습니다.

그의 말이 끝난 후에 연설을 하러 나간 총리가 얼굴을 찌푸리지만 않았어도, 사실 일이 그렇게까지 커지지는 않았을지도 모릅니다. 어쨌든 하찮은 실수에 불과했으니까요. 하지만 총리가 자신도 모르게 얼굴을 찌푸리는 사진이 지나치게 인상적이었기 때문에, 몇몇 일간지에서는 정치면 상단에 이 사진을 실었습니다. 이 사진은 당시 정경유착 스캔들에 연루되어 광범위한 비난을 받고 있던 총리의 심정을 대변하는 표정이 되어 지면을 장식한 거지요. 물론 사진 아래에는 총리가 왜 얼굴을 찌푸렸는지 간략한 설명이 붙어 있긴 했지만 말입니다.

어쩌면 작은 가십거리에 불과했을 수도 있겠지만, 총리의 찌푸린 표정이 인상적이었던데다가 그 이유 역시 흥미로운 것이었기 때문에, 사진은 단숨에 일본 전역으로 퍼져나갔습니다. 오줌냄새 때문에 얼굴을 찌푸리는 총리의 표정이라니, 사람들의 흥미를 끈 것은 당연한 일이었지요.

유끼의 아버지가 받은 충격은 대단한 것이었습니다. 어느 타블로이드 신문은 그의 실명을 게재하고 바지에서 흘러나오는 액체에 고의로 누런색까지 입혀서 싣기도 했지요.

서울로 돌아온 유끼의 아버지는, 수치심을 이겨내지 못하고, 결국 자살하고 말았습니다. 유끼와 조용히 이야기를 나누던 그는 갑자기 총리의 표정을 흉내내며 심하게 인상을 찌푸렸다고 합니다. 그러더니 벌떡 일어나 비명을 지르며 베란다 쪽으로 달려갔다지요.

그는 베란다의 대형 유리창을 향해 몸을 던졌습니다. 십이층이었고, 자정 무렵이었다고 하더군요. 유끼는 아버지가 달려나가는 순간 깜짝 놀라 몸을 일으켰지만, 언제나 그렇듯이 때는 이미 늦어 있었습니다. 유끼는 아버지의 작은 몸이 유리창을 뚫고 나가 서울의 허공에 떠 있는 모습을 선명히 기억하고 있었어요……

아버지가 죽고 나서 유끼는 혼자가 되어버렸습니다. 재산이라고 할 만한 것조차 거의 남아 있지 않았어요. 그토록 성실하고 정확하던 아버지가 도박 중독이었다는 것은 유끼도 몰랐던 겁니다. 근무한 나라가 어디였든 유끼의 아버지는 습관적으로 외국인 카지노에 드나들었던 모양입니다.

유끼가 아버지에게서 물려받은 유산이라고는 약간의 도박빚과, 혼자 있을 때 멍해지는 버릇과, 대인기피증 탓에 익숙해져버린 고독뿐이었습니다. 유끼는 일본 대사관에서 주는 번역 아르바이트를 받아 하면서 생활을 유지할 수 있었지만, 인생에 대해서 무엇을 어떻게 하는 것이 좋은지 알 수 없었습니다. 아니 무엇을 어떻게 하려는 생각조차 없었는지도 몰라요.

유끼는 그런 아이였습니다. 나와 함께 있을 때도 마찬가지였어요. 나를 말없이 바라보다가 잠깐 웃곤 하는 정도였으니까요. 그럴 때면 나는 유끼의 손을 잡아주었습니다. 작은 손의 푸른 핏줄들이 피부 밖으로 흘러나올 듯했어요. 유끼의 눈빛은 거의 희미하다고 해도 좋을 정도였습니다. 유끼는 말이 없었고, 유끼는 흐린 날의 구름과도 같았습니다. 유끼는 쇼윈도우에 얼비친 행인의 그림자와 같았고, 유끼는 마치 생각 속의 사람과도 같았습니다. 그러니까 몇초 후에는 그가 존재했다는 것조차 도무지 확신할 수 없는…… 그런 인간이었지요.

유끼는 자신이 유끼꼬라는 이름을 가진 여자라는 것조차 가끔 잊고 있는 것 같았습니다. 나는 그런 유끼가 좋았지만, 그런 유끼를 바라볼 때마다 마음이 아파지곤 했어요. 마음이 아프고 아프다가는 급기야 화가 날 정도였지요. 때로는 도저히 나 스스로를 견딜 수 없을 지경이 되곤 했어요. 장판 위를 열심히 기어가는 벌레 같은 것을 보고 있으면 그것이 너무 희미하고 작다는 것 때문에 화가 날 때가 있는데, 꼭 그런 경우라고 할까요. 결국에는 손가락으로 벌레의 몸을 꼭 눌러버리는 사람의, 그런 마음 말입니다.

그러니 사람들이 유끼를 알아채지 못하는 것도 당연하다고 해야겠군요. 유끼가 버스에 다 오르기 전에 버스기사는 문을 닫았고, 유끼가 길을 걸어가고 있을 때 사람들은 유끼의 어깨를 치고 지나갔습니다. 유끼는 몇번씩이나 오토바이에 치일 뻔했고, 유끼는 어느 상점에서도 인사를 받지 못했어요. 유끼가 혼자 식사하고 있을 때 낯선 남자들은 유끼 따위는 보이지 않는다는 듯 호기로운 자세로 유끼의 맞은편에 앉았습니다. 유끼가 편의점에서 쌘드위치 값을 지불하려고 하면 점원은 유끼의 뒷사람을 바라보곤 했어요. 마치 유끼는 보이지도 않는다는 듯이 말입니다.

유끼의 목소리가 들리면 그제야 사람들은 유끼를 발견하고는 했지만, 언제부터인가는 목소리마저도 희미해지는 모양이었습니다. 유끼의 존재를 증명하는 것은, 유끼가 들어갈 때 빨간불을 반짝거리면서 스르르 열리는 자동문 같은 것들뿐이었습니다. 하긴, 도시라는 곳에는 그런 쎈서들이 거의 무한하다고 해도 좋을 만큼 설치되어 있지요. 유끼의 존재는 언제나 그런 식으로만 증명해야 한다는 듯이.

그런데도 그게 신기해서 자동문을 왔다갔다하는 유끼를 본 적도 있어요. 그럴 때면 나는 미친놈처럼 뛰어가서 유끼의 손목을 낚아채버립니다. 지금 뭘 하고 있느냐고 소리를 질러대지요. 유끼의 목을 잡고 미친 사람처럼 흔든 적도 있어요. 유끼의 목에는 내 손자국이 벌겋게 남기도 했습니다. 나는…… 내 모든 것을 걸고 말해도 좋습니다만, 유끼를 사랑했던 것이 틀림없습니다.

그래요. 유끼는 그러했습니다. 낮에 뜬 달처럼 희미한 유끼, 아무도 없는 운하의 강물 위에서만 겨우 반짝이는 유끼, 새벽의 잠결에 무언가 깊이 생각했지만, 다시 떠올리려고 하면 도무지 떠오르지 않는 생각 같은, 그런 유끼……

하지만 유끼는 그런 자신이 당연하다는 표정이었습니다. 뭐랄까, 그런 것은 남들의 소관이라고 생각한달까요. 나는 유끼가 그런 걸 당연하게 여긴다는 것 자체를 견디기 힘들었습니다만…… 어쨌든 그런 유끼에게, 바로 내가, 자판기 커피를 건넨 것입니다.

어느날부터인가 유끼는 우리집에서 지내게 되었습니다. 동거라고 해도 좋겠지요. 집에는 늙은 어머니가 있었지만, 시력이 아주 안 좋으셨기 때문에 유끼를 잘 보지 못했습니다. 그저 조금 말이 많아진 나를 향해 의아한 표정을 지어 보였을 뿐입니다. 유끼는 내 방에서 나와 함께 자고 간소한 아침을 먹고 함께 도서관에 가곤 했습니다. 유끼는 하루종일 내게서 떨어지지 않았습니다. 나에게서 떨어지면, 유끼 스스로도 자기 자신이 느껴지지 않는다고 하더군요. 내 마음이란 것은 자동문 위에 달린 쎈서처럼 유끼를 느끼고 빨갛게 빛을 발했으니까요.

나는 다시 마음을 다잡고 수험서를 보기 시작했습니다. 유끼는 곁에 가만히 앉아서 하루종일 내 얼굴을 바라보았습니다. 그 시절이라면 모든 것이 좋았다고 나는 말할 수 있습니다. 앞으로의 인생에서 이런 생활이, 이런 감정이, 이런 시간이 다시 오지 않으리라는 것을 직감하게 되는 때가 있는데, 그때가 꼭 그러했습니다. 일생의 모든 것이 갑자기 명백해지는 순간이 있는 법이니까요.

나는 유끼를 떠나지 않았고 유끼도 나를 떠나지 않았습니다. 내가 바라보면 유끼는 그곳에 있었고, 내가 바라보지 않으면 유끼는 희미해져버렸습니다. 나는 온힘을 다해서 유끼를 생각했습니다. 생각이라도 하지 않으면 유끼가 영영 사라져버릴 듯한, 그런 느낌이었으니까요.

……나는 유끼가 서울에 정을 붙이기를 바랐습니다. 어쨌든 서울이라는 곳은, 유끼를 뜨겁게 사랑하는 내가 살아가는 곳이니까요. 다행히 유끼 역시 서울에 호감을 가지고 있었습니다. 유끼는 그 도시의 어떤 땀냄새 같은 것…… 커다란 목소리들…… 잠시 상념에 잠겼다가 깨어나면 어디서든 밀려드는 소음…… 희박하고 후덥지근한 공기……전단지들이 어지럽게 흩어져 있는 밤거리…… 그런 것들을 좋아했습니다. 모든 것이 불규칙하고 모든 것이 예측불가능한 게 매력이라고 하더군요. 도시 자체가 생물처럼 살아 있는 느낌이 든다고 했어요.

솔직히 말해서 나는 그 도시를 좋아하는 유끼를 이해할 수 없었습니다. 사실 내가 보기에 그 도시의 삶이란, 그저 맹목적으로 들끓는다고밖에 달리 말할 수 없었으니까요. 미친 듯이 서로에게 욕을 해대고, 미친 듯이 사랑을 하고, 또 미친 듯이 자신이 옳다고 주장해야 하는 도시…… 어지럽게 변하고, 어지럽게 무너지고, 어지럽게 거대해지는…… 그런 도시 말입니다. 계획도 없고 아량도 없는 공간, 내게는 그게 서울이었습니다.

그러니 유끼가 결국 서울의 공기를 견디지 못하게 되었을 때, 나는 그게 당연하다고 생각했습니다. 아무래도 그 도시는 유끼가 살아가기에는 부적당한 곳이었으니까요. 아시겠지만, 유끼는 일본어로 '눈'이라는 뜻이라고 하더군요. 정말이지 유끼는 눈처럼 순결하고 눈처럼 희미한 여자애였어요. 소리없이 내려서 길을 이루고 있다가 어느 하루의 밤에 스르르 녹아버리는, 그런 여자애 말입니다.

　확실히 서울은 순결하고 희미한 눈이 내려 조용히 쌓여 있기는 어려운 도시입니다. 유끼는 그 도시를 좋아했지만, 호감을 가지고 있어도 견딜 수 없는 것들이 세상에는 있는 법이니까요. 누군가에게 호의와 애정을 갖고 있는데도, 그 사람과 함께 있는 것이 몹시 괴로울 때가 있는 것처럼 말입니다.

　마침내 그런 날이 왔다고 해야 할까요. 어느날인가 유끼는 조금 멍한 표정으로,

　일본에 가볼까,

라고 말하더군요. 아무렇지도 않다는 듯이,

　우리 뭘 먹을까?

라고 물어보는 점심시간처럼.

　나는 당연히 만류했습니다. 이유는 간단했어요. 나는 아무래도 서울을 떠날 수 없었으니까요. 일본으로 긴 여행을 가기에는 경제적인 여건도 심정적인 준비도 돼 있지 않았습니다. 이런 설명을 해주면 유끼는 수긍하는 표정으로 조용히 내 얼굴을 바라보았습니다. 그러면 나는 다소곳이 앉아 있는 유끼를 안아주곤 했

지요.

하지만 약간의 시간이 지나면 유끼는 다시 무언가 생각하는 표정으로 중얼거립니다.

……일본에 가볼까,

라고 말입니다. 나는 유끼를 달래다가 결국 화를 내곤 했습니다. 왜 똑같은 얘기를 해야 하는 거지? 그렇게 미친 듯이 소리를 지른 적도 여러번이었어요. 하지만 내 화가 잦아들면 또 유끼의 입에서는, 일본에 가볼까, 하는 말이 벌레처럼 기어나왔습니다. ……그래요, 언젠가부터 그 말은 나에게 정말 벌레 같은 느낌을 주었습니다. 손톱으로 꾹 눌러죽일지언정, 나는 벌레 따위에게 지고 싶지는 않았습니다.

하지만 밤에 자다가 깨어보면, 어두운 방 안에 유끼가 허리를 세우고 앉아 있습니다. 마치 유령처럼, 미동도 없이. 깊은 밤에 그런 자세로 혼자 앉아서 유끼는 몽유환자의 꿈결인 듯 중얼거립니다.

일본에 가볼까……

라고 말입니다.

하지만 내가 그 벌레에게 진 거라고는 생각하지 말아주십시오. 결국 이렇게 일본으로 오긴 했지만, 유끼의 멍한 입에서 흘러나오는 그 혐오스러운 벌레 때문은 아니었으니까요. 나는 일본에서라면 유끼가 치유될 수 있지 않을까 하는 기대를 가졌습니다.

그때 이미 유끼는 뭔가 이상했습니다. 이제는 내가 바라보는데도 조금씩 멍해지고 있다고나 할까요. 점점 더 희미해진다고 하는 편이 좋겠군요. 유끼는 녹아가는 눈과 같았습니다. 때로는 나조차도 유끼를 느끼지 못하고 보지 못할 정도였으니까요.

나는 안타까웠습니다. 유끼의 먼 가족과 유끼가 태어난 곳과 유끼의 짧은 유년들이 유끼를 도와줄 거라고, 나는 생각했습니다. 기억이란 어쨌든, 캄캄한 우물 같은 것이니까요. 예기치 않게 차오르는 커다란 구멍 같은 것이랄까요.

나라에 살고 있다는 친할머니와, 요꼬하마 항구의 어딘가에 있다는 시립병원, 그리고 전철이 지나가는 동경 외곽의 조용한 동네…… 유끼가 태어나서 아주 짧은 유년을 보낸 후 다시 가보지 못한 그 장소들이, 유끼의 기억에 아련히 차오를 테니까요.

인천을 떠나 칸사이 공항에 내려 쿄오또에 도착했을 때, 나는 단숨에 그 도시에 반해버렸습니다. 조용하고 정갈한 도시였어요. 도시 전체가 그저 조용히 숨을 쉬며 시간을 보내고 있는 느낌이었습니다. 정해진 시간에 정해진 일들이 일어나고, 정기적인 휴일에 정기적인 휴식을 취하고, 일정한 소수의 친구들과 담소를 나눈 후 가벼운 생각을 할 수 있는 곳 말입니다. 조금은 지루하고 심심하겠지만, 그렇다고 무언가를 해내기 위해 특별히 노력하고 싶지도 않은, 그런 인생이랄까요.

하지만 그런 도시의 밤에 가장 잔혹한 살인사건이 일어난다는 것을 나는 잘 알고 있습니다. 그런 곳에서는 밤마다 토끼가면을 쓴 남자들이 벌거벗은 채 채찍을 들고 거리를 돌아다닐지도 모릅니다. 마치 일본인들이 만든 포르노에 나오듯이 말입니다.

우리는 쿄오또를 거쳐 나라로 갔습니다. 오래된 절들로 가득한 도시더군요. 모든 것이 영원히 그 자리에 있었고 앞으로도 영원히 그렇게 있을 것이라는 느낌이 드는 곳이었습니다. 그래서일까, 나는 나라를 견딜 수 없었습니다. 아니, 그곳의 그 썩지 않는 시간을 견딜 수 없었다는 편이 맞겠군요. 사멸하는 것만이 아름다울 수 있다는 걸 나는 체험으로 알고 있습니다. 영원한 것만큼 악취가 심한 것은 없습니다.

게다가 그곳의 오래된 정원에서는 사슴들이 떼지어 거닐면서 사람들이 주는 과자를 받아먹고 있었습니다. 기괴한 풍경이었어요. 스님들은 하나도 없다는 그 고고하고 웅장한 절에 사슴들이란 대체 무엇일까요. 영원한 시간이란 대체 무엇일까요.

그곳에서 유끼는 사슴들 사이를 거닐다가 자주 사라져버리곤 했습니다. 사슴들 사이에서 유끼를 찾아헤매느라, 나는 거의 기진맥진할 지경이 되어버리곤 했어요. 유끼란 결국, 이런 정원의 사슴 같은 것이 아닐까 하는 생각까지 들었습니다. 사슴들 가운데 하나가 잠시 유끼가 된 것 같은 느낌 때문에 마구 화가 날 정도였어요. 나는 유끼의 손을 잡아끌고 뒤도 돌아보지 않은 채 절을 빠져나왔습니다.

나라에서 유끼와 내가 찾아간 곳은 유끼가 유년을 보낸 골목의 아담한 이층집이었습니다. 기억이 나지 않는다면서도 유끼는 어제 떠난 제집에 돌아가듯 집의 위치를 찾아냈습니다. 몸이 기억하고 있는 것들은 따로 있는 법이니까요. 자전거를 타는 법이 몸의 어딘가에 숨겨져 있다든가, 교복이나 군복을 보면 까닭없이 몸에 땀이 배기 시작한다든가, 다른 생각을 하고 있었는데 어느새 식사를 마치고 칫솔질을 하고 있다든가, 안개낀 어느 새벽의 공기가 오래전 어느날의 새벽공기와 똑같이 느껴진다든가…… 그런 것들 말입니다. 나는 이런 것들을 단숨에 수백개는 열거할 수 있습니다. 어쩌면 바로 그런 게 인생이란 것일 테니까요.

유끼의 인생 역시 그런 것이겠지요. 이십여년이나 시간이 흘렀는데도 나라의 골목들은 거의 변화가 없다고 하더군요. 집들의 빛깔조차 그대로라고 했습니다. 하지만 그곳에서 유끼는 할머니를 만나지 못했습니다. 이미 돌아가신 뒤였기 때문입니다.

우리가 집앞에 멍하니 서 있을 때 여자아이 하나가 문을 열고 나왔습니다. 얼굴이 가무잡잡하고, 멜빵이 달린 체크무늬 치마에 무릎까지 오는 흰 양말을 신은 아이였어요. 어딘지 인형 같은 표정이었습니다. 멀거니 서 있는 유끼에게 아이가 뭐라고 말을 하자, 유끼가 나에게 통역을 해주었습니다. 통역이라기보다는 그냥 중얼거림 같은 것이었지만 말입니다.

할머니, 죽었다.

나는 무심결에 되물었습니다.

아, 아, 할머니가 돌아가셨다구?

유끼가 다시 말했습니다.

할머니, 죽었다.

나는 유끼를 위로하려고 했지만 유끼의 표정은 인형과도 같았습니다. 그렇게 생각하고 보니 여자아이의 얼굴이 어딘지 유끼와 비슷해 보였습니다. 아이와 유끼는 거울을 보듯 서로 마주보고 서서 동시에 입을 열었습니다.

할머니, 죽었다.

말을 마치자마자 유끼는 골목 저편, 전철역 쪽으로 걸어가기 시작했습니다. 나는 물끄러미 아이를 바라보다가 유끼를 따라 발걸음을 돌렸습니다.

등뒤에서 아이의 시선이 느껴졌지만 돌아보지 않았습니다. 나로서는 알아들을 수 없는 아이의 말이 뒤쫓아오는 느낌이었어요. 할머니, 죽었다. 할머니, 죽었다. 나는 전철역을 향해 달음박질치기 시작했습니다.

유끼와 나는 신깐센을 타고 동경으로 갔습니다. 동경의 거리는 듣던 대로 화려하더군요. 사람들은 놀랄 만큼 무관심해 보였습니다. 그것 역시 듣던 대로였어요. 지하철을 타도 모두들 서로가 서로에게 지루할 뿐이라는 표정들이었지요. 당장이라도 자리에서 일어나서, 폐만 끼치지 않는다면 네 인생 따위는 어떻게 보내도 상관없습니다,라고 정중히 말할 듯한 표정들이었습니다. 그런 무관심이 얼마나 마음에 들던지, 나는 거의 쾌감을 느낄 지경이었습니다. 사람들이 하필이면 지하철에서 자살하는 이유가 뭔지 깨달아버렸을 정도니까요. 덜컹덜컹, 네 인생 따위는 상관없습니다. 덜컹덜컹, 네 인생 따위는 상관없습니다. 지하철은 그렇게 동경의 한복판을 달려갔습니다.

우리는 동경만으로 갔습니다. 그곳의 어딘가, 해변이 보이는 정갈한 골목에 유끼의 또다른 유년이 있을 것이었습니다. 하지만 우리의 기대는 빗나갔습니다. 동경만은 마치 만화영화에나 나올 법한 미래도시로 변해 있었습니다. 금방이라도 로봇들이 거리로 튀어나올 것 같은 곳이더군요. 무지개다리의 화려한 야경이 있고, 기이한 형상의 금속성 건물들이 서 있었습니다. 우리는 실의에 빠진 채, 망연히 동경만의 풍경을 바라보았습니다. 해가 지고 있었어요. 바다 쪽에서 바람은 불어오고, 유끼의 입에서는 작은 휘파람 소리가 새어나왔습니다. 휘 휘 휘. 우리는 무엇을 하고 싶은지 알 수 없네. 휘 휘 휘. 우리는 무엇을 하고 싶은지 알 수 없네. 휘 휘 휘.

유끼의 오래된 집이 있던 자리에는 거대한 엔터테인먼트 파크가 들어서 있었습니다. 건물 전체가 온통 빠찐꼬장인 곳도 있었어요. 자욱한 소음 속에 사람들이 가득 차 있더군요. 남자건 여자건 침묵 속에서 빠찐꼬 기계에 밀어넣을 구슬을 손아귀 가득 쥐고 있었지요. 이것만이 인생을 보내는 유일한 방법이라는 듯, 그런 표정들이었습니다.

나는 빠찐꼬 기계 앞에 앉아서 생각했습니다. 어디서 본 걸까, 이 표정들은? 잠시 후 내 입에서 웃음이 비어져나왔습니다. 그래요. 그런 표정들을 나는 내가 다니던 서울의 구립도서관에서 보았던 겁니다. 구내식당에서 혼자 점심을 때우고 정기간행물실에서 스포츠신문들을 뒤적거리거나, 영상자료실에 가서 비디오를 보며 시간을 보내는 표정, 바로 나의 표정이었으니까요. 나는 미소를 짓다가, 급기야는 미친 듯이 웃음을 터뜨렸습니다. 옆자리의 남자가 얼굴을 험악하게 찌푸렸는데도 웃음은 한동안 멈추질 않았습니다.

천천히 웃음이 잦아들자, 어쩐지 이번에는 치밀어오르는 혐오감을 주체할 수가 없었습니다. 마치 욕지기라도 참듯이 숨을 헐떡거릴 정도였어요. 왜였을까요? 나는 문득 가진 돈을 다 잃고싶은 욕망에 들끓었습니다. 나는 지갑의 지폐를 모두 바꾸어 구슬을 사버렸습니다. 어머니의 장롱에서 빼온 돈이었지만, 그때는 그런 걸 생각할 겨를이 없었어요. 어쨌든 잠시 빌린 것이니무슨 일이든 해서 돌려주면 되니까요. 나는 정신없이 빠찐꼬 기계에 빠져들었습니다.

물론 생각했던 것보다 빨리 구슬은 바닥이 나버렸습니다. 잃기위해 하는 도박만큼 허망한 것은 세상에 없다고 나는 생각합니다. 죽기 위해 살아가는 인생과 비슷하다고 할까요. 끝은 언제나명료한 것입니다.

나는 주위를 두리번거리면서 유끼를 찾았습니다. 유끼는 여전히 사람들 사이를 유령처럼 걸어다니고 있었어요. 나는 있는 힘껏 고함을 질러 유끼를 불렀습니다.

유끼!

그 순간, 빠찐꼬장 안에 있던 사람들이 일제히 나를 쳐다보았습니다. 나는 흠칫 놀랐어요. 순간적으로, 그 모든 얼굴들이 한사람의 표정인 것처럼 느껴졌기 때문입니다. 똑같은 시선들이일제히 나를 바라보다가 일제히 화면으로 방향을 돌렸습니다.

나는 갑자기 무서웠습니다. 이유는 알 수 없지만, 몸이 덜덜떨렸습니다. 벽면을 채운 거대한 거울에서 멍한 표정으로 내가 나를 바라보고 있었습니다. 내 뒤에 유끼가 같은 표정으로 서 있었습니다.

　나는 동경을 벗어나고 싶었습니다. 요꼬하마로 가자고 유끼에게 말했습니다. 어쨌든 요꼬하마는 유끼가 태어난 곳이니까요. 그곳이라면, 유끼에게 무언가를 되찾아줄지도 모른다고 생각했습니다. 어머니의 신용카드로 돈을 인출한 후, 나는 서둘러 유끼를 데리고 요꼬하마행 열차에 몸을 실었습니다.
　사실 나는 초조했습니다. 유끼는 이제 내 눈에도 점점 흐릿해져가고 있었으니까요. 나조차도 유끼를 실감할 수가 없었던 겁니다. 유끼 역시 그 정도는 이미 눈치채고 있었겠지요. 언제나 내 오른편에서 걷는 유끼에게, 나는 문득 말을 건넵니다. 다정한 목소리로, 유끼, 하고 말이지요.
　하지만 오른쪽은 텅 비어 있고, 유끼는 왼쪽에서 살며시 내 팔을 잡습니다. 나, 여기 있어. 그렇게 말하면서 말입니다. 그제야 나는 멋쩍은 표정으로 유끼가 있는 쪽으로 고개를 돌리지요. 처음에는 쑥스럽고 우습기도 했지만, 조금 생각해보면 화가 나는 일이었습니다. 연인이 된다는 것은 서로에게 위치가 일정해진다는 뜻이 아닌가요? 그런데 나는 유끼의 위치를 도대체 종잡을 수가 없었습니다. 그게 내 책임이었을까요? 유끼가 내 눈에조차 그토록 희미해져버린 것에는 유끼 자신의 책임도 있지 않을까요? 그러니 요꼬하마의 석양 아래서 내가 유끼에게 매정하게 화를 낸 건 당연했는지도 모릅니다. 나는 흐릿해지는 유끼를 참을 수 없었어요. 편의점에서 즉석라면을 앞에 놓은 채 또 희미해져가는 유끼에게, 나는 악에 받쳐 소리를 질렀습니다.

뭔가 해봐! 소리를 질러보든가! 나를 때려보든가!

유끼는 겁에 질려 가만히 앉아 있었습니다. 물론 나는 그렇게 겁에 질린 채 가만히 있다는 것 때문에 더욱 화가 나서 소리를 질러댔구요.

네가 할 수 있는 말을 다 해봐! 해보라구! 아니면 미친 듯이 생각이라도 하는 거야! 생각하고 생각하고 또 생각해봐! 그러면 생각하는 넌 남을 거 아냐!

마지막 표현은 내가 생각해도 어이가 없었지만, 그런 걸 따질 겨를은 없었습니다. 그럴 때면 유끼는 두려움으로 어깨를 움츠린 채 나를 멀거니 바라보았습니다. 당신…… 왜 그러는 거야? 라고 조심스럽게 물어보듯이 말이지요. 나는 내 가슴을 쳤습니다. 쾅 쾅. 가슴을 때렸습니다. 쾅. 쾅. 가슴이 아팠습니다. 정말 멍이 들 정도였어요. 내 눈에서조차 사라져가는 그녀를, 나는 붙잡고 싶었습니다.

요꼬하마의 밤이 찾아왔습니다. 비가 내렸어요. 비 내리는 요꼬하마의 하늘은 조금씩 어두워졌습니다. 구름이 낮게 내려왔어요. 일본에서 가장 높다는 빌딩은 절반 이상이 구름 속으로 사라져 보이지 않을 정도였습니다. 구름 위쪽의 사무실에 앉아서 저만치 아래쪽에 비를 뿌리고 있는 구름을 바라보는 느낌이라면…… 그런 사무실에서라면 세상에서 가장 하찮은 업무를 맡은 공무원이 되어 매일 야근을 해도 좋겠다고, 나는 생각했습니다. 거기서 바라보면 아주 오래전에 밤바다의 물결 속에서 스르르 나타났던 이국의 함대가 유령선처럼 돌아올지도 모르지요. 돛을 넓게 펴고, 저 멀리, 구름 저편에서 말입니다. 바다 쪽에서 조금 차가운 바람이 불어왔습니다. 유끼와 나는 작은 우산 속에서 더러운 새처럼 떨고 있었습니다.

유끼는 요꼬하마의 중국인 거리에 대해서 말한 적이 있습니다. 중국인 거리의 뒷골목에 자신이 태어난 작은 병원이 있다고 말입니다. 유끼는 그 병원의 약냄새를 기억한다고 하더군요. 포르말린 냄새가 복도를 떠다니는 19세기식 병원…… 오래전 한때 그 병원에서는 기면증에 걸린 아기들이 연이어 태어났다고 했습니다. 기이한 일이지요. 울음소리가 들리지 않는 신생아 병동이라니. 고요하게 모두 잠이 든 병동을 상상해보세요. 그곳의 밤에는 고양이들의 울음소리가 아이 울음 대신 들리겠지요. 어떤 아기는 잠이 든 채로 요람에서 빠져나와 자정의 복도를 기어다니고요. 자기도 모르게 고양이 소리를 내면서요. 상상해보세요, 19세기식 병동의 복도를 기어다니는 그 빨갛고 작은 인간들을. 그때의 그 아기들은, 지금 어디서 어떻게 살아가고 있을까요? 지금은 암 같은 것에 걸려 죽어가고 있을까요?

아마도 요꼬하마의 비 내리는 바다를 떠돌고 있겠지……라고 유끼는 멍한 표정으로 중얼거렸습니다. 나는 유끼의 그런 표정이 점점 참을 수 없어져서 고개를 돌려버리곤 했습니다만.

하여튼 다행이라고나 할까요. 중국인 거리의 붉은 네온싸인들을 지나 요꼬하마의 뒷골목을 헤맨 끝에 도달한 그 병원은, 이미 사라지고 없었습니다. 적십자에서 인수해 운영하다가 돈 많은 중국인에게 넘겨졌고, 지금은 거대한 중국음식점으로 단장했다고 하더군요. 우리는 붉은 간판을 단 음식점 앞에서 비를 맞으며 망연히 서 있었습니다. 그때 어디선가 고양이 울음소리가 들려오는 것 같았어요. 아마도 환청이었겠지만, 정말 작은 인간의 울음 같은 소리였어요. 응애애…… 응애애…… 요꼬하마의 비 내리는 밤을 떠도는 울음소리를 우리는 오래 듣고 서 있었습니다.

나는 유끼의 손을 잡고 중국인 거리를 빠져나왔습니다. 나도 모르게 소리를 지르면서 말입니다.

조용히 해! 조용히 해! 조용히 해!

나는 그렇게 외치고 있었습니다.

…… 우리는 결국 동경의 밤거리로 돌아왔습니다. 아까 말한 카부끼쪼오 뒷골목의 중국인 술집이었지요. 내가 술을 마시려고 한 건 아닙니다. 유끼가 그곳의 허름한 미닫이문을 열고 들어갔기 때문에 나 역시 따라들어갈 수밖에 없었어요. 나는 이미 녹초가 될 만큼 지쳐 있었기 때문에 될 대로 되라는 심정이었습니다.

나는 중국술을 마시고 유끼는 내 곁에 조용히 앉아 있었습니다. 유끼는 점점 더 희미해져가고 있었습니다. 이제는 손을 뻗어도 만져지지 않을 것처럼 말이지요. 나는 슬픈 표정으로 유끼를 바라보았습니다. 그러다가 갑자기 할일이 생각난 사람처럼, 안간힘을 다해서 유끼를 생각하기도 하면서요.

동경 뒷골목의 술집에서 마시는 중국술은 쓰면서도 또 달콤하더군요. 갑자기 늙은 자신을 깨달아버린 노인처럼 회한이, 기억이, 눈물이 밀려왔습니다. 내 생각의 힘으로 유끼를 지킬 수 있다면, 나는 어떤 것도 감수할 수 있다는 느낌이었습니다.

　나는 유끼에게 끊임없이 말을 걸었습니다. 얘기라도 하지 않는다면 유끼가 아예 사라져버릴 것 같았으니까요. 중국인 술집의 늙은 주인이 나를 힐끔힐끔 바라보더군요. 하긴, 희미한 여자를 앞에 앉혀놓고 혼자 미친 듯이 외국어로 떠들어대는 인간이 달가울 리는 없겠지요.

　유끼는 나에게서 영영 떠나려는 것일까요. 어느새 목소리조차 들리지 않았습니다. 밤이 깊어갔습니다. 동경 뒷골목의 허름한 술집에서 나는 처참했습니다. 사라지는 유끼를 앞에 두고도 내가 할 수 있는 것은 아무것도 없었으니까요.

　유끼는 어느덧…… 완전히 사라져버렸습니다. 젖은 눈이 녹아버리듯이 말이지요. 나는 거의 정신을 잃을 정도로 초조해졌습니다. 허겁지겁 가방에서 면도칼을 꺼내들었습니다. 그리고 떨리는 손으로 가만히 허공에 선을 그었습니다. 지금 생각해도 어이없는 짓이었어요. 하지만 믿을 수 없는 일이 일어났습니다. 거짓말처럼, 허공에서 붉은 피가 배어나왔으니까요.

　아직 유끼는 그곳에 있었던 것입니다. 나는 눈물을 흘리기 시작했습니다. 나는 그 선연한 붉은 피를 어루만졌습니다. 유끼의 붉은 피가 제 손가락을 타고 손등으로 흘러내렸습니다. 이 피를 봐주십시오. 이것이 유끼의 증거입니다.

……하지만 결국 소용이 없었어요. 한잔의 술을 더 마시자 허공에서 배어나오던 피조차도 사라졌으니까요. 스르르, 휘발해버리듯이 말입니다. 나의 눈물은, 세상의 모든 눈물이 가진 속성이 원래 그렇듯이, 울음으로 번져갔습니다. 독한 중국술에 절어버린 나는 거의 통곡하기 시작했습니다. 중국인 주인이 내 겨드랑이에 손을 넣어 끌어낼 때까지 말입니다. 그가 영어로 말했습니다. 당신은 너무 많이 마셨으며, 너무 많이 시끄럽다. 그런 뜻인 것 같았습니다. 혼자서 그렇게 마셔대는 것은 좋지 않다고 훈계까지 하는 것 같았습니다. 중국인 사내가 자기 눈앞에 손가락을 들어 좌우로 휘휘 저었습니다. 나는 참을 수가 없었습니다. 유, 코리안? 하고 그가 묻는 순간, 나는 그의 면상을 힘껏 갈겼습니다. 하지만 나의 취한 손은 그의 얼굴을 벗어났습니다. 내 주먹은 건방진 중국인 사내의 얼굴이 아니라 술집의 유리창을 강타했습니다. 유리창이 깨지고 내 손은 피로 범벅이 되어버렸습니다.

나는 술집에서 내던져졌습니다. 형편없이 무너져버린 거지요. 카부끼쪼오에서 신오오꾸보의 여관까지 휘적휘적 걸어오면서, 나는 목놓아 유끼를 불렀습니다. 유끼. 유끼. 고양이처럼 울어도 좋아. 유끼. 돌아와, 유끼. 나의 유끼.

빠찐꼬장을 거쳐서 오른쪽으로 돌아 프린스호텔이 보이기 시작할 즈음에 맥도널드가 있는 길로 접어들고, 쇼꾸안도오리의 횡단보도를 건너 드디어 남대문슈퍼가 있는 골목으로 돌아오면서, 나의 유끼, 고양이처럼 울어도 좋아, 나의 유끼…… 나는 중얼거리고 있었습니다.

나는 여관방으로 돌아와 침대에 쓰러졌습니다. 그렇게 잠이 들어버렸지요. 아침에 깨어났을 때는 방이 어둡더군요. 커튼을 젖혔지만 마찬가지였습니다. 일본 전역에 폭풍이 다가오는 중이라는 뉴스가 생각났습니다. 나는 주전자 꼭지에 입을 대고 벌컥벌컥 물을 마셨습니다.

그 순간 텔레비전이 딸깍, 소리를 내며 저절로 켜졌습니다. 나는 유끼라는 것을 직감했어요. 화면에는 먼 해상에서 다가오는 해일의 풍경이 나오고 있었습니다.

유끼!

나는 유끼를 불렀지만 유끼는 보이지도 않았고 목소리도 들리지 않았습니다. 그 순간이었습니다. 나는 허공에 떠 있는, 가늘고 흰, 희미한 손 하나를 보았습니다. 그것은 유끼의 손이었습니다. 그 안타까운 손은 천천히 허공을 건너와 내 목덜미를 부드럽게 어루만졌습니다. 확실히 내 사랑, 유끼의 손이었어요. 내 눈에서 눈물이 흘러나왔습니다. 눈물이, 내 옷깃을 적셨습니다.

그러던 어느 순간이었습니다. 내 몸 깊숙한 곳에서 어떤…… 차가운 욕망 같은 것이 솟아난 것은. 그래요, 그것은 차가운 욕망이었습니다. 나는 그 욕망이 시키는 대로 가만히 고개를 들었습니다. 내 몸을 쓰다듬는 부드러운 손을 나는 물끄러미 바라보았습니다. 손은 허공에서 깜빡이는 것 같았습니다. 짧게 꺼졌다가 조금씩 켜지는 형광등 같다고나 할까요. 나는 숨죽이고 있다가 손의 위치를 허공에서 가늠하자마자 힘껏, 낚아챘습니다.

어떤 부드럽고 작은 육체가 내게 잡혔습니다. 유끼가 아니라면 그렇게 부드럽고 작은 몸피가 내 손에 잡힐 리가 없겠지요. 나는 유끼를 침대에 쓰러뜨리고 격렬하게 목을 졸랐습니다. 내 왼손이 유끼의 목을 잡았습니다. 내 오른손 손바닥이 유끼의 얼굴을 짓눌렀습니다. 내 온몸이 유끼의 몸 위에서 부들거렸습니다.

어느 만큼의 시간이 지났을까요. 순간적인 영원이라고 해도 좋을까요. 파르르 떨리던 내 손끝이 이윽고 저물듯 잠잠해져갔습니다. 내 온몸의 힘도 썰물처럼 빠져나갔습니다…… 왜일까요? 왜 나는 유끼의 목을 졸라야 했을까요? 나는 유끼를 죽이기 위해서가 아니라, 구하기 위해 이곳에 왔는데 말입니다. 나는 구식 자개장 위의 대형거울에 비친 내 모습을 바라보았습니다. 나는 침대 위에 엉거주춤하게 무릎을 꿇고 앉아 있었습니다. 나는 차갑게 미소짓고 있었습니다. 웃고 있는 나를, 나 자신이 웃으면서 바라보고 있었습니다. 대체 무엇일까요, 그 미소란? 그 차가운 미소란? 내 손에 남아 있는 유끼의 체온이 다 식기도 전에.

그는 여기까지 말한 뒤 갑자기 연극배우처럼 제 두 손바닥을 펴들고는 놀란 눈으로 바라보았다. 하지만 손을 내릴 때 보니 손바닥은 깨끗한 듯했다. 그는 그 손으로 제 머리통을 부여잡고 흐느끼기 시작했다. 손등에 핏자국이 흐릿하게 말라붙어 있었다. 그 피가 유끼의 피일 리는 없었다. 허공에서 배어나오는 피를 만졌다면, 당연히 손가락이나 손바닥에 피가 묻어 있어야 옳으니까. 아마도 중국인 술집에서 유리창을 깨는 소란을 피우다 생긴

상처가 아닐까 싶었다.

우리는 서로의 얼굴을 쳐다보았다. 모두들 뭔가 실망스러운 표정이었다. 그는 여전히 두 손에 머리를 묻고 있었다. 어깨가 가늘게 떨렸다. 어색한 침묵이 감돌고 있는데, 카운터에서 턱을 괸 채 이야기를 듣던 여주인이 입을 열었다. 예기치 않은 질문이었다.

그런데, 당신은 일인용 침실을 원했잖아요? 값도 일인실로만 치렀고.

우리는 미소를 흘렸다. 다소 바보 같은 질문이라고 생각했기 때문이다. 그는 대답없이 흐느끼고만 있었다. 우리는 서로의 얼굴을 마주보며 어깨를 으쓱했다. 모두들 와따나베 포우의 명언을 떠올리는 듯했다. 그것은 이런 문장이었다. 추리하는 자에게 가장 난감한 범인은, 자신이 무엇을 행하고 있는지 모르는 채 행하는 자이다,라는. 게다가 이 경우는 어쩐지 우스꽝스럽다는 느낌마저 들었다. 말하자면 이 어리석은 청년은, 자신이 무엇인가를 행했는지 행하지 않았는지조차 모르는 게 틀림없었기 때문이다.

우리 가운데 누군가가 생각났다는 듯 다음과 같이 물었다. 조금은 비아냥거리는 어조였다.

어쨌든…… 침대에는 시체가 남아 있겠군요? 만져지지도 않고 보이지도 않겠지만.

청년은 여전히 감정을 수습하지 못한 듯 멍한 표정으로 우리를 번갈아 바라보았다. 무슨 뜻인지 모르겠다는 표정이었다. 우리는 그의 얼굴을 바라보다가 서로의 얼굴을 마주보았다. 그리고

약속이라도 한 듯 천천히 몸을 일으켰다. 어떤 사건이든 사실확
인과 증거확보만큼 중요한 것은 없다. 만져지지 않는 시체, 보이
지 않는 시체라 할지라도 어딘가에 흔적은 남게 마련이다. 그것
이 타이쇼오 시대를 살았던 와따나베 포우의 교훈이다.

우리는 102호실로 다가가 조심스럽게 문을 열었다. 금방 사람
이 자고 일어난 듯 마구 헝클어진 침대시트와, 여전히 먼 해상의
해일을 보여주고 있는 텔레비전 화면이 눈에 들어왔다. 물론 몸
피가 작은 여자의 시체 같은 것은 보이지 않았다.

창틈으로 찬바람이 몰려오자, 침대시트가 살짝 움직이면서 들
쳐졌다. 꿈틀거리는 느낌이었다. 마치 그 안에 무언가 생물이 있
다는 듯이. 우리 중의 하나가 깜짝 놀란 듯 움찔했지만, 그뿐이
었다. 들렸던 시트가 조용히 가라앉았다. 우리는 서로 눈짓을 주
고받으며 침대를 향해 천천히 다가갔다. 그리고 약속이라도 한
듯 시트의 모서리 부분을 쥐어잡고는 확 걷어냈다.

예상대로 침대는 비어 있었다. 일행 중 누군가는 장난스러운
표정을 지으며 손으로 침대 위를 휘저어보기까지 했다. 약간 허
탈하면서도 조금은 가벼운 마음이 되어 우리는 로비로 나왔다.
그때였다. 쾅, 소리를 내며 우리의 등뒤에서 102호실의 문이 닫
힌 것은. 우리는 일제히 뒤돌아보았다. 검고 긴 원피스를 입은
여주인이 팔짱을 끼고 서서 한심하다는 듯 중얼거렸다.

바람이 불잖아요, 바람이.

우리는 서로를 바라보며 쑥스러운 웃음을 지었다. 그때 여관의
자동문 쎈서가 붉은 불빛을 깜빡이기 시작했다. 그리고 유리문

이 스르르 열렸다. 우리의 시선이 열린 문 쪽으로 쏠리자, 여주인도 유리문 쪽을 바라보았다. 그리고 생각났다는 듯 덧붙였다.

빨리 고쳐야지. 쎈서가 고장이에요. …… 그나저나, 비가 그쳐가네.

정말 바깥의 빗줄기는 가늘어져 있었다. 하늘도 환한 빛을 되찾고 있었다. 우리는 약간은 멍한 표정이 되어 쏘파 쪽을 바라보았다. 쏘파에 앉아 있던 청년이 그제야 천천히 몸을 일으켰다. 호리호리하지만 생각보다 큰 키였다. 그는 무언가에 이끌리듯, 쎈서가 빨갛게 반짝이고 있는 자동문 쪽으로 걸어갔다.

유끼…… 유끼…… 눈처럼 녹아가는 유끼.

그는 실성한 듯 중얼거렸지만, 입구에 비치된 작은 투명 비닐 우산을 침착하게 집어들고는 열려 있는 유리문으로 휘적휘적 걸어나갔다. 우리는 우리도 모르게 그의 뒤를 따라 입구 쪽으로 뛰어갔다.

빗줄기는 가늘어져 있었다. 언제 폭풍 같은 게 있었나 싶을 정도였다. 구름 사이로는 벌써 햇빛이 내리는 모습이 보였다. 여관 밖의 골목이 희미하게 빛을 되찾는 오후. 그리고 골목을 걸어가는 한 청년의 뒷모습이 보였다. 그는 우산을 쓰고 있었지만, 우산을 들고 있는 것은 그의 손이 아니었다. 그는 두 손을 힘없이 내려뜨린 채 걸어가고 있었다. 우산은 그의 곁에서 둥둥 떠가듯 멀어져가고 있었다.

변희봉

─내가 을마 전에, 밴, 히봉 선생을 만났다 아이가.

오랜만에 만난 내 친구 만기가 말했다. 동대문운동장역 근처의 포장마차에서였다. 얼마 전에 이혼한 이야기, 병석에 누워 있다 타계한 부친 이야기 끝에 꺼낸 말이었다. 말하자면 녀석을 위로하는 자리였다. 가을이었고, 밖에는 점점이 빗방울이 떨어지고 있었다. 우산을 쓰기도 뭣하고 쓰지 않기도 뭣한 비였다.

─밴…… 뭐?

─밴, 히봉 선생이라 안 카나.

─밴……히봉? 기 누고?

─그칼 줄 알았다. 밴히봉 선생은……

─선생은?

—배우다.

나는 멀뚱히 만기의 얼굴을 쳐다보다가 말했다.

—우짜라꼬?

—마, 니보고 우짜라 카는 기는 아이고.

만기는 힘없이 소주잔을 내려놓았다. 괄괄한 듯하면서도 어딘가 한구석이 비어 있는 어조였다. 억양이 강한 듯하지만 끝물에 쓸쓸한 맛을 남기는 어조랄까. 이혼한 아내를 얘기할 때도 그랬고, 세상을 뜬 부친을 얘기할 때도 그랬다. 애초에 무슨 반응을 기대한 건 아니라는 투였다. 구석의 소형 텔레비전에 가 있는 녀석의 시선이 조금 풀려 있었다. 텔레비전에서는 야구경기가 진행중이었다. 롯데와 SK의 경기, 1대 1 동점, 7회 말. 빗방울이 타자의 헬멧에 맺혀 있는 게 클로즈업으로 보였다. 빗방울은 굴러 떨어질 듯 말 듯 헬멧에 매달려 있었다. 나도 잔을 들어 마셨다.

—그 히봉 선생이……

빈잔을 만지작거리며 녀석이 말했다.

—내 깜냥에는 말이다, 딱 배우 중에 배우 아이가.

—그란데?

—들어보겄나?

만기는 그날 술에 취해 지하철 계단을 내려가고 있었다고 한다. 부친이 입원해 있는 병원을 나와 혼자 술을 마신 뒤 집으로 돌아가는 길이었다. 자정을 넘겼기 때문에 지하철에는 인적이 드물었다. 막차를 타려는 사람들이 간간이 바쁘게 달려갈 뿐이었다. 만기는 제법 비틀거리기까지 하며 계단을 내려갔다. 입에서는 흥얼흥얼 노래가 흘러나왔을 것이다. 아마도 서른 즈음에나 사랑 그 쓸쓸함에 대하여 같은 노래였겠지. 그런데 계단을 다 내려오자 저 앞쪽에서 낯익은 어른이 걸어오고 있더라는 거였다. 만기는 이런 데서 고향 어른을 다 만나는구나 하는 생각에 넙죽 인사를 했다. 호기로운 자세였지만 목소리는 조금 풀어져 있었다.

어르신, 오래간만입니더.

마주 오던 양반은 인자한 미소를 지으며 정중하게 인사를 받았다. 하지만 별다른 말 없이 만기를 지나쳐 걸어갔다. 자연스러운 자세였다고 한다. 그런데 몇발짝 걷던 만기는 불현듯 뒤를 돌아보았다. 술이 다 깨는 느낌이었다. 자기가 방금 인사한 사람이 고향 어르신이 아니라는 걸 깨달았던 것이다.

변희봉.

변희봉이라는 이름이 순간 만기의 뇌리를 스쳐갔다. 연기자 변희봉. 탤런트 변희봉. 명배우 변희봉. 나로서는 처음 듣는 이름이었지만, 어쨌든 만기의 머릿속에서는 변희봉이라는 세 글자가 금도금이라도 한 것처럼 빛났다.

만기에 따르면, 변희봉이라는 배우가 연기를 시작한 것은 70년대였다. 성우로 데뷔한 후 텔레비전과 영화에 출연했으나 주로 조연을 맡았고 2000년대에 들어서야 배우로 각광을 받았다고 한다. 만년에 만개한 배우였다. 어떤 역을 맡더라도 그만의 캐릭

터로 만들어내는 개성적인 연기가 특징이라고 만기는 설명했다. 대본에 몇개의 단어로 설정돼 있는 가상의 인물을 활활 살아 있는, 이 세상에 유일하게 존재하는, 그런 풍요로운 인간으로 만드는 몇 안되는 배우라고 했다. 차라리 개성이 너무 강한 게 문제라면 문제인 분이라고도 했다. 변희봉이라는 배우가 출연했다는 영화들 중에는 내가 본 것들도 꽤 있었다. 「플란다스의 개」나 「괴물」 같은 봉준호의 영화에도 나왔다고 하는데 그런 이름의 배우가 있었는지는 기억나지 않았다.

―니, 쫌 잘못 알고 있는갑네. 그런 배우가 다 있나?

나는 나무젓가락으로 산낙지를 집으며 말도 안된다는 표정을 지어 보였다. 봉준호의 영화라면 주연뿐 아니라 조연배우들 이름까지 읊어댈 수 있는 나로서는 당연한 반응이었다. 만기는 변희봉이라는 사람이 「플란다스의 개」에서 경비원 역을 한 배우라고 했지만 그 역을 한 사람은 분명 장항선이었다. 또 「괴물」에서 송강호의 아버지 역으로 나온 배우 역시 만기가 말한 변 뭐라는 배우가 아니라 김인문이었다. 희극과 비극을 절묘하게 뒤섞은 김인문의 연기가 탁월했기 때문에 정확하게 기억하고 있다.

말이 나왔으니 말이지만, 영화라면 나도 제법 보는 축에 속한다. 고등학교 때 연극반 활동까지 해본데다 한때는 연기 지망생이던 시절도 있었기 때문이다. 일주일에 두어 번씩 자정 무렵까지 DVD를 돌려놓고 푸르스름한 화면을 흘러가는 다른 인생들을 관람하는 건 내 유일한 낙이었다. 브라운관 속의 가짜 인생들은 진짜 인생들보다 더 진짜 같았으니, 감동이 있고 눈물이 있고 웃음이 있는 씨네마 천국을 뺀다면 나 같은 평범한 회사원의 인생이 얼마나 빈곤했겠는가. 하지만 만기는 확신에 찬 내 말을 무시하고 말을 이었다.

만기는 두근거리는 가슴을 안고 다시 계단을 뛰어올라갔다고 한다. 변희봉 선생——만기는 매번 '선생'이라는 호칭을 잊지 않았다——을 만났는데 이렇게 지나칠 수는 없다고 생각했기 때문이다. 하지만 계단을 올라가보니 선생은 이미 사라지고 없었다.

——내가 밴히봉 선생 같은 유명인사를 본 건 그기 처음인 기라. 그런 유명한 배우를 바로 앞에서 만났다꼬 생각해봐라.

아무려나. 만기는 싸인을 받지 못한 것이 못내 아쉬웠다. 가로등 불빛이 텅 빈 거리를 비추고 있을 뿐이었다. 만기는 밤하늘을 쳐다보았다. 가로등을 배경으로 빗방울이 그림처럼 흩어지고, 그 너머에 밤 구름들이 희끄무레하게 떠 있었다. 만기는 그런 풍경 속에서 자못 가난하고 고독한 연극배우의 자세로 오래 서 있었다.

정말이지 만기가 갑자기 연극을 하겠다고 나섰을 때, 나를 포함한 고향 친구들의 반응은 싸늘했다. 니, 소설 쓰나? 니, 진짜로 연극하는 기제? 인생을 바꾸는 기 오지게 멋있어 보이나? 그 바닥에서는 땅 짚고 헤엄만 치믄 되는 줄 아나?

우리의 속사포 같은 비아냥에 만기는 침묵으로 대응했다. 고등학교 시절 연극반에서 회장까지 맡은 적이 있다지만 만기에게 재능이 없다는 것은 우리 모두가 알고 있는 바였다. 아마 만기

자신도 알고 있었을 것이다. 결국 누군가 핵심을 찔렀다. 니는 사투리도 사투리지마는, 배우를 하기에는 재능이 안된다, 재능이. 그러다가 자못 훈계조로 이렇게 마무리가 되곤 했다. 느그 아부지 편찮으시제, 일이나 잘해라.

벌써 일년째 병석에 누워 있는 만기의 부친을 두고 하는 말이었다. 만기의 부친은 우리 친구들의 초등학교 시절 선생님이기도 했기 때문에 남 일 같지 않았다. 뇌의 신경세포에 문제가 생겨 움직임이 무뎌지다가 결국 온몸의 신경과 근육이 굳어가는 병이었다. 병원비를 감당하지 못해 빚까지 지고 있다고 했다.

그때까지 만기는 소규모 건설업체의 말단 관리직으로 일하고 있었다. 하청을 얻어서 주로 다세대주택과 빌라의 배관공사를 맡아 하는 회사였다. 집이라 카는 기는 수많은 선과 관 들로 얽히고설켜 안 있나. 번드르르한 벽을 뜯어내고 보른 거기가 진경인 기라. 니 몸도 피부를 뜯어내고 보면 똑같을 기다. 만기는 그렇게 말하다가 입을 다물곤 했다. 아마 혈관이며 신경줄이 정상이 아닌 부친이 생각났기 때문일 것이다.

그런 녀석이 대학로에서 연극을 한편 관람한 후 갑자기 사표를 제출했다는 것은 농담 아니면 자포자기에 가까웠다. 회사에서 고문관 취급을 받는데다 막 구조조정이 시작되었다고는 해도 그럴 계제는 아니었다. 게다가 뭔가 놀라운 작품을 보고 충격을 받았다면 모르겠다. 녀석이 본 연극은 우리가 고등학교 시절 공연하던 바로 그 작품, 「인형의 집」이었다. 자유를 찾아 집을 떠나는 여자 노라가 주인공인 연극이었다. 어쩐지 우리는 분개했다. 부친은 병석에 누워 있고, 아내는 떠나고. 아내는 떠나고, 부친은 병석에 누워 있고. 인생 자체가 찌들 대로 찌든 통속드라마 같은 주제에 고등학교 때 공연했던 19세기 연극을 보고 배우가 되겠다니, 모두들 어이가 없을 수밖에 없었다.

만기가 연극을 하겠다며 대학로에 드나든 지 벌써 반년이 지나고 있었다. 당연하게도 단역으로 두어 번 출연한 것이 이력의 전부였다. 그것도 대사가 없는 역이었다. 처음 맡은 것은 주인공이 스포트라이트를 받으며 독백을 하는 동안 그의 뒤를 걸어다니는 행인 역이었다. 하지만 스텝이 엉켜서 비틀거리는 바람에 관객들의 시선을 한몸에 받은 후 다른 배우로 교체되었다. 이후에 만기는 나무가 되기도 하고 스티로폼 벽이 되기도 했다. 대사는 주어지지 않았다. 그래도 만기에게 위안이 되는 역할이 있긴 했다. 막이 바뀌는 동안 캄캄한 무대 위에 쎄트를 설치하는 일이었다. 소품들의 위치를 정확하게 외우고 이동선을 계산해서 움직여야 했다. 야광스티커 몇개가 희끄무레하게 붙어 있는 캄캄한 무대 위에서 만기는 배경과 소품을 바꾸어 다른 공간을 만들어냈다. 말하자면 아무도 볼 수 없는, 보여서는 안되는, 그런 역할이었다. 만기는 묘하게도 그게 좋았다.

—그라고 밴, 히봉 선생을 본 다음날 말이다.

만기가 말을 이었다.

—내가 시장통엘 안 갔나.

재래시장을 돌아다니는 건 만기의 취미라고 할 만했다. 아내와 이혼한 후에는 어쩐 일인지 재래시장이 산책의 필수 코스가 되었다고 했다. 생선 비린내가 인생의 향기처럼 느껴진다는 말도 덧붙였다.

재래시장 골목이 끝나갈 무렵 만기는 놀라운 장면을 목격했다. 예의 그 변희봉 선생이 좌판을 벌이고 있었던 것이다. 생선좌판이었다. 고등어, 삼치, 갈치를 포함한 온갖 생선들이 얼음 위에 진열돼 있었다. 싱싱한 물고기들이 선생의 번뜩이는 식칼 아래서 동강나고 도마 위는 내장과 피로 흥건했다. 선생은 도마에 고무호스를 대고 물을 뿌렸다. 순간 만기의 머릿속을 스쳐가는 생각이 있었다.

이기 이기, 영화 아이믄 드라마 촬영 아이가.

만기는 주위를 둘레둘레 살펴보았다. 하지만 좌판 주위는 특별하달 게 없었다. 모자를 깊게 눌러쓰고 썬글라스를 낀 감독도 없었고, 번쩍이는 조명기구를 들이대거나 선생을 향해 마이크를 늘어뜨리는 스태프들도 없었다. 미모의 여배우는커녕 구경꾼조차 없었다. 몇몇 낯익은 할머니들이 벌건 다라이에 나물이며 상추 등속을 담아놓고 팔고 있을 뿐이었다. 만기는 잠시 생각한 후 중얼거렸다.

그래, 체험 삶의 핸장이라는, 그기구만.

틀림없었다. 카메라는 마치 몰래카메라처럼 거리를 두고 배치돼 있을 것이다. 만기는 잠시 망설이다 헛기침을 한번 한 후 변희봉 선생을 향해 똑바로 걸어갔다. 자연스러운 자세로 보이도록 노력했다. 선생을 보고 놀란 표정을 짓는 건 어색할 것이다.

만기는 선생의 이마에 팬 주름을 경외에 찬 눈으로 바라보면서, 자반고등어 한 손과 삼치 한 마리를 청했다. 선생이 특유의 인자한 미소를 지으며 물었다. 삼치는 어떻게 드릴깝쇼? 만기는 대답했다. 네, 네, 조림용…… 아니 구이용으로 주이소. 선생의 손이 빠르게 움직이기 시작했다.

만기는 놀랐다. 생선을 다듬는 선생의 솜씨가 대단히 능란했기 때문이다. 커다란 나무도마 위에 놓인 삼치는 선생의 칼이 닿자마자 자연스럽게 해체되었다. 머리를 쳐내고 지느러미를 발라내고 배를 가르고 내장을 들어내고 두 동강을 낸 후 고무호스에서 뿜어져나오는 물로 씻어내기까지 걸린 시간은 겨우 십오초 안팎이었다. 만기는 스티로폼 용기에 포장해놓은 갈치도 샀다. 바지락은 단돈 오백원이었기 때문에 네 봉이나 샀다.

만기는 생선을 다듬는 변희봉 선생의 손을 바라보며 슬쩍 말을 건넸다. 마이크가 있더라도 잘 들리지 않을 만큼, 수줍은 목소리였다.

지가…… 선상님 팬입니더.

들었는지 못 들었는지 선생은 다듬은 생선을 검은 비닐봉지에 넣으면서 만기를 바라보았다. 웃음이 활짝 깃든 얼굴이었다.

네에, 맛있게 잡수십시오. 감―사합니다.

만기는 조금 얼굴을 붉힌 채 비닐봉지를 받아들고 돌아섰다. 하지만 이대로 돌아갈 수는 없었다. 더이상 견딜 수 없다는 듯 만기는 선생을 향해 돌아서며 큰 목소리로 말했다. 거의 외친다고 해도 좋을 정도였다.

즈이 아부지도…… 선상님 팬입니더!

만기는 순간 눈에 눈물이 맺혔다고 한다. 하지만 이런 데서 상황에 맞지 않는 장면을 연출할 수는 없었다. 어느 경우든 카메라 앞에서는 자연스러움이 생명이다. 자신도 배우라면 배우가 아닌가. 만기는 어리둥절한 표정을 짓고 있는 선생을 떠나 재빨리 자리를 떴다. 멀찌감치 자리를 옮긴 만기는 민망함을 추스른 뒤 촬영 장면을 더 지켜보기 위해 선생의 좌판을 주시했다. 하지만 선생은 만기의 말에서 별다른 감흥을 얻지 못한 듯했다. 간간이 들르는 손님들에게 웃으며 생선을 팔 뿐이었다.

약간의 실망을 느끼긴 했지만 선생의 변신은 역시 놀라웠다. 연기자들은 자기가 맡은 배역에 충실하다더니 이런 프로그램에서도 전문가 못지않은 솜씨를 연마해서 출연하는 것이다. 어쩌면 이것은 「체험 삶의 현장」이 아니라 연기변신을 위한 실전연습인지도 모른다는 생각이 들었다. 영화배우들은 배역을 위해서라면 몸무게까지 십 킬로 이십 킬로를 예사로 줄였다 늘렸다 한다지 않는가. 운동선수 배역을 위해서 실제 운동선수처럼 연습하는 식으로 말이다. 만기는 선생에 대한 존경의 염이 커지는 것을 느꼈다. 이상한 것은 선생 주위에 선생 말고는 아무도 나타나지 않았다는 점이다. 방송국 스태프들은 물론이고 심지어 매니저조차도 볼 수 없었다. 선생은 저녁시간이 한참 지나자 좌판에 남은 생선들을 떨이로 해치우더니 바로 판을 정리해서 자리를 떴다. 여전히 주위를 둘레둘레 둘러보면서, 만기는 중얼거렸다.

이거이, 진정한 프로의 자세인 기라.

다음날, 만기는 극단 막내와 함께 연극 홍보 포스터를 붙이러 다녔다. 포스터는 잘 붙지 않았다. 전봇대에는 붙임방지 요철이 설치돼 있었다. 만기는 요철을 매만지면서 막내에게 말했다. 키가 훤칠한 이십대 중반에 생김새가 좋은 녀석이었다. 만기와는 종자가 달랐다.

내가, 밴히봉 선생을 봤다 아이가.

네? 누구요?

밴히봉 선생 말이다.

배니······봉이요?

아니, 밴히봉. 밴소 할 때 밴. 히망 할 때 히.

막내는 잠깐 생각하는 듯하더니 고개를 끄덕였다.

아, 변희봉이요?

그래, 밴히봉. 지하철 계단을 내리가고 있는데, 그분이 나를 스치간 기라.

막내는 무심하게 고개를 끄덕였다.

네에.

시장통에서 생선좌판을 벌이고 있는 것도 봤다 아이가.

네에.

만기는 기를 쓰고 붙임방지 요철 위에 포스터를 붙이고 있었다. 그때 거의 건성인 목소리로 막내가 물었다.

그런데······ 그 사람이 누군데요?

만기는 막내를 물끄러미 바라보았다. 간신히 붙여놓은 포스터가 툭, 하고 떨어졌다. 변희봉을 모르는 배우 지망생이라니. 이건 서정주라는 이름을 처음 들어본 시인 지망생과 똑같지 않은가. 아니, 김연아가 누군지 모르는 피겨스케이터가 아닌가. 만기는 혀를 찼다고 한다. 하지만 그런 식으로 따지자면, 나 역시 윤동주도 박지성도 모르는 셈이었다. 대체 변희봉이 누구란 말인가?

아무려나. 밤은 깊고 비는 내렸다. 만기는 텔레비전에 멍한 눈을 두고 있었다. 여전히 동점 상황이었다. 1대 1, 경기는 정규 이닝이 끝나고 연장전으로 접어드는 중이었다. 마무리 투수가 약한 롯데로서는 위태로운 경기였다. 나는 중얼거렸다.

—지랄. 또 지나?

롯데는 올 씨즌 내내 하위권을 맴돌았다. 투타에 벤치까지 모두 엇박자였으니 당연했다. 텔레비전은 녹색 플라스틱 탁자 위에 위태롭게 놓여 있었다. 텔레비전에 눈을 둔 채, 텅 빈 어조로 만기가 입을 열었다.

—이상하데이. 밴히봉 선생을 자꾸 만난다는 기.

—자꾸? 먼 소리고?

—그기, 참 묘하다 아이가.

만기는 술잔을 들어 반쯤 마신 후 내려놓았다.

녀석이 변희봉 선생을 세번째로 만난 것은 어느 일요일이었다고 한다. 장례식과 결혼식이 동시에 있는 주말이었다. 극단 동료의 모친이 돌아가셨고, 예전 회사에서 알고 지내던 후배의 결혼식이 있었다.

— 겔혼식이라 카는 기는, 주말에 하는 긴데.

우짜라고, 하는 표정으로 나는 만기를 쳐다보았다. 그란데 죽는다 카는 기는, 만기가 고개를 쳐들고는 멀거니 말했다.

— 시도 읎고, 때도 읎고.

나는 만기의 벌어진 입을 바라보았다.

— 정해진 기 없다 아이가. 꼭 뭔가에 홀린 것메이로 말이다. 사람의 혼이 스윽, 시커먼 구멍 속으로 사라지는 기……

겨우 그런 것을 깨달음이라고 말하고 있으니 만기가 진정한 배우가 되기는 틀렸다. 어쨌든 그날도 만기는 신랑신부를 진심으로 축하해주기 위해 식장에 들어섰다고 한다. 그런데 단상에서 주례사를 하는 양반의 얼굴이 낯익었다. 주례는 신랑신부를 향해 인자한 표정을 짓고 있었다. 만기의 얼굴에 환한 미소가 피어올랐다. 바로 변희봉 선생이었기 때문이다. 선생은 사뭇 진지한 목소리와 편안한 표정으로 신랑신부를 축복하는 중이었다.

인생이란 영화라든가 드라마와는 다른 것입니다. 인생은 발단과 전개와 클라이맥스를 거쳐 해피엔딩으로 끝나는 홈드라마가 아닙니다. 수많은 발단과 시시한 절정과 엉뚱한 결말이 무수하게 교차하는 게 인생입니다. 어디서부터 어디까지가 하나의 스토리인지 알 수가 없으며, 그렇기 때문에 아름다운 게 또 인생입니다. 그러다가 중간에서 필름이 끊기듯 갑자기 끝나기도 하는 거지요. 부부는 이 인생의 우여곡절을 함께해야 할 일심동체로서……

만기는 변희봉 선생의 주례를 감명깊게 들었다. 어떤 부분에서는 눈물이 어릴 정도였다고 한다. 나는 속으로 혀를 찼다. 일마, 일마가, 진짜 미치뼸나. 부친을 여의고 이혼까지 했으니, 차라리 솔직하게 괴로움을 토로하면 진심으로 위로해줄 마음이 들었을 것이다. 얼근해지면 아가씨들이 나오는 싸롱이라도 데려갈 생각이었다. 그런데 처음 들어보는 배우 타령이나 하고 있으니 요령부득이랄까. 차라리 야구경기나 보는 게 나을 듯했다. 나는 만기의 말을 건성으로 들으며 텔레비전으로 시선을 돌렸다. 1대 1 동점 상황에서 SK의 11회 초 공격이 시작되고 있었다.

어쨌든 만기는 이번에는 기필코 선생의 싸인을 받을 요량이었다고 한다. 사진촬영이 끝나자마자 선생을 따라나섰다. 하지만 하객은 많았고 예식장은 어지러웠다. 어수선한 와중에 만기는 선생을 놓치고 말았다. 두리번거리다가 다시 식장으로 돌아와 사회자를 찾았다. 주례를 맡았던 변희봉 선생이 어디로 사라진 것인지 묻자 신랑의 친구임이 분명한 사회자가 의아한 표정으로 만기를 바라보았다. 주례요? 그분 나가셨는데? 사회자가 흰 장갑을 낀 손을 들어 단상 왼쪽으로 난 문을 가리켰다. 그는 손을 내리면서 심상한 어조로 덧붙였다. 수고비는 벌써 지불했는데요?

수고비예? 수고비라니 먼 말입니꺼?

주례분은 우리가 예식장측에서 산 거거든요.

사예?

사회자는 귀찮다는 투로 대답했다.

그게, 주례 선생님이 갑자기 입원을 하시는 바람에 예식장에서 샀어요.

먼가 잘못 알고 있네예,라고 만기는 한껏 얼굴을 찌푸리면서 항의조로 말했다.

지금 주례 선 분이 밴히봉 선생 아입니꺼?

네? 누구요?

밴히봉 선생. 밴소 할 때 밴.

밴히봉? 밴소 할 때 밴? 그게 누굽니까?

사회자는 만기를 바라보며 반문했다. 만기는 얼굴이 붉어지는 것을 느꼈다. 알 수 없는 열기가 그를 휘어잡았다. 목소리가 높아졌다.

밴히봉 선생 같은 대배우가, 주례를 서고 수고비를 받아? 지금 그걸 말이라고 합니꺼?

사회자는 주춤주춤 뒤로 물러서며 만기를 바라보았다. 만기의 눈에 돋은 핏발을 본 모양이었다. 일마가, 일마가, 지금 머라 카노? 밴히봉 같은 대배우가 주례를 서고 수고비를 받다니 말이 되나? 만기는 화가 풀리지 않았다. 황당해하는 사회자의 표정이 그를 더 자극했다. 일마야, 이 상놈의 새끼야, 니가 밴히봉 선생을 욕보이나? 응?

사회자의 멱살을 잡으려는 만기를 간신히 떼어놓은 건 옛 직장 동료들이었다. 한때 만기의 상사였던 중년은 불쾌감을 숨기지 않았다. 아니 자네, 남 결혼식에 와서 이게 뭐 하는 행팬가, 응? 그렇게 안 봤는데 아주 안되겠구만. 사람이 뒤끝이 좋아야지 원.

만기는 식장 밖으로 쫓겨나면서도 옛 직장동료들에게 필사적으로 물었다. 변희봉 선생을 분명히 보지 않았느냐, 주례를 한 그 명배우를 정말 모른단 말이냐. 애절한 목소리였다. 하지만 옛 동료들은 서로의 얼굴을 바라보며 고개를 저었다. 누군가 짜증 섞인 목소리로 만기에게 되물었다.

아니, 그게 대체 누군데 이러는 거야?

하긴 나름대로 영화 애호가라는 나조차도 처음 들어보는 배우를 사람들이 어찌 알겠는가? 동료들과 헤어진 뒤 만기는 답답한 마음에 전처에게 전화를 걸었다고 한다.

니, 밴, 히봉이라고 알제?

응? …… 변희봉?

그래, 금방 아네.

만기는 아내가 변희봉이라는 이름을 쉽게 입에 올리는 게 반가웠다. 역시 방송작가다웠다. 만기의 목소리가 밝아졌다.

내가 밴히봉, 그분을 만났다 아이가.

그런데?

수화기 저편에서 만기의 아내가 심상한 어조로 대꾸했다.

니, 안 궁금하나? 어데서 만났는지? 우째됐는지?

만기가 화급히 되묻자 차분하게 가라앉은 목소리가 돌아왔다.

안 궁금해. 그 사람이 누군지 알아야 궁금할 거 아냐.

만기는 맥이 풀렸다. 방송작가라는 사람이 변희봉을 모르다니. 만기도, 만기의 전처도 침묵을 지켰다. 당연한 일이었다. 아무리

방송작가라고 해도 배우 이름을 다 알아야 한다는 법은 없으니까. 게다가, 이혼한 처지에 전남편이 전화를 걸어와서 듣도 보도 못한 배우 이름을 대면서 왜 모르느냐고 으름장을 놓는 상황이 그리 유쾌하지는 않았을 것이다. 지푸라기라도 잡으려는 듯 만기의 목소리가 이어졌다.

예전에 수사반장에 나오던 그분 말이다. 아니 조선왕조 오백년에서 유자광 모르나, 유자광? 아니 다 때려치우고, 괴물에서 송강호 아부지 안 있나, 송강호 아부지, 응?

만기의 처가 잠시 후에 반문했다.

송강호 아버지? 김인문씨 말야?

이번에는 만기의 입이 닫혔다.

만기는 멍한 눈빛으로 포장마차 바깥에 점점이 떨어지는 빗방울을 바라보고 있었다. 나는 잔을 들어 목을 축였다. 만기도 술잔을 들어 마셨다. 텔레비전에서 흥분한 아나운서의 목소리가 새어나왔다. SK가 연장 11회 초에 득점에 성공한 것이다. 그것도 두 점씩이나. 말하자면, 3대 1이었다. 롯데로서는 패색이 짙은 경기였다. 문디자슥들. 내, 그럴 줄 알았다.

내가 알고 있는 바로는, 만기에게는 선택의 여지가 없었다. 아내에게까지 빚독촉이 가고 있었다. 눈이 날리던 어느날 아침, 만기의 아내는 된장국에 파를 썰어넣다가 문득 창밖을 바라보며 말했다고 한다. 이혼하자 우리. 만기는 침묵했다. 여러모로 패색이 짙은 인생이었다. 병원비에 사채가 포함된 빚까지 아들에게 떠넘긴 아버지는 정작 딴세상에 가 있었다. 의사는 컴퓨터 화면의 MRI 사진을 들여다보면서 이렇게 말했다. 쉽게 말하자면, 뇌 하단부에 문제가 생겨 작은 구멍이 나는 거지요. 그리고 조금씩 뇌 신경세포가 잡아먹히는 겁니다. 만기는 사진 아래쪽의 검은 빛을 바라보았다. 저곳에 만기로서는 알 수 없는 정체불명의 세포들이 엉켜 있을 것이다. 정상적인 뇌세포들이 사라진 곳에 알 수 없는 무언가가 자리를 차지하고 있을 것이다. 만기는 그 검은 부분을 노려보았다.

—하지만, 이혼하자 카는 이유는 그기 아인갑드라.

만기의 엉뚱한 얘기에 내가 반문했다.

—먼 소리고?

—마누라한테는, 내가 알 수 읎는, 마누라의 인생이 있었던 기라.

빚이나 오랜 병치레 때문에 헤어진 게 아니라는 얘기였다. 나는 말없이 술잔을 들어 마셨다. 취기가 올라왔다.

—오따루로 간다 카드라.

—오따루?

—웅, 오따루.

—기 뭐고? 일본이가?

—그래, 일본.

만기의 처는 홋까이도오의 오따루에 가서 오르골을 만들면서 일생을 보내기로 결심했다고 한다. 오르골에 대한 교양프로그램 작가로 오따루에 갔다가 인생이 바뀌어버린 것이다. 만기의 전처에게는 만기가 모르는 그녀의 인생이 있을 것이다. 그건 당연하다. 하지만 오따루라니. 오르골이라니.

─말하자믄, 착한 사람이었든 기라, 그 친구가.

그녀는 오르골의 작고 맑은 소리에 반했다. 오따루의 겨울에 내리는 눈송이들과 함께 인생을 보내고 싶었다. 눈을 치운 뒤 앞치마를 두르고 탁자에 앉아 조물조물 오르골을 만드는 것만으로도 삶이 될 수 있는 곳이라고 했다. 앞으로 일하게 될 오따루의 상점까지 알아두었다는 것이다. 만기의 말에 나는 진심으로 화가 나서 쏘아붙였다.

─지랄한다. 미친년이네. 씨발년이고. 확 지박아뿔라.

만기가 잔을 내려놓으며 고개를 저었다. 그녀는 자신이 모은 돈 대부분을 만기에게 주고 떠나는 것이며, 이혼은 오랜 고민 끝에 내린 결정이라는 것이었다. 만기가 심상한 표정으로 덧붙였다.

─그래서 내가, 마누라한테 전화로 물어봤다 아이가.

─뭐라고 물었는데? 오따룬지 육따룬지 같이 가자고? 맞제?

─그기 아이다. 내 이렇게 물어봤다 아이가.

나는 물끄러미 만기를 쳐다보았다.

─니, 진짜 밴히봉 선생을 모르나?

만기의 전처는 수화기 저편에서 오래 침묵을 지켰다고 한다.

만기는 변희봉 선생이 은퇴했는지도 모른다는 데 생각이 미쳤다. 그러고 보니 최근 얼마 동안은 스크린에서 선생을 본 적이 없는 것 같았다. 텔레비전 드라마를 본 지도 오래됐으니 그러지

말란 법도 없었다. 뭐든 빨리 잊는 데 일가견이 있는 우리나라 사람들에게 벌써 잊혀진 게 아닐까? 이런 명배우를 벌써 잊다니, 싫다 싫어. 만기는 고개를 흔들었다. 그러고도 백치 같은 신인배우가 하나 나타나면 벌떼처럼 카메라가 몰려들겠지. 만기는 한숨을 내쉬었다.

만기는 알 수 없는 사명감에 불타올랐다. 선생이 얼마나 위대한 배우인지를 알려야겠다는 생각이 머릿속에 떠오른 것이다. 자신이 연기를 하지 못하게 되더라도, 이런 배우의 진면목을 알리는 것은 의미가 있지 않겠나. 우선 인터넷을 뒤져 변희봉 선생의 근황을 알아본 후 앞으로의 활동계획을 생각하기로 하자. 만기는 주먹을 꼭 쥐었다.

하지만 검색엔진에 문제가 있는 게 틀림없었다. '변희봉'을 검색하자 '변희봉'에 대한 검색결과가 없습니다,라는 메씨지가 화면에 떴다. 만기는 화면을 바라보았다. 혹시 실수로 '밴히봉'이라고 친 건 아닌가 싶어 다시 '변희봉'이라는 세 글자를 확인했다. 틀림없었다. '변희봉'.

가끔 검색싸이트에 오류가 있을 때도 있지. 만기는 중얼거리며 다른 검색싸이트로 가서 '변희봉'을 넣어보았다. 몇개의 결과 메씨지가 떴다. 하지만 그 메씨지들은 무슨 물산 과장, 무슨 고등학교 교사 등에 대한 것이었다. 배우 변희봉은 검색되지 않았다. 사진 한장 뜨지 않았다. 만기는 어리둥절했다. 아아, 이것 참. 정말이지 내가 그분 이름을 잘못 알고 있었구만. 만기는 생각했다. 혹시 변희봉이 아니라 최희봉이었나. 만기는 고개를 설레설레

저었다. 말이 안돼. 박희봉이나 최희봉이나 곽희봉이라는 이름은 아무래도 낯설지 않은가. 어떻게 변희봉이라는 이름을 잘못 기억할 수 있단 말인가. 만기는 잠시 생각하다가 '플란다스의 개'와 '괴물'을 검색창에 넣었다. 그리고 배우들의 명단을 확인했다. 뭐라고 적혀 있었는지는 뻔한 노릇이었다. 만기는 '장항선'과 '김인문'이라는 이름을 골똘히 바라보았다.

　―일마야, 너무 실망하지 말그래이. 니 기억력이 원래 안 후지나, 응? 잘못 기억한 이름이 대가리 속에서는 그대로 굳어지기도 하는 법이데이. 틀림없다.

　나는 얼근히 취해가고 있었다. 만기도 마찬가지였다. 눈이 쓸쓸하게 풀려 있었다. 내가 놀리듯 말했다.

　―니, 우리 초등학교 때 그아, 안 있나. 앞에서 두번째 앉았던 아 이름을 박봉팔이로 알고 있다가 망신당한 적도 안 있나. 알고 보이 실제 이름은 박봉칠이었제, 그쟈? 박봉구가 담임이었을 때이끼니 이해가 안 가는 바는 아이다. 박봉칠이가 박봉구의 아들이믄 박봉팔이 즈그 형일 거라는 썰렁한 농담을 한 기 바로 만기, 니 아이가? 박봉육은 동생이고 박봉삼은 사촌일 기라고, 응?

　나는 만담식으로 횡설수설하며 호기롭게 잔을 내려놓았다. 만기는 웃지 않았다. 나도 맥이 풀려 멀거니 텔레비전으로 시선을 돌렸다. 그 순간 텔레비전에서 함성이 터져나왔다. 3번 타자가 볼넷을 얻어 진루한 것이다. 파도타기 응원이 펼쳐지기 시작했다. 이대호가 타석에 들어섰고 투수는 김광현이었다. 연장 11회

말 2사 주자 만루 상황. 스코어는 3대 1 SK 리드. 롯데로서는 마지막 찬스였다. 말하자면, 손에 땀을 쥘 만한 순간이라고나 할까. 나로서는 변희봉이고 뭐고 술이 다 깨는 기분이었다. 김광현이 와인드업을 하는 순간, 만기가 입을 열었다. 눈은 텔레비전에 둔 채였다.

—결국 말이다……

약간은 비틀거리는 어조였다. 하지만 감정이 실려 있지 않았다. 그저 텅 빈 느낌이었다.

—밴히봉이라는 사람은 정말 읎는 게 아인가…… 그런 생각이 들었다. 내 마음이 어딘지 삐꿋해서, 쪼매 다른 세상으로 빠지들어간 기 아인가…… 싶은 기.

김광현의 손을 떠난 공이 포수 박경완의 미트를 향해 날아갔다. 몸 쪽 직구였고, 이대호는 그 코스를 노리고 있던 게 틀림없었다. 이대호의 방망이가 허공을 갈랐다.

딱.

나는 벌떡, 상체를 일으켰다. 만기는 앉은 채로 혼자 중얼거리고 있는 채였다.

—하지만 이상한 거는…… 시간이 갈수록 그분이 자꾸 눈에 보이는 기라.

이대호가 친 공이 까마득하게 날아갔다. 펜스를 향해 둥근 궤적이 그려졌다. 만기도 말을 멈추고 화면을 바라보았다. 야간조명이 환하게 켜져 있었다. 조명 너머로 검은 하늘이 보였다. 빗줄기가 거세지고 있었다. 날아가던 공이 포물선의 정점에 오르

는 순간, 화면 중앙으로 몰려든 불빛들이 허공에서 부딪쳤다. 나
는 눈을 깜빡였다. 공이 보이지 않았다. 카메라 역시 공을 놓친
모양이었다. 아나운서가 말했다. 아, 아, 공이 어디로 갔나요? 조
명 속으로 들어갔나요?

　—새벽에는 지하철역에 신문지 깔고 앉아가꼬 소주를 드시
고…… 낮에는 백화점 앞 길거리에 서서 혼자 두 팔을 이래 들
고 기도문을 외우시고……

　만기가 손바닥을 위로 한 채 두 팔을 치켜들었다. 텔레비전 카
메라는 허공을 비추고 있다가 천천히 각도를 낮추어 필드의 외
야수를 향했다. 외야수도 허공을 멍하니 바라보고 있었다. 조명
등 불빛 때문에 공을 시야에서 놓친 거죠? 해설자가 이어서 말했
다. 네, 이런 일은 주로 야수가 뜬공을 잡을 때 일어나는데요, 어
쨌든 야간경기에서는 이런 일이 종종 있습니다. 관중들이 웅성
거렸다. 약간 흥분한 목소리로 해설자가 덧붙였다. 외야에는 이
천 럭스가 넘는 조명이 쏟아지거든요? 그래서 공이 조명등 불빛
이 교차하는 한가운데로 들어가면 순간적으로 그렇게 돼요. 게
다가 지금은 비가 오지 않습니까? 하지만 해설자의 말에는 어딘
지 조리가 없었다. 아나운서가 말을 받았다. 시선과 불빛과 공이
일직선을 이루는 순간에 말씀이시죠? 아나운서가 주저하며 덧붙
였다. 그건 그렇고…… 공이 어디로 사라졌나요?

　당황한 심판이 두 손을 치켜들고 엑스자를 만들며 흔들었다.
파울을 선언한 모양이었다. 감독이 뛰쳐나와 심판에게 항의했
다. 파울인지 아닌지 정확하게 모니터링을 하라는 요구였다. 화

면에는 슬로우비디오가 나오고 있었다. 공이 아주 느린 속도로 좌익수 방면의 검은 하늘을 향해 날아갔다. 포물선의 정점에 오르는 순간, 환한 빛 속으로 내리는 비가 화면에 가득 찼다. 나는 흥분해서 소리쳤다.

―그기, 그기, 우째 파울이고, 응? 심판 미쳤나?

나는 만기를 힐끗 보았다. 만기는 들어올렸던 두 팔을 그제야 천천히 내렸다. 여전히 변희봉이라는 사람 생각을 하고 있는 게 틀림없었다. 아니면 벌써 눈 내리는 오따루에 가 있거나.

―에이, 씨발.

나는 욕설을 흘리며 주저앉아 산낙지를 집어들었다. 나무젓가락이 부러지면서 산낙지가 바닥에 떨어졌다. 낙지다리가 꿈틀거리며 제 몸에 흙을 묻혔다. 뭔가 참을 수 없이 화가 나는 느낌이었다.

―아무래도 니, 느그 아부지 닮아서 머리에 벵이 든 기 틀림없다.

말하고 보니 적절한 멘트는 아니었다. 막말에 가까웠다. 만기의 부친은 이미 이 세상 사람이 아니지 않은가.

―내 말은, 젊은놈이 사람 이름 하나 딱딱 기억을 몬하나, 이 말이데이.

나는 거친 어투로 눙치고 들어갔다. 술잔을 들어 입에 털어넣었다.

―맞다. 그란지도 모른다.

만기가 갈라진 목소리로 말했다.

—대가리에 쪼매 구멍이 난 긴지도.

만기가 잔을 내려놓았다.

—그래서 그란 것인지도 모른다…… 그 말이지.

나는 만기를 바라보았다. 만기의 이야기는 아직 끝난 것이 아니었다.

그날 만기는 공연이 끝난 후 배우 대기실을 청소하고 나와 혼자 늦저녁을 먹었다. 순대국밥을 시켜놓고 앉아 소주를 마셨다. 신문에 시선을 둔 채 당면을 씹고 날파리를 손으로 쫓으면서 소주를 입에 털어넣었다. 그리고 습관처럼 병원으로 갔다. 부친이 호스피스 병동에 누워 있을 때였다.

호스피스 병동은 회전이 빨랐다. 그날 오후에도 병상 하나가 비었다. 사인실에 환자는 부친뿐이었다. 만기는 어둠속에 누워 있는 부친을 바라보았다. 생명유지장치에서 흘러나오는 전자음이 희미하게 병실을 채우고 있었다. 창문에서 흐릿하게 빛이 새어들어왔다. 자정이 가까운 바깥은 고요했다. 창문가로 다가가자 병원 주차장에 매여 있는 개 한 마리가 눈에 띄었다. 개는 고개를 앞발 사이에 처박고 잠들어 있었다. 가로등 불빛이 개의 윤곽을 하얗게 비추었다. 세상에서 가장 이기적인 존재란, 아마도 잠든 개가 아닐까. 뜬금없이 그런 생각이 들었다. 그리고 문득 병실 바닥을 물끄러미 바라보다가, 만기는 천천히 그 자리에 누웠다. 개처럼 몸을 말고 보니 씨멘트 바닥에 깔린 먼지가 희미한 빛에 소슬소슬 일어났다. 보호자용 침상에 달린 바퀴가 어둠속

에서 금속성으로 반짝였다. 만기는 눈을 감았다. 약간의 시간이
지나자 어쩐지 물속처럼 평화로운 느낌이 들었다. 만기는 몸을
일으키며 중얼거렸다.

인생은 왜 빛이며 죽음은 왜 어둠인가. 삶은 오히려 어둠의 편
에서 오는 것은 아닌가.

「인형의 집」에 나오는 대사였다. 각색자가 셰익스피어를 어설
프게 흉내내 바꾼 문장이었다. 극 전체가 이상하게 셰익스피어
풍이었다고 했다. 언론에서는 혹평이 쏟아졌다. 지금이 어느 시
대인데 19세기 작품을 17세기식으로 연출하느냐는 게 요점이었
다. 하지만 만기는 그게 마음에 들었다. 트렁크를 들고 영원히
집을 떠나면서 주인공 노라는 중얼거린다. 인생은 왜 빛이며 죽
음은 왜 어둠인가. 삶은 오히려 어둠의 편에서 오는 것은 아닌가.

만기는 어둠속에서 희끄무레한 씰루엣으로 얼비치는 부친을
바라보았다. 유령 같았다. 만기는 말없이 어둠속의 씰루엣 곁에
앉았다. 한참의 시간이 흐른 후, 만기는 산소공급기의 전원장치
를 향해 손을 뻗었다. on/off 버튼이 빨갛게 빛을 발하고 있었
다. 깊고깊은 침묵이 병실에 가득 찼다.

나는 숨을 멈췄다. 지금 녀석이 무슨 말을 하는 것인가. 참았
던 숨을 뱉어내며 내가 말했다.

—일마가, 지금 먼 소리고. 니, 니, 설마……

만기는 침묵을 지켰다. 나는 손을 휘휘 저으며 황급히 덧붙
였다.

—아이다, 아이다. 내는 몬 들은 기다. 일마가 미쳤나? 그딴 농담을 하게?

나는 술잔을 내려놓았다. 나는 정말 아무것도 들은 것이 없었다. 나는 텔레비전으로 시선을 돌렸다. 이대호는 결국 삼진으로 물러났다. 롯데는 3대 1로 패했다. 부산 관중들은 야유를 보내고 있었다. 공이 허공에서 사라진 경우는 처음인데요. 아나운서의 멘트가 들렸다. 네, 하지만 파울인지 홈런인지는 가장 가까이 있는 심판이 잘 판단했겠죠. 해설자의 말을 듣고 있던 만기가 입을 열었다.

—그란데…… 전원을 끌라 카는디 말이다.

나는 만기를 바라보았다. 그 순간 만기는 어둠속에서 희끄무레하게 빛나는 두 개의 눈을 보았다고 한다. 인공호흡기를 낀 만기의 부친이 눈을 뜨고 있었던 것이다. 그 눈은 만기를 향하고 있었다. 양쪽 눈동자의 위치가 미세하게 어긋나 있었기 때문에 만기를 보고 있다고는 할 수 없었다. 하지만 어둠속에서 희미하게 빛나는, 촛점이 맞지 않는 두 개의 눈은 분명히 만기를 향하고 있었다. 순간적으로 만기의 머릿속이 하얗게 비워졌다. 부친의 입가에는 평화로워 보이는 미소가 떠올라 있었다. 긴 시간이 흘러갔다. 겨우 일이초였을지도 모르지만 만기에게는 그렇게 느껴졌다.

만기는 생명유지장치에 가 있던 손을 힘없이 떨어뜨렸다. 그와 함께 아버지의 눈이 다시 스르르 감겼다. 입가의 미소도 사라졌다. 만기는 어둠속에 고개를 묻고 앉아 어깨를 들먹였다. 나는 얼굴을 일그러뜨리고 만기의 얘기를 들었다. 무슨 말을 하고 싶은 것인가. 더 할 이야기가 남아 있다는 말인가. 나는 어쩐지 참을 수 없는 기분이 되어가고 있었다.

—니, 진짜 씨발놈이다.

내 말에는 아랑곳없이 만기가 고개를 숙인 채 말했다.

—그 다음날, 의사가 내를 불렀다.

—와?

—그날밤을 넘기기 힘드니께네, 임종 준비하라꼬.

나는 술잔을 비웠다. 다음날 자정이 가까워오자 만기의 부친은 숨이 조금씩 약해졌다고 한다. 마치 자정이 되기를 기다리는 사람처럼.

—그란데, 자정이 되니께네 노인네가 입을 희미하게 벌리지 않았겠나.

나는 멍하니 만기를 바라보았다. 만기는 잔을 든 채 포장마차의 백열등에 시선을 두고 있었다.

부친의 벌어진 입을 바라보던 만기는 자신도 모르게 인공호흡기에 귀를 갖다댔다고 한다. 부친의 입이 달싹였다. 놀랍게도 인공호흡기의 틈으로 아주 희미한 공기가 새어나왔다. 목구멍 깊은 곳에서 흘러나온, 바람이 든, 그런 목소리였다.

—뭐라 카시드노?

만기는 잔을 들어 비웠다. 만기는 멍한 표정으로 부친의 얼굴을 바라보았다. 숨은 정지해 있었다. 눈과 입은 닫혀 있었다. 평화로운 표정이었다. 심전계의 그래프가 가로로 누워 직선을 그리고 있었다. 전자음이 일정한 톤을 유지했다. 그 순간에도 만기의 귀에는 부친의 입에서 흘러나온 희미한 음절들이 떠돌고 있었다. 따뜻한 숨이 서려 있는 느낌이었다.

만기야…… 니 밴…… 히봉이라고…… 아나?

만기는 자기도 모르게 고개를 끄덕였다. 열심히 끄덕였다. 멈추지 않고 끄덕였다. 당직간호사가 달려와 환자의 상태를 확인하고는 의사를 부르러 뛰어나갔다. 만기는 부친의 고요한 몸 앞에서 그렇게 오래 고개를 끄덕이고 있었다.

주인은 간간이 포장마차의 천장에 고인 빗물을 막대기로 밀어냈다. 고여 있던 빗물이 후두둑 보도블록에 떨어졌다. 우리는 포장마차를 나왔다. 가느다란 빗방울이 눈처럼 흩날렸다. 거리는 정적에 휩싸여 있었다. 그때였다, 동대문운동장 쪽의 하늘에서 무언가가 우리 쪽으로 날아온 것은.

그것은 야구공이었다.

밤하늘을 날아온 야구공이 탁, 탁, 보도블록을 때렸다. 우리는 멈추어섰다. 내가 멍청해진 목소리로 말했다.

ㅡ이기, 웬 공이고?

야구공은 우리 쪽으로 굴러오더니 발 앞에서 정지했다. 보도블록이 깨져 생긴 작은 진창에 빠진 것이다. 우리는 야밤에 길바닥에 떨어진 야구공을 물끄러미 바라보다가 서로를 마주보았다. 그리고 당연하다는 듯이 공이 날아온 방향의 하늘로 고개를 돌렸다. 밤하늘에는 아무것도 보이지 않았다. 의류상가 쪽에서 몰

려온 불빛들이 동대문운동장 상공에 어지럽게 뒤엉켜 있을 뿐이
었다.

　―뭐고?

　내가 멍청하게 중얼거렸다. 동대문운동장이 있던 자리는 텅 비
어 있었다. 거대한 구덩이가 파인 채 공사중 안내문이 비에 젖고
있을 뿐이었다. 쇼핑몰이 들어선다는 얘기를 들은 적이 있었다.
문득 빗줄기가 굵어졌다. 우리는 점퍼를 머리 위까지 뒤집어썼
다. 내가 외쳤다.

　―뭐 하노. 뛰자.

　우리는 동대문운동장역을 향해 힘껏 달려갔다.

고백의
제왕

고백의 제왕을 부르자.

누군가 그렇게 말했다. 술자리는 파장에 가까워지고 있었다. 모두들 흥이 나지 않는 표정이었다. 한 해가 지나가고 있었지만 송년회라기보다는 망년회에 가까웠다. 주가는 곤두박질쳤고 여기저기서 구조조정이 진행중이었다. 언제나 선량한 웃음으로 분위기를 유쾌하게 만들어주던 3기 회장 K는 암에 걸려 모임에 나오지 못했다. 4기 회장 S는 시의원에 출마한다고 동분서주하느라 나오지 않았다. 대학시절부터 뭇 동료들을 설레게 만들었던 홍일점 J와 그녀의 남편 H는 필리핀으로 아예 이민을 떠났다. 아이 교육을 위해서라고 했다.

창밖으로 눈이 내리고 있었다. 한 해의 마지막 날 밤이었고 제법 소담한 눈송이였다. 하지만 아무도 감상을 표하지 않았다. 대학시절 소설을 써서 교내 문학상까지 받은 적이 있는 김(金)만이 턱에 손을 괴고 창밖에 시선을 두고 있을 뿐이었다. 중소기업에 다니는 강(姜)과 박(朴)이 두런두런 이야기를 나누고 있었다. 상사 품평에서 내년의 부동산 전망, 애들 교육문제에 이르기까지 맥락없는 화제가 이어졌다. 나머지는 맥주잔을 홀짝거리며 둘의 얘기를 건성으로 듣고 있었다. 창밖 골목에서 복사집 주인이 셔터를 내리는 모습이 보였다. 살집이 만만치 않은데다 우락부락한 얼굴이어서 겨우 두어 평이나 될 만한 공간에 서서 복사를 하는 모습이 어울리지 않던 사람이었다. 스모선수라고 해도 믿을 만한 외모를 갖고 있지만 그는 좁디좁은 곳에 서서 하루종일 복사만 해댔다. 허리를 펼 때 보니 몸이 더 비대해진 것 같았다. 그 모습을 내려다보던 누군가가 중얼거리듯 말했다.

이젠 대학가도 옛날 대학가가 아니야, 애들이 학점밖에 모른다잖아.

요즘엔 교수들 평가까지 한다니 말 다했지.

뭘, 그래도 평가는 해야지. 교수들이 철밥통이야?

에이, 그래도 그렇지. 어이, 강사선생, 어때? 요즘 애들이 강사 나부랭이 얘기를 듣긴 듣나?

시간강사 생활을 접고 최근에 고깃집을 연 김의 얼굴을 바라보며 누군가 물었다. 듣긴 뭘. 김이 짧게 대꾸하자 다른 누군가가 덧붙였다. 하긴, 넌 고깃집 분위기가 더 어울려. 킬킬거리는 웃음소리가 맥없이 흩어졌다.

그리고 또 침묵이 시작되었다. 연말이면 송년회를 해온 우리는 대학시절 서양사 동아리의 멤버들이었다. 곧 회사를 때려치울 거라는 강이 잠시 호기로운 목소리를 냈을 뿐 나머지는 하나마나한 얘기로 시간을 죽이고 있었다. 한 해의 마지막 날, 변두리 대학가의 호프집에는 손님이 없었다. 벽에 걸린 텔레비전에서는 연말 가요제가 열리고 있었다. 가수왕은 누가 되나. 누군가 중얼거렸지만 대답하는 사람은 없었다. 모임에 나오는 머릿수는 서른줄 후반에 접어들면서 점점 줄어들었다. 올해는 나를 포함해서 겨우 여섯만이 출석했다.

약속시간에 맞춰 출석한 녀석들도 불만스러운 표정이었다. 마지막 날에 송년회를 하는 모임이 세상에 어딨나? 보험회사에 다니는 권(權)이 피곤한 웃음을 지으며 말했다. 그러게, 하며 추임새를 넣은 것은 출판사를 전전하는 최(崔)였다. 몇몇이 따라서 고개를 주억거렸다. 어차피 오래지 않아 파장일 모임이었다. 누군가 이민 간 H의 이름을 입에 올렸다.

아니, 그 새끼는 이민을 가려면 회비를 내놓고 가야지, 그걸 갖고 날라?

H는 모임의 총무였고, 우리는 매년 그의 통장으로 회비를 모으고 있었다. 하지만 H는 환송회도 없이 나에게만 전화로 이민 사실을 통보했다. 나, 이민 간다. 이민? 어디로? 응, 필리핀. 그거 은퇴이민 아니냐? 뭐 그렇다고도 할 수 있지. H는 얼버무렸다. 요즘엔 마흔도 되기 전에 소위 은퇴이민을 가는 사람이 있다더니 H가 바로 그랬다. H의 목소리가 수화기 저편에서 점점 멀

어지는 느낌이었다. 물론 그때는 H가 관리하던 회비에 대해서는 전혀 떠올리지 못했다. 백만원이 조금 넘을 정도의 소액이긴 하지만 어쨌든 유쾌한 일은 아니었다.

그 새끼, 백만원 갖고 잘도 살겠다.

백만원이면 새꺄, 필리핀 운전사랑 식모 서너 달 월급은 되겠다.

이민자들 유치한다고 제도 잘 만들어놨지, 영어 쓰지, 물가 싸지, 뭘 바래?

웬만하면 백평짜리 집에 산다면서?

얼만데?

H에 대한 화제는 곧 아파트 시세에 대한 이야기로 이어졌다. 아마도 정치 얘기로 넘어간 후 마지막에는 건강 얘기가 시작될 것이다. 눈 내리는 연말이었고, 망년회였고, 아이들이 자라고 있었고, 또 한 해가 가고 있었다. 그때 누군가 그렇게 말한 것이다.

고백의 제왕을 부르자,라고.

고백의 제왕?

아…… 그, 고백의 제왕?

그렇지, 녀석이 있었지. 언제부터 모임에 안 나온 거지?

이봐, 고백의 제왕은 우리 모임에 나온 적이 없다구.

아, 아, 그렇지. 나올 리가 없지, 왕따가. 하하.

모두들 작은 웃음을 터뜨렸다. 불콰해진 얼굴들에 어쩐지 활기가 돌았다. 이제야 뭔가 흥미로운 얘기가 나올 것 같다는 표정들이었다.

그래…… 나한테 번호가 있던가?

권이 주섬주섬 휴대전화를 꺼내 엄지손가락으로 자판을 누르기 시작했다. 삑삑 소리가 흘러나오자 몇몇도 기계적으로 제 전화기를 꺼내들었다.

없는데? 누구, 아는 사람 없나?

권이 고개를 휘휘 돌리며 좌중을 살폈지만 아는 사람은 없는 듯했다.

J가 고백의 제왕하고 친하지 않았나?

나 참, J는 필리핀으로 떴다니까.

아아, 그렇지.

권이 이마를 쳤다.

아, 있다. 고백의 제왕.

누군가 그렇게 말했다. 순간 정적이 찾아들었다. 모두의 머릿속에는 같은 생각이 스쳐가고 있을 것이었다. 고백의 제왕을 호출하면 고백의 제왕은 곧 우리 앞에 모습을 나타낼 것이다. 왜냐하면, 고백의 제왕은 그답게 또 무언가 고백을 해야만 할 테니까. 그것이 제왕의 본모습이니까. 하지만 정말? 한 해의 마지막 날, 모교 앞의 술집으로, 고백의 제왕을? 우리는 자못 흥미롭다는 표정으로 그런 생각들을 하고 있었다.

고백의 제왕이라는 것은 곽(郭)의 별명이었다. 동아리의 신입생 엠티 때부터 그런 별명이 붙었던 것으로 기억한다. 녀석은 그리 눈에 띄는 인상이 아니지만 자세히 보면 특이한 데가 있었다.

남방계통의 둥근 두상에 눈이 컸으나 두 눈의 균형이 좀 어긋나 보였다. 키는 평균치였지만 어깨가 좁았고, 말이 많지는 않았어도 목소리는 뭔가에 긁히는 듯한 느낌이었다. 어딘지 친근감이 들지 않는 인상이라고 할까. 하지만 우리는 대학생활을 갓 시작한 새내기들이었고, 무엇보다도 희망에 부풀어 있었다. 우리는 서로에게 관대했다.

서양사연구회답게 엠티 첫날의 저녁답까지는 근세유럽사에 대해 토론을 벌였다. 중세 연금술에서 르네쌍스에 이르기까지 선배들의 현학적인 논쟁에 신입생들은 감탄을 금치 못했다. 두어 달 뒤부터는 산업혁명에서 프랑스혁명까지를, 그뒤로는 20세기 전쟁사를 공부할 예정이었다. 토론을 마친 후 우리는 대학생답게 통기타를 치며 노래를 부르고, 강변에 나가 소주를 마시고, 밤이 늦어서야 다시 민박집으로 돌아왔다.

넓고 휑한 방에 모두가 둘러앉았을 때 누군가 진실게임을 제안했다. 몇몇이 찬동을 표하자 곧바로 게임이 시작되었다. 간단한 놀이였다. 소주병을 획 돌려 병이 가리키는 방향에 앉은 사람이 술래가 되고, 술래는 질문에 따라 진실하게 고백을 해야 했다. 질문은 은밀한 것일수록 좋았지만 질문도 대답도 신입생들답게 아기자기했던 것으로 기억한다. 첫 키스는 언제? 남자친구는 몇 명이나 있었나? 가장 괴로웠을 때는? 지금까지 한 일 중 가장 나쁜 일은?

모두들 얼굴을 붉히며 고백을 시작했다. 중학교 때 선생님을 짝사랑했다거나, 현재 남자친구가 없지만 앞으로는 적극적으로 만들 예정이라거나, 고등학교 때 보충수업을 빠지고 아버지 주머니에서 슬쩍한 돈으로 오락실을 드나들었다거나, 그런 이야기들이 이어졌다. 얼마 전 미팅에서 만난 여학생과 키스를 할 예정이라고 고백한 동료는 좌중의 웃음과 함께 가벼운 야유를 받았다. 자정을 넘기자 모두들 흥겨워졌다.

그때 소주병이 빙글빙글 돌다가 정지했다. 소주병은 곽을 가리켰다. 곽은 저녁 내내 별로 말이 없던 동기 중 하나였다. 곽이 일어나자마자 누군가 질문을 던졌다. 첫경험은 있나요? 있다면 언제? 까르르 웃음이 흩어졌다. 짓궂긴 했지만 상투적인 질문이었다. 에이, 그건 아까도 나왔던 질문인데? 누군가 질문자에게 가볍게 항의했지만 이미 모두의 시선이 곽에게 쏠린 뒤였다. 곽이 더듬더듬 입을 열었다. 곽에 대한 우리 모두의 기억이 시작되던 순간이었다.

아, 아, 처, 첫경험이라면, 주, 중학교 삼학년 때입니다.

환성이 터졌다. 와, 누구랑? 어디서? 곽이 더듬더듬 고백을 계속했다.

주, 중학교 때 집에서 식당을 했어요. 하, 함바집이었는데, 근처 공장에서 일하는 분들 밥을, 밥을 대주는 일이었습니다. 사, 삼치구이가 인기였고요. 두툼하고 신선한 생선을 썼기 때문에 맛이 최고였는데…… 식당에서 일하는 아주머니 중에 곱상한 분이 있었어요.

모두들 숨을 죽였다. 더듬더듬 말을 시작했지만, 말이 이어질수록 뜻밖에 달변이었다. 모두들 이야기에 몰입했다. 세세한 데까지는 기억나지 않지만, 그날 곽의 고백은 대략 다음과 같았다.

　어느날 밤 곽은 식당에 남아 혼자 일하고 있는 아주머니를 돕게 되었다고 한다. 밀린 설거지를 하고 내일 쓸 식재료들을 다듬어두는 일이었다. 무와 대파 등속을 썰어놓고 털 뽑힌 닭을 솥에 넣어 고느라 주방은 무덥고 어지러웠다. 초복이었다. 곽은 후끈 달아오른 주방에서 아주머니를 도와 일하다가 아주머니의 투실투실한 허벅지를 보게 된다. 땀을 닦는 아주머니의 젖가슴이 흔들리는 걸 곁눈질한 것은 물론이다. 솥 안에서는 중닭 여남은 마리가 펄펄 끓고 있었다. 주방의 공기는 숨이 막힐 정도였다. 어느결에 곽의 손은 그의 의지와 상관없이 움직였다. 곽의 손이 아주머니의 허벅지에 닿은 것이 먼저였는지 아주머니의 손이 곽의 사타구니에 닿은 것이 먼저였는지는 알 수 없었다. 곽과 아주머니는 어느새 엉켜 있었다…… 그런 내용이었다.

　생각해보면 화장실 낙서에서나 볼 만한 내용이었지만, 그때 우리는 전혀 그렇게 느끼지 못했다. 곽의 묘사가 자세하고 자연스러웠으며 무엇보다 생동감이 넘쳤기 때문이다. 곽의 표정 역시 인상적이었다. 뭔가 어긋나 보이는 곽의 눈매가 조금씩 꿈틀거릴 때마다 우리 모두의 상상력이 자극되는 느낌이었다. 그의 표정은 말과 혼연일체였다. 곽의 이야기가 너무 세세하고 적나라한 나머지, 동기생 하나의 입에서 긴 침이 흘러내리던 광경은 지금도 기억하고 있다. 곽의 이야기가 끝난 뒤에도 사람들은 그의 입에서 눈을 떼지 못했다.

　약간의 어색한 침묵 끝에 여자 선배 하나가 손을 들어 호기롭게 질문을 던졌다. 지금 생각해도 그건 불필요한 질문이었다. 그런데…… 그 아주머니는 연세가 어느 정도셨나요? 곽은 그 질문을 기다렸다는 듯이, 그러나 조금은 뜸을 들인 뒤 대답했다. 그게…… 환갑을 좀 넘기신 분이었어요. 아주머니가 옷을 입으면서 그러더라고요. 자기는 폐경이라고. 그러니 걱정 말라고. 사실 전 폐경이 뭔지도 몰랐지만…… 나중에 폐경이 뭔지 알게 되었을 때는……

좌중은 더욱 조용해졌다. 곽이 무심결에 덧붙이듯 말했다.

…… 뭔가 아쉽다는 생각이 들더군요.

그때 그의 입가에 약간의 미소가 지나갔다고 생각한 것은 착각이었는지도 모르겠다. 어쨌든 곽이 자리에 앉고 나서 좌중은 잠시 침묵에 빠져들었다. 그날밤 진실게임은 그것으로 끝이었다. 선배 하나가 탁탁 손뼉을 치며, 자아, 이제 술이나 마시지, 하고 선언하듯 외쳤을 때에야, 우리는 꿈에서 깨어나듯 현실로 돌아왔다. 우리는 엠티 온 풋풋한 대학 새내기들이 되어 다시 왁자해졌지만, 곽의 그 고백에 대해서는 아무도 언급하지 않았다.

그후 몇몇 동료들이 곽에게 붙인 별명이 바로 고백의 제왕이었다. 반응은 대개 시큰둥했다. 그 정도 이야기라면 남학생들끼리 모인 자취방에서야 흔하다면 흔한 것이었으니까. 그게 음담패설이 아니라 진실게임의 '고백'이었다는 것만 빼면 말이다. 어쨌든 곽의 별명이 굳어지게 되기까지는 아직 시간이 더 필요했다. 우리가 다시 그의 고백 아닌 고백을 듣게 된 것은 그해 봄이 설핏 지나갈 무렵이었다.

아마도 '고전연습' 정도의 제목이 붙은 교양과목이 아니었나 싶다. 초짜임에 틀림없는 그 강사는 지나치다 싶을 만큼 의욕적으로 수업을 진행했다. 『모비 딕』과 『죄와 벌』과 『짜라투스트라는 이렇게 말했다』 등의 고전을 설명할 때 그녀의 입에서는 서구의 이론들이 현란하게 오르내렸다. 지금 생각해보면 좀 엉뚱하게 느껴지지만, 프로이트 시간에 그녀는 '아버지'라는 존재에 대한 개인적인 경험과 생각을 발표하라고 학생들에게 주문했다. 즉석에서 발표자로 지명된 것은 우연찮게도 곽이었다.

「도스또옙스끼와 부친 살해」라는 프로이트의 글을 요약하던 곽이 자신의 가족사에 대한 이야기를 시작한 것은 아마도 창밖이 어둑해지던 무렵이었을 것이다. 비가 내리려는지 탁한 빛깔의 구름들이 창밖을 흘러가고 있었다. 곽의 이야기는 19세기 러시아의 음산하고 음울한 분위기에 힘입어 당시 수강생들의 기억에 생생한 인상을 남겼다.

곽의 아버지는 곽이 어릴 때부터 두 집 살림을 했다고 한다. 곽의 어머니는 강인한 여자였기 때문에 식당의 궂은일을 혼자 해내면서 곽과 곽의 누이를 키웠다. 하지만 곽의 아버지가 찾아오는 날이면 기이하게도 약하디약한 여자가 되더라는 거였다. 어머니는 아버지에게 맞으면서도 매번 울며 매달렸다. 곽은 그걸 견딜 수 없었다. 그런 것이 바로 여자라는 사실을 나는 진심으로 혐오했습니다,라고 곽은 회상에 잠긴 채 말했다. 그런 인생은 지나치게 솔직한 것이니까,라고도 덧붙였다. 곽이 반복해서 그걸 강조했을 때, 우리는 그런 인생이 어째서 지나치게 솔직한 것인지 의아스러워하는 게 마땅했다. 하지만 어쩐 일인지 우리는 거기에 무슨 당연하고도 필연적인 관계라도 있는 것처럼 고개를 끄덕였던 것 같다. 교단에 선 곽의 등뒤로 어두컴컴한 그림자가 칠판에 드리워져 있었다. 때마침 창밖에서는 비가 내리기 시작했다. 축축한 공기가 교실을 떠돌았다.

아버지가 찾아와 어머니를 때리던 어느날, 곽은 부엌에 있던 식칼을 들고 아버지에게 달려들었다고 한다. 곽은 아버지의 등뒤에서, 사십오도 각도로, 아무 말도 없이, 옆구리에 칼끝을 꽂아넣었다. 사람의 가죽은 생각보다 튼튼합니다만…… 그 칼도 구입한 지 얼마 되지 않은 것이었으니까요. 곽의 말은 건조하면서도 유장하게 이어졌다. 그 순간에 대한 묘사가 생생했기 때문에, 우리는 자신도 모르게 끈적끈적해진 손바닥으로 얼굴을 쓸어내려야 했다. 교실을 메운 침묵 사이로 작은 한숨이 피어났다.

그날밤 곽의 아버지는 피를 흘리며 쓰러졌지만 죽지는 않았다고 한다. 아무래도 아예 죽일 순 없었던 모양이지. 곽은 남의 말을 하듯 그렇게 덧붙였다. 표정이 없었고, 창밖에 시선을 둔 채였다. 말을 하면서 '그'나 '그녀' 같은 문어체를 쓰는 사람은 곽이 처음이었지만, 그때는 그게 어색한 말투라는 것조차 느끼지 못했다. 아버지가 병원으로 실려간 후 그는 텅 빈 마루에 혼자 오래 서 있었다고 한다. 때마침 길게 드리워진 제 그림자와 대화라도 하겠다는 듯이.

그 사건에도 불구하고 곽의 아버지는 곽을 고발하지 않았다.

왜 그가 나를 고발하지 않았는지 지금도 이해가 안돼. 고발이라도 했더라면, 그후로도 얼굴을 볼 수 있었을 텐데. 곽은 결론을 내리듯 그렇게 말한 후 좌중을 둘러보았다. 어느새 반말을 쓰고 있었지만, 그게 아주 자연스러웠기 때문에 담당강사조차도 눈치채지 못했던 것 같다. 몇초 동안 무거운 침묵이 교실을 메웠다. 곽은 더이상 할말이 없다는 듯 천천히 교단을 내려왔다. 팔조차 흔들지 않고 스르르 미끄러지듯 걷는 모습은 지금도 눈앞에 생생하다. 약간의 침묵이 흐른 후 교실 뒤편에 서 있던 담당강사는 더듬거리는 목소리로 서둘러 수업 종료를 선언했다. 곽의 발표에 대해서는 별다른 코멘트를 하지 않은 채였다.

그날 곽의 고백 아닌 고백은 묘한 감정으로 전환되어 우리의 마음 한켠에 남았다. 거칠면 거칠수록 진짜 인생인 듯이 느끼는 청년 특유의 습성도 거기에 한몫했을 것이다. 하지만 그것은 곽의 가족을 둘러싼 또다른 비극과도 연관이 있었다. 얼마간의 시간이 더 지난 후 우리가 듣게 된 것은 곽의 누이에 관한 이야기였다.

어느날인가 우리는 곽의 자취방으로 모여들었다. 아마 기말고사 기간이었을 것이다. 곽의 방은 예상대로 좁고 우중충했다. 네명 정도가 앉거나 누우면 빈 공간이 남지 않았다. 허공에는 먼지가 떠다녔다. 형광등 불빛이 흐릿했기 때문에 책의 글자들도 선명히 보이지 않을 지경이었다. 우리는 당연하다는 듯이 공부를 작파하고 술을 마시기 시작했다. 창문을 열자 도시 변두리의 밤

공기가 방 안으로 쏟아져 우리는 너나 할 것 없이 담배를 피워물었다. 인생은 신산했고 사랑은 아득했으며 대학은 생각보다 세속적이었다. 누군가 먼저 고등학교 시절의 이야기를 시작했던 것으로 기억한다. 무슨 열기에 들떠서인지 나 역시 내 첫사랑 얘기를 꺼냈다. 초등학교 동창인 여학생을 고등학교 때 먼발치에서 본 이후 매일 밤 설레었던 일, 그녀가 집에서 나오는 순간을 기다려 그녀의 집이 있는 골목을 지나갔던 일, 그럼으로써 숱하게 우연한 만남을 가장했던 일, 자정이 넘은 시간 그녀의 방에서 흘러나오는 형광등 불빛이 꺼질 때까지 그 골목의 창가에 서 있었던 일…… 등등. 나의 흡연과 음주와 우울이 어떻게 그녀로부터 비롯되었는지, 그 시절에 듣던 모든 감미로운 음악들이 어떻게 그녀와 함께 흘러갔는지…… 첫사랑에 대한 나의 고백은 고독하고 우수어린 비애로 가득했을 것이다.

친구들은 고개를 끄덕임으로써 나의 고백을 완성해주었다. 하지만 내 말이 끝나자마자 녀석들은 기다렸다는 듯 일제히 곽에게 시선을 돌렸다. 나는 좀 실망스러웠지만 내색을 할 수는 없었다. 아니, 실은 나조차도 곽의 고백을 빨리 듣고 싶은 심정이었다는 게 옳다. 나 역시 친구들의 시선을 따라 엉거주춤 곽을 바라보았다. 우리를 둘러보던 곽이 어쩔 수 없다는 표정으로 천천히 입을 열었다.

나는 누이를 사랑했다. 그것이 곽의 첫마디였다. 그 사랑은, 너희가 생각하는 것과는 좀 다르지만. 곽이 덧붙였다. 우리는 그가 말한 다른 사랑이 어떤 것인지 알 수 없었다.

곽의 누이는 비관적인 사람이었다고 한다. 정말 쥐새끼처럼 생긴 얼굴에 쥐새끼처럼 겁먹은 얼굴로 세상을 대하는 사람이었지,라는 것은 곽 자신의 표현이었다. 비애나 우수 같은 고급스러운 단어가 전혀 어울리지 않는, 그런 텅 빈 얼굴을 알고 있나? 두런두런 얘기를 나누다가 문득 창문으로 달려가서 저 까마득한 바닥을 향해 뛰어내려도 전혀 이상할 것 같지 않은, 그런 얼굴 말이야. 곽은 우리 뒤쪽의 텅 빈 벽에 시선을 두고 말을 이었다. 이미 괴로움이나 고통 같은 어휘로는 설명이 되지 않는, 그런 얼굴이었지.

나는 내가 떠올릴 수 있는 가장 황폐한 표정을 상상하며 곽의 이야기를 들었다. 어느날, 손바닥만한 앞마당에 햇볕이 따사롭게 내리던 오후였다고 한다. 곽의 누이는 툇마루에 앉아 작은 종이상자를 무표정하게 바라보고 있었다. 상자 안에는 누이가 사온 노란 병아리 두 마리가 솜털처럼 가벼운 봄볕을 받으며 썩어가고 있었다. 한 마리에 백원씩 하던 싸구려 생물들이었다. 몇번 쓰다듬자 곧 죽어버린 뒤였다. 냄새가 피어오르고 있었다. 누이는 썩어가는 생물들에게 시선을 둔 채 곽에게 이렇게 말했다.

너는…… 왜 사니?

곽은 그 순간 누이의 표정을 참을 수 없었다고 한다. 나로서는 이해할 수 없는 반응이었다. 곽이 말을 이었다. 그건…… 말하자면…… 외설적인 표정이었지. 지나치게 순수해서 어떤 질문도 불필요해지는, 그런 상태라고 할까……

그때 곽이 사용한 외설이나 순수 같은 단어가 우리의 상식과는 거리가 멀었기 때문에, 우리가 곽의 말을 다 이해했는지는 자신할 수 없다. 어쨌든 표정도 없이 그런 질문을 하는 누이라면 내 마음은 안타까움으로 타들어가고 말았을 것이다. 하지만 곽은 달랐던 것 같다. 곽은 누이 앞에서 낮고 무심한 음성으로 이렇게 중얼거렸다고 한다.

죽어버려. 죽어버리라구.

그것은 어떤 감정도 품지 않은 목소리처럼 들렸다. 연민이나 증오 같은 감정이 모두 휘발된 뒤의 목소리, 그래서 결국 기체가 되어버린 목소리…… 그런 느낌이었다. 하지만 그랬기 때문에 그 목소리는 더욱 무거운 돌이 되어 우리의 마음에 얹혔다. 곽의 누이가 그 말을 듣고 어떤 마음이 되었을지는 상상도 하기 싫을 지경이었다.

곽의 누이가 정말 자살을 결행한 것은 그 며칠 뒤였다고 한다. 학교 옥상에서 몸을 던졌다고 했다. 곽이 덧붙였다. 내 누이에게 그렇게 말했을 때, 나는 이미 뭔가를 예감했는지도 모른다. 하지만 돌이키려고 하지 않았지…… 그렇게 말하는 곽의 목소리는 이미 모든 것을 속죄받은 살인자처럼 담담했다. 나는 그 순간 곽의 얼굴에서 어떤 쾌감 같은 게 스쳐갔다는 느낌이 들었다. 그것은 그의 얼굴 근육을 마치 잔물결처럼 살짝 흔들고 지나갔다. 나는 나도 모르게 고개를 흔들었다.

동아리 회원들 중 곽의 불우한 과거사를 듣지 않은 사람은 없었다. 그 과거사를 듣고 동정을 표하지 않은 사람도 없었다. 하지만 그 불우에 대해 동정이나 연민이라는 표현은 어쩐지 어울리지 않는다는 것을 우리는 어렴풋이 느끼고 있었다. 아마도 그것은 동경과 혐오가 뒤섞인 다소 복잡한 감정이었을 것이다. 때로는 차라리 묘한 불쾌감에 가까웠다고 하는 게 옳을지도 모르겠다. 곽에 대한 우리의 감정은 동아리에서 서양사 공부를 하면서 점점 굳어져갔다.

동아리방에 모여 프랑스사를 공부할 때였다. 1793년 이후 로베스삐에르가 주도하는 공포정치가 상뀔로뜨 운동과 연계하여 일만 칠천명을 처형하던 살육의 과정에 대해서, 그리고 바로 그 로베스삐에르가 떼르미도르라고 불리는 7월의 어느날 반동정치가들에 의해 처형되던 시기에 대해서였다. 흥미로운 장면이었다. 하지만 그때 곽의 관심사는 어딘지 우리와는 어긋나 있었다. 로베스삐에르의 공포정치가 프랑스혁명의 전체 과정에서 어떤 역할을 했는지, 그것이 유럽사에 어떤 교훈을 주는지에 대해서 그는 거의 관심을 보이지 않았다. 대신 곽은 로베스삐에르가 단두대에 올라간 그 순간에 대해 길게 이야기했다.

도망치다가 턱에 총을 맞은 그가 단두대에 올라갔을 때, 누군가 그의 턱을 감싸고 있던 붕대를 잡아떼어버렸다더군. 곽이 마치 회상에 잠긴 듯한 목소리로 말했다. 턱은 부서진 상태였어. 입에서 피가 뚝뚝 방울져 흘러내렸는데, 그날은 마침 보기 드물게 맑고 화창한 날씨였지. 환한 햇살이 쏟아지는 빠리의 광장, 빠리의 하늘, 태양, 사람들, 사람들…… 곽은 마치 그날의 광장이 보이기라도 한다는 듯 창밖으로 시선을 돌렸다. 약간의 침묵이 지나간 후 곽이 우리를 향해 갑자기 얼굴을 돌리며 말했다.

그리고 탁, 칼날이 목에 떨어진 거지.

곽의 마지막 말에 우리는 일제히 얼굴을 찌푸렸다. 뭔가 불쾌한 느낌이 우리의 가슴을 훑고 지나갔다. 그게 기요띤의 무시무시한 칼날이 떠올랐기 때문인지, 광장의 따사로운 햇살과 몸에서 떨어져나간 목의 대조 때문인지는 모르겠다. 어쩌면 그걸 묘사하는 곽의 표정 때문이었는지도 모른다.

그건 지나치게 구체적이고 지엽적이지 않은가? 하고 누군가 정당한 문제를 제기했지만, 우리는 아직 그 광장에서 돌아오지 못하고 있었다. 누군가는 제 목을 공연히 쓰다듬기까지 했다. 곽이 그런 우리를 바라보며 덧붙였다. 기요띤은 원래, 고통없이 죽음을 맞게 하려고 발명된 도구였다더군……

문제는 이런 이상한 토론이 자꾸 반복된다는 점이었다. 가령 2차대전과 파시즘의 발흥에 대해 공부할 때도 마찬가지였다. 토론이 히틀러의 쇠망이라는 절정에 도달할 무렵, 곽이 고개를 비스듬히 꼰 채 끼어들었다.

1945년 4월 29일, 베를린에서 조촐한 결혼식이 있었다더군. 주례는 발터 바그너라는 공무원 출신 병사였어.

우리는 무슨 엉뚱한 얘기냐는 듯 곽의 얼굴을 바라보았다.

히틀러와 그의 연인 에바 브라운이 자결하기 하루 전이었고, 자정이었고, 어두침침한 지하벙커였지. 죽음의 결혼식이랄까. 히틀러가 처음이자 마지막인 아내 에바에게 평생의 사랑을 서약

했을 때, 그 지하에는 축축한 공기가 떠돌고 있었지. 신랑 아돌프 히틀러와 신부 에바 브라운의 감정에 스며든 그 공기란……

곽이 회상하듯이 중얼거리자, 다시 누군가가 제동을 걸었다. 뭐, 잘 어울리는 공기였겠구만. 파시스트다운 멜랑꼴리에 젖어 있었을 테니까 말이야. 비아냥이 섞인 코멘트였다. 그러자 곽은 그렇게 말한 동료를 똑바로 쳐다보며 말했다. 발터 바그너는 주례를 끝내고 전장으로 돌아가다가, 소련군 총탄에 맞아 비참하게 죽었다더군.

그리고 무거운 침묵이 이어졌다. 그때 곽과 우리 사이에 뭔가 알 수 없는 벽이 가로놓여 있다는 느낌을 갖게 된 것은 아마도 나뿐만이 아니었을 것이다. 매사에 이런 식이었으니 곽이 참석하는 토론 모임은 어쩐지 한산해지곤 했다.

우리가 고백의 제왕에 대해 더 깊은 의구심을 품게 된 것은 우리가 다니던 대학에 가짜 대학생 소동이 있었을 때였다. 가짜 대학생들 중 일부는 도서관에서 물건을 훔치기도 하고, 때로는 태연히 수업을 듣거나 동아리 활동까지 하며 학교를 다닌다고 했다. 교정은 뒤숭숭했다. 우리 동아리에서도 선배 Y가 가짜 대학생이라는 것이 밝혀졌다. Y가 문득 자취를 감춘 뒤, 우리는 비감한 마음으로 술자리에 모여앉았다. 복학생 선배라고 믿었던 Y는 선량하고 박학한 사람이었다. 특히 중세철학과 연금술과 유대 신비주의에 대해서는 누구보다도 깊게 말할 수 있는 선배였다. 술자리에서 그는 기독교의 직선적인 시간관이 왜 문제인지를 카

발라의 시간관과 비교해가면서 설명하곤 했다. 하지만 무엇보다도 Y는 후배들에게 헌신적이었기 때문에 인기를 독차지하던 사람이었다. 그가 가짜 대학생이라는 건 모두에게 충격이었다.

곽이 입을 연 것은 우리가 침통한 표정으로 침묵에 휩싸여 있을 때였다. 사실은…… 곽의 섬세한 입술이 열리고 다시 고백이 시작되었다. 사실은, 나 역시 가짜 대학생이었지. 우리는 멍한 표정으로 곽의 입을 바라보았다. 곽의 입에서 나온 얘기는 이런 내용이었다. 자신은 사실 삼수생이며, 재작년에는 가짜 대학생으로 이 대학을 다닌 적이 있다, 그때는 학적과 직원에게 발각되었지만 학교 측에서도 문제를 만들고 싶지 않았기 때문에 조용히 넘어갔다, 그후 일년 동안 열심히 공부를 했으며 결국 진짜 대학생이 되어 다시 교정으로 돌아왔다…… 그런 내용이었다.

가짜 대학생 신분이 되어보지 않은 사람은 그들의 심정을 이해할 수 없을 것이라고 곽은 덧붙였다. 그렇게 말한 후 뜻밖에도 곽은 눈물을 흘리기 시작했다. 고개를 숙인 곽의 어깨가 조금씩 들먹였다. 눈물은 눅눅한 울음으로 바뀌어갔다. 당황한 선배 중하나가 곽을 위로하기 시작했다. 괜찮아, 괜찮아. 다 지난 일이고, 지금 진짜 대학생이면 되는 거지 뭐. 안 그래?

좌중의 누군가가 낮게, 씨발, 하고 뇌까렸다. 하지만 선배는 곽의 어깨를 감싼 채 건배를 제의했다. 몇몇은 고개를 주억거리며 잔을 들었고, 몇몇은 창밖으로 시선을 돌렸다. 또 하나 고백을 하자면, 하고 곽이 입을 연 것은 모두의 침묵이 길어진다 싶을 때였다. 이번에는 언제 울먹였는가 싶게 메마른 목소리였다.

Y선배가 사라진 건…… 사실 내 탓이다. 그가 가짜라는 건 교무과에서 일하다가 우연히 알게 됐지.

　곽이 그렇게 말하는 순간, 우리는 사태가 어떻게 진행된 것인지를 단박에 이해할 수 있었다. 그 무렵 곽은 근로장학생으로 교무과에서 아르바이트를 하고 있었다. 학과명부를 정리하다가 Y가 등록된 학생이 아니라는 사실을 우연히 알게 됐다는 얘기였다.

　곽은 곧바로 Y를 찾아갔다고 한다. 그리고 자신이 알고 있는 것을 Y에게 그대로 전했다. 자신은 아무런 과장 없이 사실들만을 나열했다고 곽은 강조했다. Y는 곽의 얘기를 들으면서 말없이 곽을 바라보았다고 한다. 곽 역시 Y를 오래 바라보았다. Y는 힘겹게 입을 열었지만 결국 아무 말도 하지 않았다. 아마도 곽의 깊고 오랜 침묵이 Y의 입을 막았기 때문은 아니었을지.

　평소에 Y를 좋아하던 여자 선배 하나가 고개를 숙인 채 감정을 겨우 억누른 목소리로 입을 열었다. 그래서…… 너는…… 진실을 꼭 말했어야 했니? 곽을 힐난하는 말이었지만 목소리에는 힘이 없었다. 나머지는 그저 침묵 속에서 술잔을 기울일 뿐이었다.

　모두들 곽에게 거리를 두게 되었다. 그것이 곽의 목소리 때문인지, 곽의 표정 때문인지, 곽의 입에서 나오는 밑도끝도없는 고백들 때문인지는 정확히 알 수 없었다. 어쩌면 팔조차 흔들지 않고 부유하듯 걷는 모습이 싫었기 때문인지도 모른다. 하지만 모두가 곽에게 결정적으로 등을 돌리게 된 계기가 있었으니, 그 사건은 지금도 기억에 선명하다.

필리핀으로 이민 간 J는 그 시절, 남학생들의 관심을 한몸에 받는 여학생이었다. 정갈하고 단아한 외모에 천성이 다감해서 남을 챙기는 데 유별난 친구였다. 엠티를 가면 식료품 준비부터 조리까지 모두 그녀의 몫이었는데, 그게 당연하게 느껴질 정도였다. 어떤 여선배는 J의 그런 헌신이 성 역할을 고정시킨다고 정색을 하고 충고할 정도였다. 어쨌든 모두의 사랑을 받던 J가 어느날부터인가 갑자기 동아리에 나오지 않았다. 몇몇 선배와 동료가 J를 찾아갔지만 허사였다. 다시 동아리에 나오라고 설득했지만 J는 끝내 돌아오지 않았다. 이유는 아무도 알지 못했다.

그러던 어느날의 술자리였다. 지금은 암으로 투병중인 K의 생일이었던 것으로 기억한다. 동기생들이 거의 다 모여서 축하주를 마셨다. 하지만 J가 화제에 오르자 모두가 착잡한 표정을 지었다. J는 몇몇 동기들의 연모의 대상이기도 했던 탓이다. 예의 그 고백이 시작된 것은 술이 몇순배 돈 뒤였다. 실은…… 그녀가 나오지 않는 것은…… 곽의 입이 열렸을 때, 뭔가 불길한 느낌이 좌중을 압도한 것은 당연했는지도 모른다.

그건…… 나 때문이다.

그날 곽의 고백은 특별히 인상적이었기 때문에, 지금도 그의 입술이 움직이는 모양새까지 선명하게 떠오를 정도다. 곽의 고백에 따르면, 사건은 그해 여름의 어느날 명동 거리에서 시작되었다. 그 여름의 명동에서는 빈번히 시위가 벌어졌지만, 이미 학생들의 시위 참가는 현격히 줄어들던 시절이었다. 곽은 시위에 관심이 없는 회원들 중 하나였는데, 그런 그가 명동에 있었다는 것은 다소 의아한 일이었다. 동료들은 반신반의했지만 그는 학과 소속으로 '출정'을 했다고 말했다. '출정'이라는 단어가 다른 사람도 아닌 그의 입에서 튀어나왔을 때 느껴졌던 기묘한 불쾌감은 지금도 어렴풋이 기억하고 있다.

명동 거리의 어느 골목에서 최루탄에 쫓기던 그는 한 여학생과 같이 도망을 치게 되었다고 한다. 경황없이 좁은 골목길을 따라 달렸지만 등뒤에서는 계속 발소리가 따라왔다. 곽은 뒷골목 어딘가에서 커다란 유리문을 열고 들어가 몸을 숨겼다. 그게 하필이면 여관 건물이었다고 했다. 안에 들어서고 보니 함께 뛰어들어온 여학생은 다름아닌 J였다. 유리문 바깥의 골목에서는 헬멧을 쓴 전경들이 타닥타닥 뛰어가고 있었다. 곽과 J는 급한 대로 돈을 지불하고 여관방에 몸을 숨겼다.

곽이 여기까지 말했을 때 몇몇은 소주잔을 비웠고 몇몇은 담배를 새로 피워물었다. 시선은 곽의 입에서 떼지 못한 채였다. 그 뜨겁던 여름의 여관에서 바깥 동정을 살피던 청춘남녀의 뒷얘기는 듣지 않아도 뻔한 일이었다. 어느 어름에 곽이 '청춘'이라는 단어를 입에 올렸을 때는, 술자리에 있던 모두의 가슴이 묘하게 뒤틀렸다. 곽의 묘사는 여전히 견딜 수 없이 생생했으며, 그럴수록 우리의 질투와 적의 역시 조금씩 끓어올랐다.

곽의 고백에 따르면, 먼저 상대를 끌어안은 것은 곽 자신이 아니라 J였다. 곽은 J의 그 흰 블라우스와 블라우스의 부드러운 결에 대해서, 형광등 불빛의 조도(照度)에 대해서, 벽지의 물결무

늬와 물결무늬 위의 낙서들에 대해서, 그리고 이불을 펴고 누워 천장을 바라볼 때의 느낌에 대해서…… 자못 감상적인 어조로 이야기했다. 슬프고 아련한 풍경이었다. 누군가의 목에서 꿀꺽 침 넘어가는 소리가 들린 것도 그 어름이었다. 여자 동료가 있었다면 자리를 박차고 나갔을 테지만, 그때 그 술자리의 수컷들은 곽의 입에서 흘러나오는 여관방의 흐릿한 분위기에서 헤어나오지 못했다. 하지만 곽이 결정적으로 우리의 심기를 거스른 것은, 그가 스스로 덧붙인 고백 아닌 고백 때문이었다.

밖에서 군화소리가 들리니까 더 자극적이 되더군. 그런데, 문제는……

곽이 말을 이었다.

……그녀가 임신을 한 것이다. 그러니까 그녀가 동아리에 안 나오게 된 건…… 확실히 내 책임이지.

모두들 숨을 멈추었다. 짧은 침묵이 지나갔다. 내가 탁, 소리가 나도록 거칠게 소주잔을 내려놓는 순간, 먼저 입을 연 것은 얼굴이 붉을 대로 붉어져버린 강이었다. 강은 최대한 목소리를 낮췄지만 그의 목소리는 덜덜 떨리고 있었다.

근데…… 이, 씨, 씨발놈아…… 그 얘기를 왜 여기서…… 이런 술자리에서 하는데? 니가 걔 입장을 조금이라도 생각한다면, 이런 데서, 모두들 듣는 데서, 그런 얘기를 하면 안되는 거 아니냐?

모두들 취한 시선을 바닥에 떨어뜨렸다. 강이 J를 짝사랑하고 있었다는 것은 누구나 아는 사실이었다. 강은 J를 위해서라면 무

엇이든 할 녀석이었지만, 정작 말은 꺼내지도 못한 숙맥이기도
했다. 곽이 고개를 천천히 끄덕였다. 그렇지, 그렇지, 모든 것은
내 잘못이니까…… 나는 병원에도 같이 갔었고……

　곽이 그렇게 말하는 순간 술자리는 뒤집어지고야 말았다. 구석
에서 잠자코 있던 H가 곽에게 달려들어 술집 바닥을 뒹굴었던
것이다. 강이 합세해서 곽에게 덤벼들었고, 그때 막 교내 문학상
을 받았던 김도 뛰어들었다. 나 역시 그 난장판을 향해 몸을 던
졌다. 순식간의 일이었다. 그때 곽이 저항을 했는지 그냥 맞고만
있었는지는 정확히 생각나지 않는다. 아니, 그 선술집 바닥을 어
지럽게 뒹굴 때 내가 때린 것이 곽이었는지 다른 누구였는지조
차 실은 기억이 흐릿하다. 취할 대로 취해버린 우리는 도대체 뭘
향한 것인지 알 수 없는 격렬함에 휩싸여 서로의 멱살을 잡고 뒹
굴었던 것 같다.

　그날 우리는 심야의 파출소까지 가서 훈계를 들은 후에야 새벽
거리로 터덜터덜 걸어나올 수 있었다. 야근중이던 늙은 경관은
말끝마다 말이야,를 붙이는 사람이었다. 내가 느이들 애비뻘이
니까 하는 말인데 말이야, 차라리 나가서 시위를 하든가 말이야,
술 먹다가 싸움질이나 하고 말이야, 젊은것들이 말이야,라고 그
는 길게 훈계를 늘어놓았다. 어쩐지 쓸쓸하게 느껴지는 어조였
다. 그의 입에서 연한 술냄새가 풍겼다. 그날 새벽의 하늘이 차
고 맑아서, 파출소를 나오면서 우리는 동시에 한숨을 쉬어야 했
다. 곽은 어느새 사라지고 없었다.

그후 곽은 동아리에 나타나지 않았다. 술자리에서도 곽에 대해서는 입을 다무는 분위기였다. 모두들 곽에 대한 이야기라면 험악한 표정부터 지었다.

하지만, 생각해보면 기이한 일이기도 하지만, 한편으로 우리는 알 수 없는 허탈감을 느끼고 있었던 것 같다. 우리는 우리도 모르게 그의 고백에 이끌리고 있었는지도 몰랐다. 자기 자신에게 탐닉할 때 느껴지는 집중력으로 매번 곽의 이야기를 경청한 것은, 바로 우리였으니까 말이다. 이제 와서 고백하거니와, 나 역시 곽을 멀리하면서도 곽에게 이끌린 것은 사실이었다. 나는 그후로도 오랫동안 동아리 밖에서 곽을 만나 곽과 술을 마시고 곽의 이야기를 들었다. 아니 어쩌면 즐겼다고도 말할 수 있겠다. 나는 곽의 이야기를 듣고 나의 이야기를 지껄였다. 그것은 어린 시절의 이야기이기도 했고, 누군가에 대한 흠모나 적의이기도 했으며, 타인이 가진 허점에 대한 비루한 관심이기도 했다. 곽의 이야기는 건조하면서도 감상적이었고 잔인하면서도 달콤했는데, 그럴수록 나의 고백 역시 더욱 노골적이 되어갔다. 곽의 침묵이 나의 고백을 부추길 때, 나는 쾌감에 몸을 떨며 내 내밀한 모든 것을 곽에게 고백했던 것이다.

그런데 그게 나만 그런 것은 아닌 모양이었다. 곽은 우리에게서는 사라졌으되 우리 각자와는 개인적인 관계를 유지하고 있었다. 심지어 그날 곽에게 달려들었던 강과 H조차도 때때로 곽과 술잔을 기울였다는 것은 나중에 알았다. 곽에 대해서는 아무도 말하지 않았으나, 누구나 그의 고백을 듣고 그에게 고백을 하고 있는 꼴이었다.

지금 생각해보면 역시 이상하게 느껴지지만, 그렇다는 걸 알고 난 뒤에도 우리는 서로에게 화가 나거나 불쾌해지지는 않았던 것 같다. 곽과의 관계는 우리가 하나둘씩 군대로 사라지고, 연애를 시작하고, 토익 공부에 열중할 때까지 지속되었다. 누군가는 제대를 했으며, 다른 누군가는 휴학을 하고 어학연수를 떠났다. 대학을 졸업할 무렵이 되자, 어느덧 곽은 우리의 기억 속에 희미한 흔적처럼 남았다. 우리는 곽을 잊고 뿔뿔이 흩어져 생활전선으로 떠나갔다.

고백의 제왕은 금세 나타났다. 전화를 끊은 최가 이렇게 말하자마자였다.

이 새끼, 아직도 학교 앞에서 자취한다는데?

정말이지 홀연히, 곽이 호프집 문을 열고 우리 앞에 나타났을 때, 우리는 꿀꺽, 침을 삼켰다. 우리 모두는 문득 십수년 전으로 되돌아간 표정으로 곽을 맞이했다. 곽은 마치 타임머신을 타고 그 시절에서 걸어나온 듯했다. 어딘지 어긋나 있는 표정도 똑같았고, 뭔가 긁히는 듯한 목소리에도 변함이 없었으며, 팔도 여전히 흔들리지 않았다.

다들…… 오랜만이다.

곽이 인사를 하고 자리를 잡자 취한 우리는 일제히 곽에게 시선을 집중했다. 강의 입이 먼저 열렸다.

이야, 이거 얼마 만인가. 또 고백을 듣게 됐구만.

강은 취해 있었고, 어쩐지 시비조였다. 곽이 강을 물끄러미 바라보았다.

고백? 고백이라…… 그렇지. 그런 게 있었지.

곽이 뭔가 회상에 잠기듯 그렇게 중얼거리자, 파장 분위기이던 술자리에는 묘한 긴장감이 조성되었다. 때마침 누군가 양주를 시켜 폭탄주를 제조했다. 잔이 빠르게 돌았다. 불콰해진 얼굴로 모두들 한마디씩 던지기 시작했다. 곽을 향해서인지 자신을 향해서인지 알 수 없는 어조들이었다.

셰헤라자데였지, 우리 고백의 제왕께서는 말야.

취할 대로 취한 전직 강사 김의 목소리였다. 누군가 아는 척을 했다.

셰헤라자데? 그거, 천일야화의 주인공 아닌가? 끊임없이 이야기를 지어내야 목숨을 부지할 수 있는?

다른 누군가가 말을 받았다.

하긴, 이야기야 좋지. 어떨 때는 고백의 제왕이 그립더라니까.

그러자 강이 시비조로 대꾸했다.

그래? 난 생각하기도 싫던데?

마치 곽이 이 자리에 있는지조차 모르겠다는 말투였다. 혀가 꼬인 목소리들은 맥락없이 이어졌다.

근데, 우리 제왕께서는 늙지도 않네. 아주, 옛날하고 똑같아, 응?

고백을 하다보면 늙지도 않는 모양이지? 응?

작은 웃음이 일었다. 곽은 흩어지는 목소리들 속에 앉아 말없이 잔을 비웠다. 텅 빈 호프집에 웃음소리가 번져갔지만, 곽은 어딘지 희미한 미소만 지을 뿐이었다. 창밖의 눈송이는 폭설이 되어가고 있었다. 거리는 눈길로 변하는 중이었다. 술자리는 작은 열기에 휩싸여갔다. 곽의 출현이 우리의 무언가를 건드린 것은 틀림없었다. 선량한 K는 암에 걸려 나오지 못했고, H는 J와 함께 이민을 떠났으며, 한 해의 마지막 날은 하릴없이 지나가고 있었다.

후후, 그런데 사실, 나는 진짜 고백할 게 있어.

권이 잔을 비운 뒤 말했다. 음모라도 꾸미듯 한껏 낮춘 목소리였다.

H가 사실은, 나한테 백만원을 대신 갚아달라고 하더군.

모두의 시선이 권에게 쏠렸다.

그 새끼, 사실은 회사 돈 횡령하고 튄 거야. 며칠 있으면 수배령 떨어질걸.

권의 말이 끝나기도 전에 누군가 뇌까렸다.

이런 니기미. 아니, 그런 것도 고백이라고 하고 있나? 그건 고백이 아니라 꼰지르는 거 아냐?

좌중에 킬킬거리는 웃음이 번졌다. 이미 H의 운명 따위에는 관심이 없는 분위기였다.

그런 거야 다 시시한 얘기고. 실은, 나도 고백할 게 있는데.

취였다. 취한 목소리였다.

나, 실은 이혼한 지 벌써 삼년이나 됐다. 이년이 도대체 말을 들어먹어야 말이지.

누군가 비틀거리는 어조로 비아냥거렸다.

내가 다 들었지. 너, 주먹 자주 썼다면서? 응?

하, 그게 참, 한번 때리고 나니까 계속 그렇게 되더라니까. 말을 안 들으니까 말야.

너 같은 숙맥이 그럴 줄은 몰랐다, 응?

나도 모르게 버릇이 되더라구, 씨발.

그러자 최의 말을 듣고 있던 전직 강사 김이 뭔가에 이끌리듯 입을 열었다. 원래 술에 약한 녀석이었다.

내, 내가 대학시절에 문학상 받은 소설 말인데.

모두의 시선이 김에게 쏠렸다.

그게, 그게, 사실은 이런저런 외국소설들을 짜깁기해서 낸 거야. 사실 내가 쓴 게 아니라는 거지. 흐흐.

뭐야? 대필인 거야?

대필이 아니라 도용이지, 새꺄.

그런 줄도 모르고 소설가입네 대접해줬잖아? 히히.

다시 킬킬거리는 웃음이 쏟아져나왔다. 웃음은 우리의 기도에서 솟아나와 아무 곳으로나 흩어져갔다. 침이 튀었다.

야, 사실 말이야.

이번엔 강이었다. 폭탄주 잔에서 거품이 부글거리며 흘러내렸다.

사실이라, 그래, 사실이 어떤데? 고백 한번 해보지, 응?

사실 말이야, J 말이야, 이민 간 J.

취한 시선들이 킬킬거리며 강의 입술로 쏠렸다.

내가 J를 좀 알거든.

그래서? 그래서?

강은 말을 제어할 수 없는 듯했다. 얼굴 근육이 한올 한올 풀어지듯 씰룩거렸다.

며칠 전까지만 해도…… 우리가 좀 뜨거운 관계였지. H가 없으니까 하는 말이지만 말야. 흐흐.

야, 이 새끼 이거, 순 나쁜 새끼구만?

이제 걔네 둘이 이민 갔다 그거냐?

야야, 그런 건 고백이 아니라 자랑 아냐? 응?

삿대질까지 해가며 분위기가 소란해졌지만, 이제야 술맛이 난다는 표정들이었다. 곽은 난무하는 말들 사이에 우두커니 앉아 창밖을 바라보고 있었다. 흐릿한 표정이었다. 취기 탓인지 구석자리에 앉아 있는 곽의 윤곽이 희미하게 느껴졌다. 나는 두 눈을 비비고 머리를 흔들었다. 나는 어쩐지 비감한 기분에 휩싸였다. 곽에게 시선을 둔 채로 내 입이 열렸다. 내 입에서 나온 말은 나 자신에게조차 엉뚱한 것이었다.

그래, 그래…… 이제 누구…… 살인한 사람은 없나?

스스로도 놀랄 만큼 차분하고 낮은 목소리였다. 갑자기 찬물을 뿌린 듯 좌중이 조용해졌다. 모두의 시선이 나에게 모여들었다가, 다시 맥없이 흩어졌다. 모두들 불쾌한 얼굴인 채였지만, 갑자기 모든 게 시시해져버렸다는 표정들이었다. 어색한 침묵이 길어지고 있었다. 그때였다. 창밖으로 시선을 돌리고 있던 곽이 중얼거렸다. 희미한, 들릴 듯 말 듯한, 아주 먼 곳에서 들려오는 듯한, 그런 목소리였다.

눈 온다.

우리는 일제히 창밖을 바라보았다. 정말 눈이 내리고 있었다.
우리는 거칠게 흩날리는 눈송이들에서 눈을 떼지 못했다. 눈이
온다는 얘기를 처음 듣는 사람들이기라도 한 듯이. 아주 오래전
부터 내리고 있던 눈을.

파장이었다. 자정이 가까워지고 있었다. 한 해가 가고 있었다.
눈은 그칠 기미가 보이지 않았다. 우리는 이상하게도 패잔병 같
은 기분이 되어 거리로 나섰다. 변두리의 대학가는 고요했다. 종
로에서는 곧 새해를 알리는 종이 울릴 것이다. 식당도 문이 닫혀
있고, 편의점만이 불을 밝히고 있었다. 누군가 휴대전화를 꺼내
들고 대리기사에게 위치를 알렸다. 아아, 여기는, 그러니까, 후
문 쪽이고요, 네? 네? 아니, 이 동네에 대학이 하나밖에 더 있습
니까? 거기 후문으로 오세요. 후문 몰라요? 아니, 거기, 후문 말
이에요. 아니 이 사람이.

휴대전화를 붙들고 언성을 높이고 있는 건 강이었다. 그런 강
을 바라보며 몇몇은 엉거주춤 서 있고 몇몇은 비틀거리며 서로
행선지를 묻고 있었다. 그때 누군가의 휴대전화 벨이 울렸다. 아
니, 벨은 한 사람이 아니라 우리 모두의 휴대전화에서 울렸다.
거의 동시였다. 바지주머니에 있던 내 전화기도 부르르 떨며 신
호를 보냈다. 우리는 일제히 전화기를 꺼내들었다. 짧은 문자메
씨지였다. 모두에게 한꺼번에 당도한.

우리는 멍한 표정으로 서서 각자의 휴대전화 화면을 바라보았다. 짧은 침묵이 우리를 감쌌다. 결국 누군가가 입을 열었다. 방금과는 전혀 다른, 침울한 목소리였다.

K가, 결국 떴다는군. 인천 시립병원이라는데.

거리에는 눈이 쌓이고 있었다. 우리의 머리카락도 스륵스륵 젖어갔다.

그렇군. 나한테 온 것도 그거야.

새끼, 착한 놈이었는데.

침묵이 이어진 끝에 누군가가 겨우 내뱉었다.

결국…… 이런 건가.

우리는 엉거주춤 길 한복판에 서 있었다. 눈은 아랑곳없이 내리고 있었다. 그때 어둠속에서 무엇인가가 우리 쪽으로 다가왔다. 크고 거대한 그림자였다. 우리는 일제히 그 그림자를 바라보았다. 그것은 스모선수처럼 비대한 몸집을 가진 복사집 주인이었다. 뭔가를 사들고 오는지 손에 검은 비닐봉지가 들려 있었다. 복사집 주인은 문득 멈추어서서 멍하니 서 있는 우리를 훑어보았다. 아는 얼굴들인지 아닌지 헷갈린다는 표정이었다. 우리 역시 그를 아는 체해야 하는지 말아야 하는지 잠시 망설였다. 그때 누군가 말했다.

음, 난 내일 지방엘 가야 해서. 인천까지는 좀.

다른 누군가가 그 말을 받았다.

오늘이 새해인데. 새해를 영안실에서 맞아야 하나.

인천이라니, 좀 그렇군.

모두들 입을 다물었다. 복사집 주인은 말 걸기를 포기한 듯 우리 사이를 뚫고 천천히 걸어갔다. 곰처럼 부드러운 발걸음이었다. 우리는 모두 그의 몸피 큰 뒷모습에 시선을 두고 있었다. 그의 뒷모습이 눈발 속으로 완전히 사라질 때까지 우리는 희디흰 어둠속을 멍하니 바라보았다.

대리기사가 도착한 후 강이 먼저 떠났다. 쭈뼛쭈뼛 서 있던 최와 박도 택시를 잡아탔다. 누구…… 인천 갈 사람 있으면 조의금 좀 전해주지?라고 말한 것은 김이었다. 아무도 대답을 하지 않자 김은, 그럼, 하고 중얼거리듯 말하고는 택시 안으로 사라졌다. 하늘을 바라보고 있던 권도 어깨를 으쓱한 뒤 택시를 잡아타고 떠났다.

나와 곽만이 남았다. 우리는 서로를 멍하니 바라보았다. 택시가 우리 앞에 와 서자 누가 먼저랄 것도 없이 뒷좌석으로 기어들어갔다. 인천 시립병원이요. 나는 그렇게 소리를 지르듯 말하고는 등받이에 몸을 묻었다. 차창 밖을 바라보았다. 지금 병원에 도착하면 새벽 두시, 문상을 마치고 서울로 돌아오면 새벽 다섯시는 되겠지. 그리고 새해일 것이다.

택시는 내부순환도로를 타고 서울의 거리를 달리기 시작했다. 차창 밖으로 붉은 십자가들이 흰 눈을 배경으로 거대한 묘역을 이루어 빛나고 있었다. 씨발, 웬 십자가가 이렇게 많냐? 내가 혼잣말인 듯 아닌 듯 뇌까렸다. K의 죽음조차 하나의 긴 고백 같다는 어이없는 생각이 들었다. 아니, K는 이제야 겨우 고백을 끝내

고 안식에 든 것인지도 몰랐다. 택시는 내리는 눈 속을 뚫고 서
해를 향해 달려가고 있었다. 검은 하늘이 흰 눈으로 가득했다.

차창에 비친 곽은 어둠속에 잠긴 채 소리없이 앉아 있었다. 문
득 내 얼굴에 곽의 얼굴이 스르르 겹쳐 보였다. 곽이 사라지고
내 얼굴만 차창에 남았을 때, 나는 고개를 돌려 옆자리의 곽을
보았다. 곽이 그 유령 같은 얼굴을 돌려 나를 돌아본 것도 그때
였다. 우리의 눈이 마주쳤다. 무언가 고백을 시작하려는 듯, 곽
의 입술이 열렸다. 나는 곽의 벌어진 입을 멍하니 바라보았다.
그것은 검고 깊게 뚫린 동굴 같았다. 차창 바깥으로는 끝도 없이
눈이 내리고 있었다.

아르마딜로
공간

이곳에 오면 모든 것을 볼 수 있다. 수족관 물속을 헤엄치는 향유고래를 본 적도 있다. 수조의 수면이 흔들리고 고래의 등에서 물기둥이 길게 솟아오른다. 물방울들은 정점에서 포말을 이루다가 사방으로 흩어진다. 이곳의 고래에 관심을 가진 것은 대개 고래고기를 먹으러 오는 중년의 사내들이다.

이곳에 오면 검은 돌이나 흰 돌을 쥐고 바둑을 두는 사람들도 볼 수 있다. 그들은 대개 공원의 노인들이다. 노인들은 쉽게 집을 짓고 부순다. 그리고 결국 화를 낸다. 검은 돌과 흰 돌의 위치만큼 중요한 것은 세상에 없다는 투다. 경험이 많은 노인들일수록 침묵에 능하지만, 검은 돌과 흰 돌이 만든 집들은 쉽게 무너진다.

이곳에서는 또 누군가의 입에서 흘러나온 노래를 들을 수 있다. 처음 노래를 흥얼거린 사람이 누구인지는 모른다. 지금쯤은 고깃점을 우물거리며 씹고 있을지도 모른다. 입가에 침이 배어나올 것이다. 하지만 노래는 다른 누군가의 귀로 흘러들어간 뒤이다. 다른 누군가는 자기도 모르게 노래를 흥얼거리다가 고개를 갸웃거린다. 이 노래를 어디서 들었더라.

어디서 들었더라.

이곳은 그런 곳이다. 이곳에 오기 위해서는 종로3가역에서 내려 낙원상가를 지나 걸어와야 한다. 포항 고래고깃집과 파라다이스 성인오락실과 파고다 기원과 대성 목공소를 지나 낙원 아래의 돼지머릿집들을 신중하게 지나와야 한다. 새점을 치거나 타로 운세에 관심이 있는 사람들은 조금 더 쉽게 찾을 수 있을지 모르지만.

이곳에 오면 모든 것을 볼 수 있다. 이곳에서 나는 택시와 부딪쳐 날아가는 여자아이를 본 적도 있다. 아이는 빨간 모자를 쓰고 있었다. 가족사진에서 막 빠져나온 것 같은 표정의 여자아이는 손에 과자봉지를 든 채 허공을 날아갔다. 봉지에는 자야라고 씌어 있었다. 내 입속에 과자 맛이 고소하게 고였다. 여자아이가 아주 천천히 날아갔기 때문에 나는 아이에게 손을 흔들어주었다. 아이는 날아가면서 나를 바라보았다. 아이는 웃고 있었지만 좀 어리둥절한 표정이었다. 사실 날아가는 것들의 표정은 대개 그렇다. 새들의 표정을 조금씩이라도 관찰해본 사람이라면 알 수 있다.

날아가는 사람은 앉아 있는 사람과는 다르다. 손을 마주잡거나 뭔가 이야기를 나누기가 어렵다. 손이라고 생각하고 쥐어보면 허공이고, 무언가 물어보면 이미 끝난 질문이다. 아이의 얼굴에는 가벼운 미소의 흔적이 아직 사라지지 않고 있었다. 날아가기 바로 전에 무언가 즐거운 생각을 하고 있었는지도 모른다. 아니면 누군가 자기를 칭찬하는 이야기를 들었는지도 모른다. 날아가는 아이의 뒤로 택시가 급정거하며 스키드 마크를 새겼다. 타이어가 아스팔트에 미끄러지면서 신경질적인 소음을 일으켰다. 나는 귀를 막았다. 아이의 머리에서 벗겨진 빨간 모자가 내 앞에 떨어졌다. 나는 눈을 감았다. 고무 타는 냄새가 코를 찔렀다. 나는 숨을 멈췄다. 아스팔트에는 곧 타이어 자국만 남았다. 내가 눈을 떴을 때, 이미 아이는 사라지고 없었다. 빨간 모자만 덩그러니 길 위에 남아 있었다. 나는 빨간 모자를 주워들었다.

이곳은 그런 곳이다. 서울 사의 686×번 EF쏘나타 TXL 중형택시는 지난해의 여름을 달리고 있었다. 빨간 모자를 쓴 여자아이는 이십오년 전의 겨울을 걸어가고 있었다. 여름의 택시가 속도를 조금 높였다. 여자아이가 걸어가던 거리에는 탐스러운 눈송이가 흩날리고 있었다. 롯데리아에서 사온 햄버거로 점심을 때운 기사는 조급했다. 아직 사납금을 채우지 못했기 때문이다. 붉은 신호등 위로 아스팔트의 열기가 어지럽게 피어올랐다. 택시 기사는 앞유리를 가득 메운 희멀건 하늘을 올려다보았다. 민들레 포자들이 하얗게 휘날리고 있었다.

여름에 웬 민들레가……

기사는 빨대를 창밖으로 던지고 단숨에 콜라를 들이켰다. 전방의 신호등은 파란불에서 이제 막 노란불로 바뀌려 하고 있었다. 신호등 저편에 서 있던 남자의 눈이 기사와 마주쳤다. 남자가 택시를 부르기 위해 오른팔을 들었을 때는 이미 가속기를 밟은 뒤였다. 택시가 빨간불이 들어온 네거리를 질주하는 순간 기사는 문득, 거리에 하얗게 흩날리는 것이 민들레 포자가 아니라 눈송이라는 것을 깨달았다. 교차로를 무사히 통과했다고 생각하는 순간, 기사는 온몸에 가벼운 충격이 전해지는 것을 느꼈다. 기사는 차 앞유리에 가득 흩날리는 눈송이들을 보았다. 그리고 그 사이로 허공에 떠 있는 소녀를 발견했다. 횡단보도였으며, 여름이었다. 행인들은 날아가는 소녀를 향해 천천히 시선을 돌렸다. 소녀는 슬로우비디오 화면 속인 듯 느리게 움직였다. 빨간 모자에 분홍색 패딩점퍼를 입은 소녀의 손에는 과자봉지가 들려 있었다. 봉지에는 자야라고 씌어 있었다. 꼬불꼬불한 과자들이 쏟아져나와 허공에 점점이 흩어졌다.

지난해의 여름을 달려가던 택시가 이십오년 전의 겨울을 걸어가던 아이를 친 것은, 이곳이 결국 그런 곳이기 때문이다. 가을은 흘러가다가 문득 여름으로 이어지고, 여름은 겨울과 부딪힌다. 이곳은 오늘 파고다공원 근처에 있고, 내일은 노량진이나 가리봉동에 있을지도 모른다. 이곳은 대개 횡단보도 근처에 있다.

나는 이곳을 아르마딜로라고 부른다. 내가 낚시의자에 앉아 이 곳의 이름을 지어야겠다고 생각했을 때, 횡단보도 앞으로 아르 마딜로 한 마리가 유유히 지나갔기 때문이다. 가끔 제비 같은 오 래전의 새들이 이곳을 휙 스쳐 날아가는 것을 본 적이 있지만 아 르마딜로는 처음이었다. 때로 이곳은 초원이나 싸바나와 겹쳐지 기도 하는 모양이다.

아르마딜로의 발걸음은 대단히 느렸기 때문에 나는 우스꽝스 러운 그 자세를 자세히 살펴볼 수 있었다. 짧은 다리에 오소리만 한 크기의 몸은 온통 딱딱한 껍질로 덮여 있고, 꼬리와 얼굴, 앞 다리와 뒷다리도 각질로 되어 있었다. 아르마딜로는 뒤뚱거리며 움직였다. 걷는다기보다는 기어간다는 표현이 어울렸다. 조금 기어가다가는 몸을 동그랗게 만들어 웅크리곤 했다.

아, 그 동물원에서 온 모양이야. 그제야 나는 깨달았다. 삼십 년 전에 저 아르마딜로는 동물원에 있었다. 소나기가 내리자 동 물들은 대부분 우리로 돌아가고 관람객들은 우산을 펴들고 동물 원을 떠나던 그때. 나는 세 시간째 철창 안의 아르마딜로를 바라 보고 있었다. 그런 것은 나의 특기다. 무엇이든 나만큼 오래 바 라볼 수 있는 사람은 이 도시에 없다.

아르마딜로는 개미핥기와 천산갑 등속이 있는 우리에 몸을 납 작 바닥에 붙이고 있었다. 나는 단숨에 아르마딜로가 마음에 들 었다. 아르마딜로는 조심스럽게 이동하다가 멈추곤 했다. 사방 이 콘크리트로 둘러싸인 우리 안에도 다른 세계가 있다는 투였 다. 하긴 거기서도 무언가를 발견하고 무언가에 놀라기도 하겠지. 창살에 붙어 있는 안내문에는 이렇게 적혀 있었다. '대부분의 아르마딜로는 온몸을 각질 안으로 끌어당겨 빈틈없는 자세로 땅바닥에 엎드릴 수 있으며, 일부는 몸을 공처럼 둥글게 말 수도 있다. 아르마딜로의 이빨과 턱은 빈약해서 아무것도 할 수 없지만 후각은 발달해 있어서 작은 곤충 따위를 잡아먹고 산다. 서식지는 싸바나, 팜파스, 건조한 황무지, 가시덤불. 그리고 안개가 끼어 있는 숲. 남미의 일부 원주민 부족은 아르마딜로를 영험한 짐승으로 여긴다. 그들은 아르마딜로가 강물이 뒤섞이는 순간과 구름이 표변하는 순간을 지배하는 신성한 힘을 지니고 있다고 믿는다.'

아이를 찾아 비 내리는 동물원을 헤매던 남자는 아르마딜로 우리 앞에 웅크리고 있는 아이를 발견했다. 남자는 길게 한숨을 내쉬었다. 남자는 겨드랑이에 손을 넣어 아이를 번쩍 들어올렸다. 아이는 마침 강물이 뒤섞이고 구름이 표변하는 모습을 떠올리고 있었다.

그날밤 아이는 몸을 공처럼 둥글게 말고 빈틈없는 자세로 이불 바닥에 엎드려 밤을 보냈다. 아이는 다음날에도 하루종일 그 자세로 움직이지 않았다. 남자는 할 수 없다는 듯한 표정을 지었다. 남자가 돈을 벌기 위해 먼 사막의 나라로 떠나야 하는 날이었다. 이란이라고 했다. 팔레비와 호메이니 같은 이상한 이름의 왕들이 싸우는 나라라고도 했다.

애한테 급살(急煞)이 있었구만. 쯧쯧.

지난해의 여름을 달려가던 택시와 이십오년 전의 겨울을 걸어
가던 여자아이에 대해 물어보면, 박노인은 새점을 치며 그렇게
말했다. 검고 둥근 안경을 쓴 박노인은 흐릿한 시선으로 내 얼굴
을 바라보았다. 박노인의 새들은 앙증맞은 몸으로 포르르, 새장
안을 날아다녔다. 새들은 새장 안에서 삼년 전과 올해와 내후년
의 운명을 작은 부리에 물어왔다. 박노인은 관상(觀相)에서 육효
(六爻), 척전(擲錢)까지 괘를 읽는 것이라면 무엇이든 다루지만
최근에는 새점만 쳤다.

관상이든 사주든 육효든 새 새끼들이든, 괘(卦)는 같다네. 괘
라는 놈은 이리저리 얽혀서 저 스스로 바뀌지. 관상이든 사주든
육효든 새 새끼들이든, 사람이 가늠하는 건 다 같다네.

박노인은 안경 너머로 나를 빤히 바라보며 말했다. 작은 새들
이 가는 횃대에 앉아 졸았다. 박노인의 소형 카세트라디오에서
부드러운 음성이 흘러나왔다. 원래 오늘의 히트곡 코너에 출연
예정이던 가수 큐가 공연중 사고로 유명을 달리했습니다. 다시
한번 고인의 명복을 빕니다.

그리고 느린 듯 빠른 비트의 음악이 흘러나왔다. 도화살이야,
도화살. 박노인은 혀를 끌끌 찼다. 새들이 포르르 날아다녔다.
박노인은 손님들에게 도화살이 끼었다든지 재살, 천살, 역마살
이 있다든지 하는 점괘는 내놓지 않았다. 그의 조그만 새들이 종
종거리며 물어오는 괘에는 언제나 작은 불행과 큰 행운이 적혀
있었다.

괘사(卦辭)들이 인생을 만드는 거라네, 암.

박노인은 웃었다. 둥근 안경 속에서 쪼글쪼글한 눈매가 조금 움직였다. 박노인이 자리잡고 앉은 포장 곁에는 나무판자가 세워져 있었다. 관상 신수 궁합 사주 애정운 사업운이라고 씌어 있고 맨 아래에는 日本語可能, 運命の豫測이라고 적혀 있었다.

새들이 새장 안에서 날아다녔다. 하지만 박노인의 작은 새들은 택시에 치인 여자아이의 운명 같은 것은 미리 알려주지 않았다. 여자아이는 괘사 바깥으로 날아갔다. 나는 빙그레 웃었다.

아르마딜로는 배를 땅에 붙이고 짧은 다리를 흐느적거리면서 행인들 사이를 이동했다. 행인들은 식사 후에 나눌 만한 농담을 던지며 아르마딜로를 지나 걸어갔다. 아무도 아르마딜로를 보지 못하는 것 같았다. 아르마딜로의 몸을 덮고 있는 각질은 거의 갑옷이라고 할 만했다. 갑옷이 너무 단단해서 아르마딜로는 자신이 무거울 것 같았다. 중력이 없다면 조금 더 부드럽게 살아갈 수 있을 텐데. 저 단단한 갑옷을 걸치기 위해 수천년 동안 변해왔을 것을 생각하자, 나는 웃음을 참을 수가 없었다. 나는 웃음을 터뜨렸다. 아르마딜로가 내 앞에 멈추어서서 천천히 고개를 돌렸다. 나는 아르마딜로의 눈을 마주보았다. 아르마딜로는 외로운 표정을 하고 있었다. 나는 역시 중력 때문일 거라고 생각했다. 싸바나, 팜파스, 건조한 황무지, 가시덤불. 그리고 안개가 끼어 있는 숲의 시간 때문인지도 모른다. 아르마딜로는 천천히 몸을 움직여서 내 앞을 지나갔다.

나는 주로 지하철을 타고 이곳에 온다. 요즘에 아르마딜로의 공간은 종로에 있다. 몇개월 전에는 가리봉동에 있었다. 그전에는 목포의 터미널에도 있었고 인천 월미도에도 있었다. 새벽에 부스스 깨어나보니 지하철 자판기 옆에 아르마딜로가 있었던 적도 있다. 아르마딜로는 나를 빤히 바라보다가 계단을 기어올라갔다. 나는 다시 잠들었다. 잠에 빠져들면서 나는 중얼거렸다. 아무래도 넌 싸바나나 팜파스가 어울려. 모래바람이 불어오는 이란의 국경도로변도 괜찮을지 몰라. 몇달 동안 아무도 지나간 적이 없는 남미의 황량한 초원도 좋고. 그런 데서는 강물이 뒤섞이고 구름이 표변하겠지.

그런 일은 얼마 전에도 있었다. 덮고 자던 스포츠신문 1면에 예쁜 여자애의 얼굴이 실려 있었다. 머리를 색색으로 물들인 여자애의 사진에는 검은 테두리가 둘러져 있었다. 도화살이 들었다던 그 가수였다. 나는 몇개의 신문기사를 꼼꼼히 읽어보았다. 내가 신문을 읽을 때 아르마딜로가 천천히 내 앞을 기어서 지나갔다. 나는 여자애에게 일어난 일을 천천히 이해했다. 사건의 진상을 이해한 사람은 이 도시에서 나밖에 없을 것이다.

한창 인기를 끌기 시작하던 어린 가수 하나가 생방송 공연 도중 갑자기 죽어버렸다. 랩을 잘하는 가수로서는 드물게 여자애였기 때문에 빠르게 인기를 얻는 중이었다. 오래된 트로트곡을 개작해서 랩과 섞어 부르는 통에 늙은이들까지 그애의 노래를 좋아했다. 어딘지 익숙한 분위기이면서도 처음 듣는 리듬이라고들 했다. 복고풍에 아주 현대적인 음률이 뒤섞여 있어서 어지럽다는 평에도 불구하고 인기는 식지 않았다. 그건 빠른 듯 느린 템포와도 관련이 있었지만 노래의 감정선이 급격하게 변하기 때문인지도 몰랐다. 댄스곡이었는데도, 노래를 듣다보면 어쩐지 조울증에 걸릴 지경이었다. 사람들은 흥겨워하다가 갑자기 침울한 표정을 짓곤 했다. 춤을 추고 싶다가도, 그냥 가만히 누워 있는 쪽이 좋겠다는 생각에 빠져들기도 했다. 트로트를 모르는 십대들조차 그런 기분이 들었다.

생방송중이었다. 여자애는 백댄서들과 함께 춤을 추다가 높이 뛰어올랐다. 야외공연이었고, 무대 뒤의 거리에는 자동차들이 지나다니고 있었다. 하얀 민들레 포자들이 조명 속을 날아다녔다. 춤을 추던 여자애는 공중에 솟아올랐다가 착지하지 못하고 무대 아래로 추락했다. 형형색색으로 물들인 여자애의 머리칼이 바닥에 흩어졌다. 머리에서 피가 쏟아져나왔다. 생방송은 중지되고 텔레비전에서는 관객들의 비명소리가 약 오초 동안이나 흘러나왔다. 사회자는 말을 더듬거렸다.

춤을 추다 도약 순간에 발을 헛디뎌 일어난 사고라는 설은 금방 부정되었다. 펄쩍 뛰어 정점에 도달한 순간 여자애의 표정이 이상하게 일그러졌다는 건 화면을 보던 사람이라면 누구나 알 수 있었다. 여자애의 몸은 허공에서 갑자기 중심을 잃고 무대 아래로 떨어졌던 것이다. 마치 공중에서 무언가에 부딪히기라도 한 것 같은 동작이었다. 여자애의 마지막 표정은 정지화면으로 오랫동안 시청자들의 눈길을 사로잡았다.

방송과 조간신문 들은 과다훈련에 따른 심장마비라는 의사의 소견을 일제히 인용 보도했다. 발빠른 잡지에서는 기획사들이 미성년인 신인 아이돌들을 무리하게 합숙훈련시킨다며 르뽀기사를 내보내기 시작했다. 규정보다 높게 설치된 무대 및 안전장치도 도마 위에 올랐다. 하지만 그 기사들은 여자애가 어떻게 해서 그렇게 높이 뛰어오를 수 있었는지, 그리고 허공에서 한차례 회전까지 할 수 있었는지는 설명하지 못했다. 물론 그 순간 여자애의 눈에 보였던 이상한 풍경에 대해서도, 신문기사들은 언급하지 못했다.

사건의 내막을 알고 있는 것은 나뿐이다. 오늘따라 어쩐지 기분이 안 좋다고 생각하며 춤을 추던 여자애는 미소를 지으려고 노력했다. 하지만 노력하면 노력할수록 표정이 일그러졌다. 노래가 절정으로 치달을 때, 그녀는 이상한 느낌에 사로잡혔다. 학생들과 아저씨 팬들이 섞여 무대 앞에서 소리를 지르고 있었는데, 그들의 표정이나 환호성이 자신과는 아무런 관계가 없는 것처럼 느껴졌다.

여기가 어디지?

여자애는 낯선 느낌에 사로잡혔다. 오래전에 알고 있던 불안이 갑자기 자신을 휘감는 듯했다. 노래가 절정에 이르자 그녀는 가능한 한 높이 점프했다. 수없이 연습한 동작이었다. 몸이 정점에 도달했다고 생각하는 순간, 그녀는 자신이 무언가에 부딪혔다는 것을 깨달았다. 몸이 믿을 수 없을 만큼 높이 떠오르고 있다고, 여자애는 생각했다. 허공에 뜬 여자애는 문득 하얀 꽃잎으로 가득한 거리를 보았다. 하지만 자세히 보면, 날아다니는 것들은 꽃

잎이 아니라 눈송이였다.

　무슨 일이 일어났는지는 나만이 알고 있을 것이다. 춤을 추던 여자애는 달리던 자동차에 치인 것이다. 포니였다. 1978년 겨울의 서울 거리를, 포니는 달리고 있었다. 며칠 전의 여자애는 춤을 추었고 수십년 전의 포니는 달렸을 뿐이지만, 그들은 서로 만났다. 그곳이 아르마딜로의 공간이었기 때문이다.

　포니는 세상에서 가장 아름다운 차였다. 그 아름다운 차를 운전하던 남자는 그날 기분이 좋았다. 비록 불법으로 영업하는 지입제 차주이긴 했지만, 남자는 포니를 사랑했다. 누구를 만나든 입에 침이 마르도록 포니를 칭찬했다. 배기량 1200씨씨의 포니야말로 자랑스러운 자립경제의 상징이라는 회사의 선전을 남자는 달달 외우고 있었다. 새벽녘 택시에 올라 첫 시동을 거는 느낌이 대단하다는 것은 나도 잘 알고 있다. 옆자리에 아이를 앉혀놓고 남자는 시동을 걸며 이렇게 말하곤 했으니까.

　바로 이것이, 포니라는 것이다.

　남자의 목소리는 감격에 겨워 떨렸다. 그 문장은 아이의 기억에 깊이 새겨졌다. 그후 오랫동안, 포니라고 발음하면, 아이에게는 비할 데 없이 아름다운 하나의 세상이 떠올랐던 것이다.

　그날은 날씨가 추웠고 눈이 내렸다. 포니를 타고 1978년의 저녁시간을 달리던 남자는 기분이 좋았다. 한시적이긴 하지만 곧 지입제 택시를 합법적으로 허용해준다는 얘기가 나돌고 있었다. 그걸 한시택시라고들 불렀다. 이제 곧 영업용 택시를 모는 정식

사업자가 될 것이었다.

남자의 포니는 노량진의 넓은 도로를 달리고 있었다. 고장 때문에 지직거리는 라디오의 주파수를 맞추고 있는데, 갑자기 맑은 음색의 노래가 흘러나왔다. 귀에 감기는 곡이었다. 가만히 들어보니, 그것은 트로트인 듯도 하고 트로트가 아닌 듯도 했다. 낯선 여자애의 목소리였다. 남자는 처음 듣는 노래라고 생각했지만, 한편으로는 어딘지 많이 들어본 것 같은 느낌이기도 했다. 남자는 볼륨을 조금 높였다.

노래…… 묘하네……

남자는 고개를 갸웃거렸다. 노래가 절정에 이르렀다고 생각하는데, 갑자기 라디오에서 비명소리가 흘러나왔다. 비명소리에 놀란 남자는 자기도 모르게 가속기를 밟았다. 포니가 낼 수 있는 순간속도로는 놀라울 정도였다. 교차로의 횡단보도를 통과하는 순간, 남자는 무엇인가 택시에 부딪힌 것 같다고 생각했다. 눈이 내리고 있었고, 거리는 어두웠다.

무대 위에서 춤추던 여자애는 데뷔 전에 아르마딜로의 공간을 지나간 적이 있다. 노량진이었고, 횡단보도였다. 울긋불긋하게 머리를 물들인 여자애는 남자애의 팔짱을 끼고 걸었다. 남자애는 여자애를 향해 몸을 돌린 채 어색한 자세로 걸었다. 여자애가 있는 세계 외에는 달리 다른 세계가 존재할 리 없다고 믿는 듯했다. 그때 여자애는 기획사 주변을 기웃거리고 있었다. 여자애는 좁은 자취방에 자기를 재워주는 남자애를 사랑했다. 노량진 부근의 PC방에서 하루를 보내고 나온 오후였고, 민들레 포자가 하얗게 날아다니고 있었으며, 횡단보도였다.

무대 위에서 춤을 추던 여자애가 공중으로 떠오르던 바로 그 순간, 텔레비전의 볼륨을 높이고 노래를 듣고 있던 남자애도 공중으로 떠올랐다. 그는 PC방과 편의점의 야간 아르바이트를 제외하면 특별히 하는 일이 없었다. 몸을 동그랗게 말고 수음을 하면서 여자애의 노래를 듣는 게 일이었다. 그 순간만이 그에게 충만한 느낌을 주었다. 노래는 그의 가슴을 가득 채웠다. 그건 슬픔이기도 하고 기쁨이기도 했다. 그는 제 팔꿈치에 남아 있는 여자애의 온기를 기억해냈다. 만화방이나 PC방에서 그녀가 제 팔에 매달려 있을 때, 남자애는 품에 넣어가지고 다니는 잭나이프를 가만히 쥐어보곤 했다. 폴더형으로 손에 딱 맞는 느낌이 좋았다. 그녀를 위해서라면 언젠가 이 칼을 쓸 수도 있을 것 같았다. 칼은 그에게 자신감을 주는 유일한 것이었으며, 여자애의 체온은 그에게 칼이 필요한 유일한 이유였다. 노래는 절정을 향해 다가가고 있었다. 그는 누운 채 몸을 부르르 떨었다. 품에서 칼을 꺼내 쥐고는 눈물을 흘렸다. 그는 한번도 그녀를 위해 잭나이프를 써보지 못했다는 사실에 회한을 느꼈다. 차라리 누군가 찔러보기라도 했더라면 좋았을 거라는 생각이 들었다. 그 순간, 그는 제 몸이 무언가에 격렬하게 부딪혔다는 것을 깨달았다. 남자애의 몸은 천장에 둔탁한 소리를 내며 부딪힌 후 툭, 떨어졌다. 텔레비전에서 흘러나온 비명소리가 귀로 스며들었지만, 잠시 그곳에 고여 있다가 힘없이 사라졌다.

서울 어디서나 볼 수 있는 뒷골목 다세대주택가의 허름한 반지하방이었다. 그런 곳에서 일어난 일은 누구의 관심도 끌지 못한다. 다만 몇몇 신문에 '무직자, 할복자살'이라는 제목으로 단신기사가 났을 뿐이다. 반지하의 방에서 혼자 높이 튀어올랐다가 방바닥에 추락한 청년은 일주일이 지난 뒤에야 발견되었다. 무언가 쿵 하는 소리가 바닥을 울렸을 때, 윗집에 살던 다세대주택의 주인은 잠시 우물거리던 입을 멈췄다가 다시 고기를 씹기 시작했다. 갓 끊어온 생고기라 역시 부드럽다고 그는 생각했다. 일주일 뒤의 어느날, 주인은 허여멀건 젊은것이 혼자 사는 건 역시 탐탁지 않다고 생각하게 된다. 주인은 밀린 월세를 독촉하기 위해 지하계단을 내려가 초인종을 눌렀다. 반응은 없었다. 쯧쯧 혀를 차며 계단을 다시 올라가려고 할 때, 그는 문틈에서 흘러나오는 이상한 냄새를 맡았다.

경찰은 청년의 죽음을 자살로 처리했다. 몇몇 경관들은 스스로 칼을 배에 찔러넣는 독종은 요즘엔 여간해서 보기 어렵다며 혀를 찼다. 그들은 그 잭나이프가 우연히 청년의 배에 꽂혔을 뿐이며, 청년이 천장에 부딪혔다가 떨어지는 바람에 뱃속을 파고들어간 것이라고는 생각하지 못했다. 게다가 경찰은, 청년이 대체 무슨 이유로 아랫도리까지 벗은 채 자살했는지는 설명하지 못했다. 다만 청년의 아버지뻘 되는 늙은 경관만이, 천장의 핏자국을 의아스럽다는 듯 잠시 올려다보았을 뿐이다. 경관은 그 피가 청년의 것인지 아닌지 알아봐야겠다고 생각하고는, 어디론가 전화를 걸기 위해 휴대전화를 꺼내들었다.

청년의 죽음은 무대 위에서 춤추던 어린 가수의 죽음과 동시에 일어났지만, 두 죽음을 연결해서 생각할 수 있는 사람은 이 도시에 나뿐이다. 모든 것은 아르마딜로의 공간에서 일어난 일이기 때문이다. 오늘 이곳에 도달하기 위해서는 종로3가역에서 내려 포항 고래고깃집과 파고다 기원과 파라다이스 성인오락실과 대성 목공소를 지나 낙원상가 아래의 돼지머릿집들을 신중하게 걸어와야 한다. 아르마딜로의 공간은 언제나 예민한 각도로 존재하기 때문에, 아무 길로나 지나와서는 곤란하다. 세종문화회관에서 광화문을 지나 네온싸인이 어지러운 거리를 지나와서는 아르마딜로에 도달할 수 없다. 세운상가에서 큰길을 따라 하염없이 걸어온다고 해도 이곳에 닿을 수는 없다.

포항 고래고깃집과 파고다 기원과 파라다이스 성인오락실과 대성 목공소를 지나 낙원 아래의 술집들을 신중하게 걸어오면, 오래된 공원이 보인다. 공원 담장을 따라 작은 포장을 두른 점집들이 점점이 늘어서 있다. 떡볶이와 오뎅꼬치를 파는 포장마차, 곰인형과 모자 등속을 파는 리어카, 수많은 연인들과 노인들과 회사원들이 있는 곳을 지나게 된다. 나는 측문 옆의 담장 아래 조용히 앉아 있다. 비어 있는 박노인의 자리 옆이다.

박노인은 요즘 나오지 않는다. 점도 치지 않는다. 박노인의 새들도 포르르 날아다니며 괘사를 물어오지 않는다. 새들이 날아다니던 곳에 불길이 번졌기 때문이다. 새들은 불길을 피하지 못했다. 그날밤 나는 박노인 곁에 앉아 있었다. 박노인은 지루한 달빛 아래 졸고 있었고, 나는 타오르는 불꽃 하나가 아르마딜로의 공간에서 천천히 우리를 향해 다가오는 것을 바라보고 있었다.

타닥거리며 타오르는 불꽃은 느리지만 어지러운 궤적을 그리며 다가왔다. 나는 커다란 불꽃을 멍하니 바라보았다. 그것은 사람이었다. 타오르는 사람은 비틀거리며 걸음을 옮기고 있었는데, 그의 손에는 휘발유통이 들려 있었다. 그는 불꽃을 휘날리며 타오르는 제 몸에 다시 휘발유를 끼얹었다. 몇걸음을 더 걷다가 타오르는 사람의 무릎이 꺾였다. 온몸이 천천히 무너졌다. 그가 왜 종로 같은 곳에서 타오르는지는 알 수 없지만, 타오르는 사람의 시간이 그곳에 있는 것은 틀림없었다. 쓰러진 사람의 몸에 붙은 불꽃은 어두운 하늘로 타닥거리며 흩어져갔다.

지나가던 행인들은 타오르는 사람의 곁을 무심히 지나쳐갔다. 팔짱을 끼고 걷는 연인들이 많았다. 리어카에서 울리는 크리스마스 캐럴을 들으며 연인들은 달콤한 표정으로 하늘을 바라보았다. 아르마딜로 공간의 하늘에 달이 떠 있었다. 타오르는 사람의 몸에서 튀어나온 붉은 불꽃이 허공에 불규칙한 궤적을 그리며 천천히 날아올랐다. 불꽃은 아르마딜로를 지나 팔짱을 끼고 걸어가던 연인 중 한 남자에게 옮겨붙었다. 남자는 문득 제 바바리코트에서 타오르는 불을 발견했다. 그는 비명을 질렀다. 소맷단에 옮겨붙은 불은 삽시간에 남자의 팔을 태우며 어깻죽지로 올라갔다. 남자는 공원 측문에 몸을 부딪치며 쓰러져 뒹굴기 시작했다. 오래된데다가 건조해질 대로 건조해진 목조문은 쉽게 불을 옮겼다. 불은 사방으로 번져갔다. 그 바람에 박노인의 천막에도 불길이 옮겨붙었다. 박노인은 천막 안에서 깜빡깜빡 졸고 있었다. 새장까지 타오르기 시작했다. 나는 엉거주춤 물러섰다. 불붙은 새장이 데굴거리며 굴러와 내 발밑에서 멈췄다. 새들은 타오르는 새장 안에서 미친 듯이 날아다녔다.

그후 박노인은 더이상 공원에 나오지 않는다. 그는 제 몸에 붙은 불을 겨우 껐지만 이제 운명을 점치는 일 같은 것은 하지 못한다. 타오르는 새장 안에서 날아다니던 새들은 흔적도 없이 사라졌다. 하지만 노인은 아직도 어디선가 육효라든가 척전, 아니면 새점을 치고 있을지도 모른다. 강물이 뒤섞이고 구름이 표변하는 곳을 생각하고 있을지도 모른다.

공원 문은 불에 그을렸고, 연인과 함께 길을 걸어가던 남자는 원인을 알 수 없는 불길 때문에 중화상을 입었다. 경찰들은 방화 외에는 어떤 이유도 찾을 수 없다고 했다. 건조한 날이긴 했지만 불을 땐 흔적은 없으며 전기합선 같은 것이 일어난 것도 아니었다. 박노인의 무릎 아래 있던 전기스토브는 말끔한 상태로 발견되었다. 경찰은 방화용의자로 나를 지목했다. 나는 빙그레 웃었다. 나는 아르마딜로의 공간에서 타오르며 걸어오던 사내에 대해 얘기해주었지만, 경관들은 내 손목에 채운 수갑을 풀어주지 않았다. 나는 몸을 둥글게 말고 차가운 구치소 바닥에 누워 시간을 보냈다.

1978년의 포니를 몰던 남자는 노량진 거리를 달리다 무언가와 부딪친 이후 괜한 우울에 시달렸다. 그는 주위의 많은 것에 환멸을 느꼈다. 포니에 대해서도 마찬가지였다. 그는 불현듯 중동으로 떠났다. 해외진출 붐이 일던 때였다. 스페인을 거쳐 이란으로 들어가는 루트였다. 이란에는 팔레비라는 이름의 왕조가 무너지는 중이라고 했다. 혼란기였다.

그는 거대한 트레일러를 몰고 끝도 없는 비포장도로를 달리는 낯선 시간 속에 떨어졌다. 국경선의 모래바람이 차창을 때리며 불어왔다. 그의 트레일러는 거대한 컨테이너를 싣고 길 없는 길을 달려갔다. 국경을 넘어 나흘이건 일주일이건 한없이 달리면 유럽의 도시가 나타났다. 그곳은 독일이거나 프랑스이거나 혹한의 이스탄불이었다.

그는 거대하고 긴 컨테이너에 화공약품이나 기계 등속을 실은 뒤 트레일러를 몰고 다시 싸우디아라비아나 이란으로 돌아갔다. 중동의 뜨거운 여름은 길고 길었다. 아무것도 없이 황량한 길에서 배가 고파지면 보닛을 수건으로 잘 닦아 기름을 두른 후 달걀을 풀었다. 달걀은 보닛 위에서 색을 바꾸며 익어갔다. 마른 빵에 달걀을 얹어 먹은 후 그는 운전석 머리맡에 붙어 있는 서양 여자의 몸을 바라보며 수음을 했다. 트레일러에서 뜨거운 김이 모락모락 피어올랐다. 그때 사막 저편에는 정말 아르마딜로가 기어가고 있었을지도 모른다. 좁은 운전석에서 몸을 둥글게 말고 그는 아내에게 편지를 썼다. 이번 목적지에 도착하면 그곳은 어떤 시간일까. 아침일까. 내일일까.

아니면 또다른 겨울일까.

봄이 오면 돌아가야지.

당신, 잘 지내고.

아르마딜로를 구해갈 테니, 우리 아들에게도 안부.

동물원의 아르마딜로는 잊으라고 해.

그날도 그의 트레일러는 비포장도로를 달리고 있었다. 한국에서 가져온 흰 메리야스를 입은 채 젖은 수건을 목에 걸고 운전대에 매달렸다. 작은 위스키 병을 손에 들고 홀짝홀짝 마셨다. 지평선 저편에 아지랑이가 피어오르고 있었다. 국경지대에 가까워졌지만, 그는 그의 트레일러가 도착해야 할 곳에서 시작된 다른 시간에 대해서는 알지 못했다. 아마 트레일러 곁으로 아르마딜로 같은 이상한 짐승이 지나가고 있었는지도 모른다. 혹은 강물이 뒤섞이거나 구름이 표변하고 있었는지도.

갈색 군모를 쓴 군인들이 그의 트레일러를 세웠다. 그들은 알 수 없는 말을 지껄이며 그를 끌어내렸다. 팔레비라든가 호메이니 같은 단어들이 사이사이에 끼어 있었지만, 그들의 말은 귀에 스며들었다가 곧 사라졌다. 그는 군인들에게 아랍어와 영어로 된 허가증을 보여주고 중개회사의 신분증도 제시했다. 하지만 그들은 그의 몸에 포승을 묶고 지프에 태웠다. 컨테이너를 수색하던 군인들이 총기류를 찾아내 군용트럭에 옮겨싣는 것을 그는 멍한 눈으로 바라보았다. 아지랑이가 군인들과 트레일러와 트럭 사이에서 피어올랐다. 그의 머리에 개머리판이 날아들었다.

그후 그의 아내는 아이에게 이렇게 말했다. 네 아버지는 호주나 남미로 아르마딜로를 찾으러 갔단다. 거기서 낮에는 택시를 몰고 밤에는 아바나의 바에서 탱고를 추고 있을 거야. 언젠가 아르마딜로를 발견하면 돌아오겠지.

하지만 몸을 둥글게 말고 이불 속에 파묻혀 있던 소년은 꼼짝하지 않았다. 아이는 아르마딜로도 아버지도 생각하지 않았다. 텔레비전의 흑백화면에서는 로봇이 화염을 내뿜고 있었다. 화염은 뱀처럼 혀를 날름거리며 화면을 가득 채웠다.

오늘도 나는 아르마딜로에 와 있다. 햇살이 환하게 쏟아지고 있다. 날씨가 좋다. 천연덕스러운 표정으로 걸어온 경찰관 하나와 공익 하나가 이야기를 주고받는다. 얼마 전 경찰서에서도 본 적이 있는데, 그들은 마치 처음 보는 사람인 듯 나를 쳐다본다.

이 아저씨, 그 방화용의자 아녜요? 또 이 자리에 앉아 있네?

공익이 나를 바라보며 말한다. 그러자 경찰관이 내가 갖고 있는 빨간 모자를 바라보며 대꾸한다.

알고 보니까, 저 빨간 모자의 주인이었던 여자애도 여기서 죽었더구만. 교통사고로.

경찰관이 횡단보도 쪽을 턱으로 가리킨다. 공익의 시선이 횡단보도 쪽으로 향했다가 다시 빨간 모자로 이동한다. 이십오년 전의 빨간 모자가 내 손에 들려 있다.

이 사람이 죽은 여자애 아빠였나요?

아니, 여자애를 친 택시기사였다드만. 작년 여름에 사고를 내고는 빵에 들어갔다 왔는데, 매일 여기 와서 혼자 중얼중얼이데.

경찰관이 고개를 갸웃거리면서 덧붙인다.

그런데 사고를 당한 꼬마애가 이상하더라구. 아무리 찾아도 연고자가 안 나타나길래 지문판독을 해보니까, 1975년생이더라니까. 1980년에 실종신고가 돼 있어. 나이가 서른은 돼 있어야 하는데, 시체는 다섯살짜리 꼬마더란 말야.

뭐, 행정착오인가부죠. 그나저나, 이 아저씨, 이렇게 앉아 있으면 오늘밤에 얼어죽겠는데요?

아마 이 사람들은 아직 겨울의 거리를 걸어가고 있는 모양이다. 오늘은 조금 무더운 초여름이다. 어쩐 일인지 하얗게 민들레 포자까지 날아다니고 있다. 나는 한 손을 천천히 들어올리며 그들에게 말한다.

이봐, 더워. 덥다구. 새들이 타버리잖아.

경찰관과 공익이 허공에 멈추어 있는 내 손을 바라본다. 그러더니 웃음을 지으며 자리를 뜬다. 그들도 문득, 낯익은 곳인데도 어쩐지 낯설게 느껴지는 거리를 두리번거리며 걸어가겠지. 그곳은 뜨거운 여름일 것이다.

오늘은 날씨가 좋다. 이곳에 오기 위해서는 종로3가역에서 내려 낙원상가를 지나 걸어와야 한다. 포항 고래고깃집과 파고다 기원과 파라다이스 성인오락실과 대성 목공소를 지나 낙원 아래의 어두운 술집들을 신중하게 지나와야 한다. 그러면 수족관을 헤엄치는 고래를 발견할 수 있다. 고래는 오래 바라보아야 한다. 비린내를 풍기며 조각조각 잘리고 이내 냉동고에 실려 고속도로를 달려갈 때까지.

물론 바둑 두는 노인들을 구경하는 것도 좋다. 세 판 정도는 가만히 앉아 바라볼 수 있어야 한다. 어떻게 두는 것인지는 모르는 편이 낫다. 이곳에서는 또 누구나 노래를 흥얼거리게 된다. 그건 죽은 이의 입에서 흘러나와 허공을 떠돌던 노래인지도 모른다. 그 노래는 트로트 같기도 하고 아닌 것 같기도 하다. 그 노래는 몇해가 지나 다른 누군가의 귀로 흘러들어갈 것이다. 다른 누군가는 생각날 듯 생각나지 않는 노래를 떠올리며 고개를 갸웃거리겠지. 어디서 들었더라.

어디서 들었더라.

나는 아르마딜로의 공간이라면 어디서든 낚시의자에 앉아 있다. 나는 대개 빨간 모자를 손에 들고 있다. 빨간 모자를 쓴 소녀의 입안에 퍼지는 고소한 맛을 떠올리기도 한다. 과자봉지에는 자야라고 씌어 있다. 그러면 1978년형 포니가 횡단보도에서 갑자기 뒤로 달리기 시작한다. 머리를 형형색색으로 물들인 여자애와 남자애가 팔짱을 끼고 걷다가 서로 모르는 사람이 되어 헤어진다. 그들은 먼 데까지 걸어간 뒤에야 누가 자기를 부른 느낌이 들어 잠시 뒤돌아볼 뿐이다.

아르마딜로의 공간에는 갑자기 몸에 불이 붙은 사람이 걸어오기도 한다. 그는 쓰러진다. 불이 꺼지면 몸을 일으켜 천천히 걸어간다. 야근이 있는 모양이다. 나는 오른손을 들어올린다. 이란, 팔레비, 호메이니를 향해 날아가는 비행기를 향해서이다. 그런데 이번에 도착할 곳은 언제일까.

아침일까. 가리봉일까.

아니면 낯선 계절일까.

그곳엔 꽃잎들이나 눈송이들이 날아다니겠지.

혹은 총알일지도 몰라.

당신, 잘 지내요.

아르마딜로를 구하면 누구보다도 먼저 당신에게 줄게.

빨간 모자의 소녀에게도 안부.

기차 방귀
카타콤

기차는 남불(南佛)을 떠나 빠리로 향하는 중이다. 자정이 되기 전에 빠리에 닿을 것이다. 당신은 창밖에 시선을 두고 있다. 드 문드문 지나가는 작은 마을들, 점점이 켜진 채 그곳이 지평선이 라는 걸 알려주는 불빛들, 푸르스름한 먼 하늘 쪽에 그림자를 드 리우고 떠 있는 구름들.

망똥에서도, 몬떼까를로에서도, 에즈의 바닷가에서도 당신은 이런 풍경을 보았다. 망똥의 작은 기차역을 나와 내리막길을 걸 으며 당신은 혼자 저녁을 맞이했다. 몬떼까를로의 해변도로에서 당신은 도시의 스카이라인이 석양과 만나는 순간을 지켜보았다. 에즈의 바닷가는 좁고 황량해서 나이 든 사람들만이 수평선을 오래 바라볼 수 있을 것 같았다.

지평선의 구름은 염소로 곰으로 코끼리로 바뀌었다가 붉고 거대한 고래로 변하는 중이다. 고래는 황혼이 내리는 하늘을 느리게 헤엄쳐간다. 나는 당신의 귀에 대고 속삭인다. 사람은 사람이 상상할 수 있는 것만을 상상하지. 염소나 곰 코끼리 고래가 상상하는 것을 사람은 떠올리지 못하는 거야. 다행이야, 그렇지? 염소나 곰 코끼리 고래도 사람이 무슨 상상을 하는지 모를 테니까.

　당신은 당신이 쓸데없는 생각을 하고 있다고 생각한다. 내가 당신의 귀에 대고 무언가 말하면, 이상하네 왜 이런 생각들이 떠오르지,라고 당신은 중얼거린다. 당연하다. 예전의 당신이라면 한번도 하지 않았을 생각들이니까.

　당신의 옆자리는 비어 있다. 아무도 앉지 않는다. 원래 그 자리는 내 자리였다. 당신은 비행기에서도, 호텔에서도, 예약했던 두 개의 좌석과 이인실을 그대로 사용했다. 로마의 박물관에 혼자 들어가면서도 당신은 두 장의 표를 끊었다. 당신은 두 장의 표를 들고 거장들의 작품들을 건성으로 지나쳤으며, 두 개의 이코노미클래스 좌석을 차지하고 앉아 신문을 읽었으며, 낯선 감촉의 더블베드 모서리에 붙어 곧 떨어질 것 같은 자세로 잠들었다. 혼자 하는 두 사람의 여행. 그게 당신의 여행이다.

　그르노블을 지날 때 당신은 잠시 존다. 나는 당신의 얕은 꿈속에 들어간다. 꿈속의 당신을 보고 싶기 때문이다. 당신은 식탁 의자에 앉아 어항 속의 물고기들을 물끄러미 바라보고 있다. 자정이 넘은 시간, 좁은 거실에 멍하니 앉아 있는 그 자세다. 꿈속의 당신이 꿈 바깥의 당신과 그리 다르지 않다는 사실 때문에 나는 조금 놀란다. 당신의 물고기들은 꿈속에서도 물 밖으로 나오지 않는다. 당신의 식탁은 꿈속에서도 그저 밥을 먹는 곳이다. 당신은 조금 외롭다고 생각한다. 하지만 그뿐이다. 꿈속에서조차 당신은 표정이 없다. 당신은 당신의 감정에 대해 많은 생각을 하는 사람이 아니다.

그것이 당신이다. 이십여년 동안 무단결근을 한 적이 없는 당신. 서른이 넘은 후에는 다른 인생을 꿈꿔본 적이 없는 당신. 목숨을 걸고 암벽을 타거나, 깃발을 꽂기 위해 극지를 여행하는 사람들과 자신이 다르다는 걸 알고 있는 당신. 대장에 자꾸 돋아나는 수십개의 용종과 만성변비 탓에 정기적으로 내시경검사를 받으며 살아온 당신.

당신은 꿈속에서 누군가의 기척을 느낀다. 그것이 나라는 것을 당신은 금방 깨닫는다. 하지만 어떤 표정을 지어야 할까? 당신은 머뭇거린다. 당신은 표정의 변화가 많거나, 의외의 상황을 즐길 줄 아는 타입이 아니다. 그런 것은 꿈속에서도 마찬가지다. 내가 당신을 부른다. 당황한 당신, 눈을 뜬다.

당신의 아랫배가 부글부글 끓어오르고 있다. 니스의 기차역 앞 중국식당에서 이른 저녁식사를 했기 때문이다. 당신으로서는 기름진 식사였다. 당신은 녹말탕수 속의 고기완자를 골라 입에 밀어넣었다. 기름기라니, 당신의 장이 받아들이지 못할 거야. 나는 당신의 귀에 대고 중얼거렸다. 하지만 당신은 배가 고팠다. 우물우물 고기를 씹었다. 나는 당신의 젓가락질이 흔들리도록, 고기완자가 잘 집히지 않도록, 다른 생각이 되어 자꾸 당신의 머릿속에 들어갔다. 몇점의 고기완자를 녹말탕수 속에 남겨두고 당신은 차표에 적힌 시간과 시계를 번갈아 보며 식당을 나왔다.

이제 아랫배에 손을 얹을 시간이다. 열차는 리옹을 지나고 있다. 뱃속 가득 가스가 차 있을 것이다. 괄약근을 살짝 자극하면 지금이라도 가스가 새어나올 것이다. 마주보고 있는 좌석에는 백인 여자가 앉아 있다. 아름답다고, 당신은 생각한다. 당신으로서는 드문 느낌이다. 이십대 후반으로 보이는 얼굴에 짧은 플레어스커트, 핑크빛이 은은한 반팔 티셔츠를 입고 있다. 금발, 부드러운 가슴선, 하지만 가끔은 그레고리안 성가라도 들을 듯한 표정. 여자는 다리를 포개고 앉아 책을 읽고 있다.

당신은 책등에 씌어 있는 오셀로라는 제목을 알아본다. 셰익스피어의 오셀로를 읽어본 적은 없다. 하지만 오셀로가 흑인이라는 것은 알고 있다. 언젠가 내가 얻어온 공짜 티켓으로 오페라를 관람한 적이 있기 때문이다. 흑인 배우가 연기하는 오셀로가 당신의 기억에 남아 있다. 오셀로는 잠들어 있는 데스데모나의 반쯤 벗은 몸 위로 천천히 다가갔다. 그리고 아리아를 부르며 그녀를 목 졸라 죽였다. 아주 서서히. 오랫동안. 노래를 부르며. 그 장면은 당신의 꿈에까지 나타난 적이 있다. 당신의 꿈으로서는 물론 드문 일이었다.

금발의 옆자리에는 미간이 넓고 몸피가 두툼한 흑인 남자가 스포츠러닝 차림으로 앉아 있다. 검은 피부에 윤기가 돈다. 치즈를 끼운 흑빵을 큰 동작으로 입에 넣느라 팔꿈치로 여자의 팔을 툭

툭 건드린다. 여자는 눈에 뜨이지 않을 정도로 눈살을 찌푸리고 는 통로 쪽으로 몸을 붙여 앉는다. 하지만 남자는 창밖에 시선을 둔 채로 오히려 여자 쪽으로 몸을 기울인다. 약간은 시비조인지 도 모른다. 그의 오른팔이 좌석을 둘로 나눈 팔걸이에 얹힌다. 입에서는 드문드문 빵가루가 튀어나온다. 빵가루는 당신의 무릎 께까지 날아온다. 당신은 흑인 남자의 입을 막고 싶다. 나도 고 개를 끄덕인다. 나는 남자의 입에 종주먹을 넣었다 뺀다. 남자가 목이 막혀 잠시 컥컥거린다.

흑인 남자를 흘겨보던 금발의 눈길이, 맞은편 자리에 앉아 있 는 당신의 눈길과 부딪친다. 당신은 조금 당황한다. 당신은 눈싸 움을 좋아하는 편이 아니다. 개나 고양이와 눈을 마주쳤을 때도 당신은 눈을 마주보지 않는다. 당신이 눈을 마주하는 것은 어항 속의 물고기들 정도다. 물고기들에게도 시선이라는 게 있다면 말이지만.

당신은 금발의 시선을 피해 자세를 고쳐 앉는다. 그 바람에 당 신의 엉덩이가 움직인다. 그 순간 당신도 모르게 괄약근이 느슨 해진다. 피시식. 가스가 맥없이 뿜어져나온다. 다시 괄약근에 힘 을 주었지만 이미 늦었다. 기름진 고기완자가 채 바스러지지도 않은 채 위를 거쳐 대장으로 내려갔다가, 이제야 기체가 되어 몸 밖으로 흘러나온다. 금발의 시선이 당신의 얼굴에 꽂힌다. 냄새 는 눈에 보이지 않는다고, 당신은 서둘러 생각한다. 냄새는 눈에 보이지 않는다, 냄새는 눈에 보이지 않는다. 하지만 당신의 얼굴 이 붉어진다.

차창 밖으로는 여전히 염소 곰 고래 그리고 코끼리가 보인다. 먼 데 좁은 강이 흐르고 나무들은 숲을 이루고 또 차창에는 당신의 얼굴이 비친다. 당신은 조금 놀란다. 차창에 비친 당신의 얼굴이 순간적으로 내 얼굴과 비슷해 보였기 때문이다. 실은 내가 잠시 당신의 얼굴에 스며든 것뿐이지만, 당신이 그걸 알 수는 없다. 당신은 차창에 비친 얼굴이 어쩐지 죽은 사람 같다고 생각할 뿐이다.

그랬다. 죽은 사람의 얼굴을 당신은 본 적이 없다. 영은이의 얼굴을 보기 전까지는. 그리고 내 얼굴을 보기 전까지는. 당신이 처음 본 시신의 얼굴은 영은이의 것이었다. 차갑게 굳어 있는 딸의 얼굴을 바라보면서 당신은 어떤 감정을 가져야 하는지 갈피를 잡지 못했다. 그리고 몇해가 흐른 뒤 당신이 두번째로 본 시신의 얼굴은 내 것이었다. 그걸 보며 당신이 중얼거린 말은 이랬다. 당신, 닮았구나. 영은이와.

여행을 떠나기 전날, 당신은 납골당에 있었다. 두 개의 자작나무 납골함이 나란히 당신을 마주보고 있었다. 당신은 물끄러미 나와 영은이의 생년(生年)과 몰년(歿年) 아래 적혀 있는 비문을 바라보았다. 예수께서 이르시되, 물러가라 이 소녀가 죽은 것이 아니라 잔다 하시니 그들이 비웃더라. 무리를 내보낸 후에 예수께서 들어가사 소녀의 손을 잡으시매 일어나는지라 그 소문이 온 땅에 퍼지더라.(마태 9장 24~26절)

비문치고는 다소 기묘한 구절이다. 당신이 비문을 고르기 위해

성경을 펴들었을 때 곧바로 눈에 띈 것이 저 구절이었다. 이 문장을 당신의 눈에 띄도록 한 것은 물론 나였지만 말이다. 네가 살아 있었다면 이제 열다섯이 되겠구나. 영은이의 납골함을 바라보며 당신은 그렇게 생각했다. 실은 내가 당신의 귀에 그렇게 중얼거린 것이지만.

당신은 괄약근이라는 단어를 떠올린다. 낯설고 이상한 단어라고 생각한다. 당신의 몸에서 나온 기체는 공기중에서 희미해지고 있다. 앞자리의 금발은 다행히 시선을 거두어 다시 책을 읽고 있다. 옆자리의 오셀로는 깜빡깜빡 졸음이 오는 얼굴이다.

통로 건너편 좌석에는 중국인 남자 셋과 여자 하나가 자리를 차지하고 있다. 좌석 사이의 트레이를 펼쳐놓고 왁자지껄 떠드는 중이다. 뭔가 도박 같은 것을 하는 모양이다. 마작인 듯하지만 당신이 도박에 대해 아는 것은 많지 않다. 마작이라는 것도 이름만 알고 있을 뿐 저런 것이 마작인지 아닌지 당신은 확신하지 못한다. 창 쪽에 앉은 여자는 야구모자를 쓰고 있다. 다소 침울해 보이는 표정이다. 도박판에 눈을 두고 있다가 간간이 창밖으로 시선을 돌린다. 이십대 초반이나 중반의 나이다. 아마 남자들 가운데 한 사람의 딸이거나 아니면 정부(情婦)인지도 모른다. 가만히 보니 야구모자 아래로 보이는 옆모습이 어딘지 낯익은 느낌이다. 당신은 곁눈질로 여자를 힐끔거린다. 알 리가 없잖아 중국 여자를. 내가 당신의 귀에 속삭인다. 동의하듯 당신은 혼자 고개를 끄덕인다.

중국인들의 목소리는 커졌다가 잦아들기를 반복한다. 중국인들은 언제나 시끄럽다고 당신은 생각한다. 열차가 작은 강의 다리를 건너는 순간, 남자 중 하나가 환호성을 지른다. 큰 액수를 따기라도 한 모양이다. 앞자리에 앉은 금발이 깜짝 놀란 표정으로 중국인들을 바라본다. 표정이 금방 일그러졌지만 별달리 항의를 하지는 않는다. 그러고는 엉뚱하게도 당신에게 시선을 돌린다.

당신은 여자의 시선을 피해 창밖을 바라본다. 당신은 어쩐지 억울해진다. 당신은 창에 비친 얼굴을 향해 무의미한 말을 중얼거린다. 이봐, 곧 빠리야.

아마도 혼자 하는 여행은 이것이 처음이자 마지막일 것이다. 당신은 그렇게 생각했다. 내 장례식을 마친 후 며칠밖에 지나지 않았다. 예약되어 있는 여행은 취소하면 될 것이었다. 하지만 당신은 탑승수속을 밟았다. 내가 당신의 귀에 대고 내내 속삭인 덕분이다. 같이 가는 거야, 같이 가는 거야, 이건 나를 위한 여행이니까. 나는 당신의 생각 속에서 열심히 반복했다.

당신은 여행가방 하나를 끌고 로마행 비행기에 몸을 실었다. 사실 당신은 대학시절에조차 혼자 여행을 가본 적이 없다. 여행을 한다는 건 당신에게 그리 흥미로운 일도 로맨틱한 일도 아니었다. 당신의 변비는 그 시절에 이미 만성이었으며 당신의 외국어는 예나 지금이나 보잘것없다. 무엇보다 당신은 낯선 경험이란 것에 끌려본 적이 없다. 낯선 산과 바다, 낯선 사람들의 낯선 언어, 낯선 거리의 낯선 풍경들. 당신은 그런 것들에 매혹을 느껴본 적이 없다. 당신은 당신에게 익숙한 공간으로 빨리 돌아가고 싶다. 그것이 당신이다.

여행은 예상대로 쉽지 않았다. 당신은 아침마다 화장실에서 시간을 보냈지만 한번도 성공하지 못했다. 당신의 포켓북 영어는 매사에 도움이 되지 않았다. 당신은 의아했다. 내가 말하는 것을 너는 이해하지 못한다. 네가 말하는 것을 나는 이해하지 못한다. 이것은 아무래도 기괴한 현상이 아닌가. 바벨탑을 쌓던 사람들은 대체 어디로 사라진 것일까. 하지만 당신은 곧 의문들을 지운다. 당신의 장점은 의문들에 깊이 빠져들지 않는다는 점이다.

그해, 그 커다란 강의 다리가 무너지던 날도 그랬다. 왜 하필이면 영은이가 그 자리에 있었는지에 대해 당신은 별다른 의문을 품지 않았다. 그날 아침 영은이는 유치원에 가고 싶어하지 않았다. 새벽부터 비가 부슬부슬 내렸다. 근교의 박물관을 탐방하러 가는 날이라고 했다. 박물관은 지난번에 다니던 유치원에서도 가본 적이 있다고, 모형 미라를 보고 온 날은 무서워서 잠이 오지 않았다고, 영은이는 몇번이나 칭얼거렸다. 손을 짚어보니 이마에 미열이 있었다.

당신과 나는 영은이의 등을 떼밀었다. 영은이가 하루종일 집에 있으면 나는 오후의 약속을 취소해야 했다. 휴무일의 당신은 낮잠을 자지 못할 것이다. 당신이 그날 영은이와 집에서 비디오를 보았더라면, 아니 전날밤에 공포영화라도 같이 보았더라면, 그래서 영은이의 꿈이 수많은 유령들로 어지러워졌더라면, 영은이의 몸이 식은땀에 젖고, 그래서 영은이의 이마가 더 뜨거워지고, 그래서 유치원에 가지 않았더라면, 승합차가 다리에 도달하던 시간에 감기약을 먹고 혼곤해 있었더라면, 발밑이 훅 꺼져버리던 그 순간 죽은 사람과 악수하는 꿈이나 꾸고 있었더라면……

나는 또 생각했다. 내가 친구와 약속을 하지 않았더라면, 그 친구와 사소한 문제로 말다툼을 한 후에 그토록 빨리 화해하지 않았더라면, 전화기를 집어들었다가 그냥 내려놓았더라면, 그래서 화해를 확인하기 위한 그런 약속은 잡지 않았더라면. 그래서 영은이를 태운 승합차 같은 것은 영원히 그 다리에 도달하지 않았더라면……

그랬더라면 나는 기도원에 다니지 않았을 것이고, 통장잔고는 텅 비지 않았을 것이고, 기도원까지 찾아온 당신이 단식중인 내 팔을 잡아끌고 낡은 소형차에 밀어넣지 않았을 것이고, 또 나는 어항 속의 작은 물고기들을 물끄러미 바라보며 시간을 보내는 일 따위는 하지 않았겠지.

열차가 빠리에 가까워진다. 나는 불현듯 화가 치민다. 당신의 머릿속에 스며들어간다. 당신에게 따진다. 당신은 여전히 감정의 변화가 없었다고. 당신은 그 이후에도 이전의 생활을 계속했다고. 당신은 출근을 하고, 서류더미에 파묻혀 있다가 퇴근하고, 물고기를 바라보고 있는 나를 피해 안방으로 들어가고, 그러고는 말없이 잠들었다고. 꿈속에서조차 당신은 한마디의 비명도 지르지 않았다고.

어떻게 그럴 수 있었을까? 나는 생각한다. 내가 기도원에 갔기
때문에, 주위의 만류에도 불구하고 미친 듯이 단식을 했기 때문
에, 교회에 어이없는 액수의 기부를 했기 때문에, 그렇게 오랫동
안 물고기들과 시선을 맞추고 있었기 때문에, 내가 그랬기 때문
에, 당신은 당신의 인생을 살았던 것이라고. 정기적으로 내시경
검사를 받고, 침묵 속에 잠들고, 자명종이 울리기 직전에 깨어날
수 있었던 것이라고.

그랬다. 내가 끊어진 다리를 바라보기 위해 강변에 나갔기 때
문에, 땅밑이 훅 꺼진다는 게 무언지 상상하느라 녹초가 되었기
때문에, 새벽까지 검은 강물을 바라보았기 때문에, 그랬기 때문
에, 당신은 여전히 표정의 변화가 없어도 좋았다. 당신이 늦은밤
야근을 마치고 돌아왔을 때 내가 어항 속의 작은 물고기들만 바
라보고 있었기 때문에, 당신은 자기 자신에게 화를 내지 않아도
좋았을 것이다.

당신은 차창에 비친 얼굴을 바라본다. 나도 당신을 노려본다.
나는 당신이 내게 항의라도 했어야 한다고 생각한다. 아니면 질
문이라도. 왜 그렇게 죄의식으로 가득한 영혼이냐고. 결국 당신
은 자신을 위안하기 위해 자신을 학대하는 건 아니냐고. 당신의
알량한 죄의식은 이기적인 것일 뿐이라고. 그렇지 않아도 우리
는 발밑에서 훅 꺼져버릴 운명의 위태로운 다리에서 영원히 벗
어날 수 없는 게 아니냐고.

하지만 당신은 나에게 그렇게 묻지 않는다. 당신은 질문에 익

숙한 사람이 아니다. 차창에 비친 당신의 얼굴에 내 표정이 스며든다. 나의 표정이 당신의 표정과 격렬하게 겹쳐진다. 당신은 고개를 흔든다.

다시 중국인들이 환성을 올린다. 소음이 객실을 메운다. 당신의 얼굴이 미세하게 찌푸려진다. 이곳에서 저 중국인들과 당신은 구분되지 않을 것이다. 중국인들이 밉살스럽다고, 나는 당신에게 속삭인다. 앞자리에 앉은 금발이 무언가 결심한 듯 책을 덮는다. 표정이 심각해진다. 금방이라도 중국인들에게 항의할 기세다. 하지만 환성이 잦아들자 제풀에 다시 책으로 시선을 돌린다. 당신은 가벼운 실망감을 느낀다. 옆자리의 오셀로는 고개를 천장으로 향한 채 잠들어 있다. 그의 팔은 팔걸이를 넘어 여자의 자리까지 침범해 있다. 살갗이 살짝 드러난 여자의 옆구리에 팔꿈치가 닿아 있다.

그때 야구모자를 쓴 여자가 일어나 통로로 나온다. 여자는 좁은 통로를 걸어간다. 다른 중국인들은 여전히 도박에 열중해 있다. 열차가 진동구간을 지나가는 통에, 여자는 금방 쓰러지기라도 할 듯 흔들린다. 여자의 뒷모습이 어쩐지 불안하다. 그 뒷모습을 물끄러미 바라보다가, 나는 당신의 머릿속에 스며들어간다. 당신은 여자의 뒷모습이 어딘지 낯익다고 생각하는 중이다. 저 옆모습의 윤곽과 흘러내린 어깨선은 당신이 아는 누군가와 비슷하다. 하지만 누구인지는 떠오르지 않는다. 야구모자를 즐겨 쓰던 대학시절의 동기인가. 아니면 자주 가던 편의점의 점원인가.

하지만 세상의 모든 얼굴들은 조금씩 비슷하지 않은가. 그저 아는 여자들의 인상이 뒤섞인 것뿐이라고, 당신은 생각한다. 단발머리에 좁은 어깨, 흔들리는 걸음걸이, 사소한 손동작, 그 모든 것이 말이다.

나는 불길한 느낌에 사로잡힌다. 당신의 귀에 대고 속삭인다. 여자를 따라가봐. 여자를 따라가봐. 하지만 당신은 반응이 없다. 당신의 몸은 움직이지 않는다. 당신…… 어디선가 본 듯하군요, 라고 누군가에게 말을 걸어본 적이 당신에게는 없다. 당신은 누구인가요? 당신은 어디로 가고 있습니까? 그런 질문 역시 당신에게는 낯설다. 더구나 저 여자는 중국인이 아닌가? 나는 당신의 머릿속을 헤매보지만, 당신을 일어나게 할 방법은 없다. 그동안 여자는 승강구의 문을 힘겹게 밀고 나간다.

나는 맥이 빠져 시트에 등을 기댄다. 시트가 보일 듯 말 듯 출렁인다. 나는 당신에게 말한다. 당신, 기억해? 결혼 전에 당신은 그런 얘기를 한 적이 있지. 세상에는 참 비슷한 사람들이 많다고. 당신과 나도 어쩐지 비슷하다고. 그래서 당신이 좋다고. 그때 내가 들려준 이야기를 당신은 기억하는지?

그건 이런 이야기였다. 서울과 북경과 빠리에 같은 여자들이 살아요. 아니 베이루트 같은 곳인지도 몰라. 베이루트의 한 여자는 동물원 사육사예요. 북경의 여자는 바둑기사. 서울의 그녀는 보험설계사. 여자들은 자기도 모르게 거울같이 서로를 비추는 거야. 베이루트의 여자가 병으로 사경을 헤맬 때, 북경의 여자가 문득 인생의 의미를 깨닫는 거지. 북경의 여자가 결승대국에서 승리하는 순간, 서울의 여자는 알 수 없는 오르가슴을 느껴. 그때 우연히 서울의 여자는 통성기도중이었겠지만.

그 이야기는 그때 본 어떤 영화를 내 마음대로 각색한 것이지만, 당신은 내 이야기가 마음에 들었던 모양이다. 당신은 동물원 사육사와 바둑기사와 보험설계사의 우정에 대해 오래 생각하는 것처럼 보였다. 나는 그런 당신이 마음에 들었다.

나는 당신의 귀에 대고 다시 중얼거린다. 그러니까 빠리행 열차를 타고 가던 중국인 여자가 불길한 느낌과 함께 일어서면, 빠리행 열차를 타고 가는 서울의 여자도 불안을 느껴. 왜일까? 당신은 고개를 외로 젓는다. 당신은 생각한다. 몰라. 모르겠어. 어쩌면, 빠리의 한 여자가 오셀로에게 죽임을 당했을지도 모르겠군. 빠리의 여자가 목이 졸려 죽는 순간, 서울의 한 여자는 더이상 견딜 수 없다고 생각했을 수도 있겠지. 하지만 왜 그래야 했을까? 그래서 서울의 여자는 고장난 자동차를 타고 도로를 질주한 건가?

나는 당황한다. 당신은 계속 생각한다. 마치 나에게 말을 건넬 수 있기라도 한 것처럼. 유럽여행이 일주일 앞으로 다가온 어느 날 밤, 서울의 여자는 사고로 죽었지. 경춘가도를 과속으로 달리다가 보수공사중인 다리의 난간을 치고 나가 그대로 강 아래로 떨어져버렸다더군. 안개가 끼어 있었지. 하지만 시야를 가릴 정도는 아니었다고 했어. 현장에 도착했을 때 내가 본 것은 뒤집힌 자동차의 바퀴들뿐. 경찰은 운전부주의에 의한 사고사로 결론지었지만, 결국 모든 것은 안개 탓이었을까. 그럴 리가.

당신은 물속의 내 모습을 상상했다. 나는 자동차 속에 앉아 물 밑으로 가라앉고 있었다. 물끄러미 차창 바깥을 바라보는 내 얼굴은 물고기처럼 무표정했다. 그렇게 영원히 가라앉기라도 할 듯이.

당신의 상상은 거기까지다. 당신은 엷은 안개가 낀 도로를 달리던 그날, 나에게 엄습해온 충동을 상상하지는 못했다. 핸들을 조금만 꺾으면 이 모든 것이 끝날 수 있다. 핸들을 조금만 꺾으면 끝날 수 있다. 핸들을 조금만. 핸들을. 그러면 모든 것이 지나갈 것이다.

그 생각은 강변도로에 진입한 순간부터 내 머릿속을 떠나지 않았다. 생각은 생물처럼 꿈틀거리며 내 뇌에 들러붙었다. 나는 중얼거리고 또 중얼거렸다.

당신은 모든 것이 사고라고 생각했다. 이것은 사고다. 이것은 사고일 뿐이다. 당신은 반복했다. 그러자 조금씩 당신의 마음이 가라앉았다. 나는 물끄러미 당신의 생각 안에 잠겨 말이 없었다.

하지만 당신은 이해할 수 없었다. 왜 하필이면 그날이어야 했을까. 왜 하필이면 제 손으로 예약한 여행이 며칠 앞으로 다가온 날이어야 했을까. 교회에서 돌아오자마자 카타콤에 가야겠다며 여행사에 전화를 걸었던 당신이 아닌가. 그런데 왜 하필이면, 무너진 다리가 다시 완성되어 개통되던 그날을 택해 혼자 떠나갔는가.

당신은 장례식이 끝난 밤, 혼자 거실에 앉아 있었다. 거실에는 내가 멍하니 바라보던 작은 수족관이 놓여 있었다. 당신은 어항 속의 열대어들을 바라보았다. 물의 상단에는 구피, 중간쯤에는 테트라가 작은 무리를 이루어 헤엄쳐다녔다. 때로 병든 구피는 테트라가 헤엄쳐다니는 어항의 중간층으로 가라앉았다. 죽은 테트라는 구피들이 지나다니는 물 위로 떠올랐다. 하나, 둘, 셋. 죽은 열대어 몇마리가 수면에 떠 있었다.

당신은 어항을 들고 욕실로 갔다. 어항에 설치된 플라스틱 수초들과 작은 물레방아를 꺼냈다. 당신은 어항을 뒤집어 한꺼번에 변기에 쏟아부었다. 작은 관상어들이 물과 함께 변기로 쏟아졌다. 파닥거리는 물고기들을 바라보던 당신은 손잡이를 내렸다. 물고기들이 구멍 속으로 빨려들어갔다. 당신은 빈 어항을 수위실 옆의 재활용품 수집함에 넣고 수거비용으로 삼천원을 지불했다.

깜빡 잠이 든 당신의 어깨를 누군가 툭툭 치고 있다. 당신은 눈을 뜬다. 승무원이다. 구레나룻이 인상적이다. 승무원은 당신 곁의 빈자리를 힐끔 바라보더니 건너편 중국인들 쪽에도 시선을 던져본다. 그리고 낮은 목소리로 당신에게 묻는다.

익스큐즈 미, 아 유 코리언?

당신은 잠시 당황한 표정을 짓다가, 예스,라고 대답한다. 승무원은 턱으로 통로 끝을 가리키면서 당신에게 따라오라는 신호를 보낸다. 그러고는 큰 보폭으로 객차 문으로 걸어간다. 당신은 영문도 모르는 채 주춤주춤 일어선다. 승무원이 다른 객차로 연결

된 통로의 문을 열고 서서 당신을 기다리고 있다. 쭈뼛쭈뼛 당신은 그를 향해 걸어간다.

객차 문을 열고 나가자 제복을 입은 사람들이 연결통로에 모여 있다. 승무원 복장을 한 남자 둘과 여자 하나, 그리고 경찰관이다. 당신은 그들 앞에 엉거주춤한 자세로 선다.

웨어 아 유 고잉?

당신은 어디로 가고 있는가? 다소 고압적인 표정으로 경관이 묻는다. 신문에서 본 스킨헤드 같은 얼굴이다. 당신은 당황한다. 빠리행 기차에 타고 있는 승객에게 당신은 어디로 가느냐고 묻다니. 당신의 머릿속에는 엉뚱한 문장이 떠오른다. 꾸오바디스 도미네. 주여, 어디로 가시나이까? 기도원에서 내가 미친 듯이 중얼거리던 문장이다. 로마에서 도망치던 베드로의 질문이다. 그리스도는 이렇게 대답했다고 한다. 네가 나의 양들을 버리고 가니, 내가 다시 돌아가 십자가에 못 박히리라. 당신은 당황스러운 표정으로 대답한다.

빠리, 패, 패리스.

패리스? 왓츠 더 퍼포스 어브 유어 트립?

당신이 알아들을 만한 영어로 경관이 다시 묻는다. 당신의 여행 목적은 무엇인가? 당신은 머릿속으로 한국어 문장을 만든 후에 더듬거리며 대답한다.

마이 퍼포스 이즈…… 이즈…… 어 트립, 예스, 트립. 디스 이즈 마이…… 투어.

그렇다, 그렇다, 나의 목적은…… 여행이다. 그렇다, 여행이다. 이것은 나의…… 관광이다.

얼론?

혼자?

예스, 예스, 벗, 인 패리스, 데, 데어 이즈 마이 와이프.

당신은 제 입에서 나온 대답에 당황한다. 이번에는 나도 당황
한다. 왜 빠리에 아내가 있다는 엉터리 문장이 당신 입에서 튀어
나왔는지 알 수 없다. 아내는 죽었고, 당신은 그 혼령과 함께 카
타콤에 가는 길이라고 대답하는 것이 차라리 낫지 않은가?

당신을 물끄러미 바라보던 경관이 승무원을 향해 고개를 까딱
거린다. 신호를 받은 승무원이 화장실 칸의 좁은 문을 연다. 당
신은 흡, 숨을 들이쉰다. 화장실 안에 야구모자를 쓴 여자가 대
롱대롱 매달려 있다. 목에 허리띠가 감겨 있다. 객실을 나갔던
바로 그 중국인 여자다. 통로를 걸어가던 뒷모습이 떠오른다. 그
뒷모습이 흔들린다고 느꼈던 것을 당신은 기억해낸다. 그 뒷모
습이 친근해서, 어쩐지 아는 여자의 뒷모습 같다고 생각했던 것
을, 당신은 겨우, 기억해낸다.

여자의 눈은 감겨져 있지 않다. 죽은 여자의 눈이 당신의 눈에
정확히 맞추어져 있다. 죽은 사람에게도 시선이 있다는 것을 당
신은 깨닫는다. 당신은 자신도 모르게 뒷걸음질친다. 경관이 당
신의 팔을 잡으며 다시 묻는다.

디스 이즈 코리언 걸. 두 유 노우 허?

경관의 영어 구문은 단순하지만, 그 문장을 이해하는 데는 시
간이 걸린다. 이것은 한국 여자다. 당신은 그녀를 아는가? 이건

무슨 질문인 것일까? 당신은 당황한다. 머뭇거리던 당신은 역시 단순한 구문으로 대답한다. 목소리가 떨린다.

아이 돈 노우 허. 아이 돈 노우 허.

나는 그녀를 모른다. 나는 그녀를 모른다. 당신은 부인한다. 그리고 숨을 몰아쉬며 덧붙인다.

아임 고잉 투 패리스 얼론, 투, 투 패리스 얼론. 앱솔루틀리 아이 돈 노우 허.

나는 빠리로 혼자 가는 중이다, 빠리로, 빠리로, 혼자서. 절대적으로 나는 그녀를 모른다. 당신은 푸른 눈들을 의식하면서 마구잡이로 말한다. 거의 유창하다고 할 정도다.

앤드 아이 돈 노우, 와이 쉬 킬드 허셀프. 아이 돈 노우. 아이 돈 노우.

그리고 나는 모른다, 그녀가 왜 자신을 죽였는지. 나는 모른다. 나는 모른다. 당신은 부인한다. 당신은 필사적이다. 혀가 꼬이기 시작한다.

위 아 언넌 피플 원 언아더.

우리는 서로 알려지지 않은 사람들이다. 이 엉터리 문장이 얼마나 이상하게 들렸을지를 깨닫자 당신은 낭패스러운 기분이 된다. 기차가 흔들린다. 화장실 문 안쪽에서 여자의 몸이 까딱까딱 흔들린다. 여자의 시선이 다시 당신의 눈을 향한다. 당신의 몸이 떨리기 시작한다. 당신의 생각 속에는 이제 내가 스며들 자리가 없다. 나는 거의 희미해져버린다.

그때 곁에서 이 어수선한 상황을 빤히 바라보고 있던 동양인이 끼어든다. 아랫배가 기형적일 만큼 튀어나온 키 작은 중년남자, 도박을 하다가 환성을 올리던 바로 그 중국인이다. 그는 화장실 안의 여자와 당신을 번갈아 가리키며 승무원과 경관에게 뭔가 말하기 시작한다. 유창한 불어다. 당신은 한마디도 알아들을 수 없다. 경관은 중국 남자의 말을 들으면서도 당신에게서 시선을 떼지 않는다. 남자의 말이 끝나자 경관은 잠시 침묵한다. 그리고 당신에게 짧게 말한다.

쏘리. 플리즈 고우 투 유어 시트.

죽은 한국 여자가 당신의 일행이 아니라는 것을 수긍한다는 표정이다. 당신은 몸에서 힘이 한꺼번에 빠져나가는 느낌이 든다. 가능한 한 천천히 등을 돌려서, 당신은 당신의 좌석으로 돌아온다. 당신의 등에 죽은 여자의 시선이 느껴진다.

자리에 앉자 피곤이 몰려든다. 당신은 알 수 없다고 생각한다. 어째서 이런 일이 생기는 것일까. 이것은 어처구니없는 일이 아닌가. 여자는 왜 달리는 열차 안에서 저런 끔찍한 일을 저지른 것일까. 여자는 왜 열차가 종착역에 닿을 때까지 기다리지 않은 것일까. 종착역은 빠리가 아닌가. 왜 쎄느강 같은 곳에 몸을 던지지 않고 열차 화장실처럼 좁고 더러운 공간을 택한 것일까. 여자는 또…… 왜 하필이면 한국인이었을까.

당신은 고개를 흔든다. 나는 침묵한다. 그 여자는 어쩌면 유학생이었는지도 몰라. 혹은 그저 마지막으로 프랑스로 여행을 온 여자였는지도 모르지. 지중해까지 갔다가 차마 자살하지 못하고 빠리로 돌아가는 길이었는지도. 중국인들의 도박을 바라보다가 어떤 피할 수 없는 충동을 느꼈는지도…… 혹시 모르는 거야.

하지만 당신에게 분명한 것은 아무것도 없다. 당신은 자살충동을 느껴본 적이 없고, 프랑스에서 살아본 적이 없으며, 중국인들의 도박에 관심을 가져본 적이 없다. 당신의 얼굴은 여전히 열에 들떠 있다. 오셀로가 앞자리의 시트에 발을 올려놓고 있다. 당신 곁의 좌석, 말하자면 내 자리다. 당신은 자신도 모르게 손으로 툭, 쳐서 오셀로의 발을 떨어뜨린다. 당신 스스로도 깜짝 놀랄 만한 행동이다. 잠들어 있던 흑인이 눈을 떴지만, 방금 무슨 일이 일어났는지 어리둥절하다는 표정이다. 당신은 모르는 척 창밖을 바라본다.

창밖으로는 검은 구름들이 모습을 바꾸고 있다. 구름들은 염소로 곰으로 코끼리로 바뀌다가 천천히 고래로 변한다. 이윽고 하늘은 캄캄한 바다가 된다.

비가 내린다. 달리는 열차 곁의 시외도로를 소형차들이 질주하고 있다. 타이어들에서 빗방울이 튀어오른다. 도로에는 붉은 등이 까마득하게 이어지고 있다. 열차는 가다 서다를 반복하는 자동차들을 지나 질주한다.

졸음이 몰려온다. 당신은 피로하고, 당신의 꿈은 어지럽다. 도로 가득 안개가 끼어 있다. 얕은 잠속에서 당신은 내가 한 사소한 농담에 웃음을 흘린다. 이상하지? 살아 있을 때보다 지금이 당신한테 더 가까운 느낌인데? 그렇게 말하는 나를 당신은 물끄러미 바라본다. 맥없이 웃는 나를 따라 같이 웃는다. 얼굴 근육이 꿈틀거리는 바람에, 당신은 잠에서 깨어난다.

앞자리의 데스데모나와 오셀로는 비스듬히 서로를 마주보고 있다. 당신은 눈을 비빈다. 그들은 이야기를 나누고 있다. 아마도 여자가 읽던 책에 대해서 남자가 무언가 코멘트를 한 모양이다. 그 코멘트는 셰익스피어와 오셀로에 대한 대단히 현대적이며 유머러스한 해석이었는지도 모른다. 남자의 말에 셰익스피어, 데스데모나, 오셀로 같은 단어들이 섞여 있다. 금발 여자는 연신 고개를 끄덕인다. 여자의 다리가 들썩이자, 흰 허벅지가 홀연히 빛난다. 남자는 즐거운 표정이다. 팔뚝의 검은 근육이 꿈틀거린다. 남자가 뭔가 재치있는 유머를 구사했는지 여자의 표정에서 환한 웃음이 피어오른다. 여자의 팔이 남자의 팔뚝에 자연스럽게 얹힌다.

당신의 내부에서 갑자기 적의가 끓어오른다. 자못 격렬하다고 할 정도다. 당신의 주먹이 천천히 오므려진다. 거의 움켜쥔 모습이다. 나는 그런 당신의 주먹을 한번도 본 적이 없다. 당신은 숨을 몰아쉰다. 나는 당신을 말린다. 당신, 왜 이러는가? 왜 화를 내는가? 무엇 때문에? 누구에게? 당신은 눈에 띄지 않게 숨을 몰아쉬며 창밖으로 시선을 돌린다. 당신은 고개를 흔든다. 열차가 빠리에 진입하고 있는 모양이다. 비가 내린다.

당신에게 빠리의 거리는 세련된 그 이미지가 아니다. 당신은 모든 것에 실망한다. 검은 비닐봉지들이 비바람에 날아다닌다.

비 내리는 날의 지하철은 더럽고 어수선하다. 승강장 여기저기에 검은 물이 고여 있다. 노숙자들이 누워 있다.

루브르도 오르쎄도 당신은 가지 않는다. 뽕삐두 쎈터가 무엇을 하는 곳인지 당신은 관심이 없다. 비 내리는 빠리를 당신은 멍하니 걸어다닌다. 로마에서도 망똥에서도 에즈에서도, 당신은 그렇게 시간을 보냈다. 당신이 걷는 곳이 몽마르뜨인지 쌩 미셸인지 라 데팡스인지 당신은 알지 못한다. 걸어가다가 아무 곳에나 들어가 입에 맞지 않는 식사를 한다. 당신은 카타콤에 가지 않는다. 로마에서도 당신은 카타콤에 가지 않았다. 그 오래된 지하묘지에, 당신은 가고 싶지 않다고 생각한다. 그렇게 여행의 마지막 날은 온다.

아침 알람이 울리기 직전에 당신은 깨어난다. 일분 전일지도 모르고, 삼십초 전일지도 모른다. 당신은 알람을 맞추어두지만 정작 알람이 울리기 전에 깨어난다. 평생 반복해온 습관이다. 당신은 더블베드에서 천천히 몸을 일으킨다. 멍하니 앉아 방 안을 둘러본다. 이곳이 작고 허름한 빠리 외곽의 호텔방이라는 것을 당신은 천천히 깨닫는다.

당신은 침대에서 내려온다. 커튼을 연다. 비에 젖은 거리가 내려다보인다. 드문드문 사람들이 우산을 쓰고 걸어간다. 수백년 동안 아무런 일도 일어나지 않은 것 같은 느낌이다. 당신은 속이 좋지 않고 아무것도 먹고 싶지 않다. 어제 사온 식빵을 입에 넣고 우물우물 씹으며 창밖을 바라본다.

당신은 거울을 보며 정성껏 면도를 한다. 이를 닦고 세수를 한다. 담배를 피워문 당신, 드디어 변기에 앉는다. 표정이 다소 비장하다. 나는 당신의 얼굴을 바라보며 웃는다. 당신은 땀을 뻘뻘 흘린다. 하지만 역시 실패하겠지. 여행을 시작한 이후 당신은 한 번도 성공하지 못했다.

나의 예상은 틀리지 않는다. 결국 당신은 포기한다. 당신은 화장실을 나와 여기저기 널려 있는 옷가지들과 자질구레한 물건들을 챙겨 캐리어에 쑤셔넣는다. 아무것도 사지 않았지만 이미 가방은 터질 듯 무겁다. 땀과 비에 젖은 옷가지가 그대로 들어 있기 때문이다. 당신은 무거운 가방을 질질 끌고 객실을 나온다. 어딘지 비참한 느낌이 든다. 멍하니 텔레비전을 보고 있던 프런트의 여자에게 당신은 불쑥 묻는다.

카타콤은, 어떻게 갑니까?

카디건을 걸쳐입은 채 껌을 씹고 있던 여자가 무어라고 대답한다. 심한 프랑스 억양에 빠른 속도의 영어다. 당신은 여자의 말을 거의 이해할 수 없다. 카타콤이야 어디서든 택시를 타고 가면 될 거라는 생각이 스쳐갈 뿐이다. 당신은 제스처를 섞어가며 다시 묻는다.

카타콤에서는, 무엇을 할 수 있습니까?

여자는 동양인 남자의 말이 잘 이해가 안된다는 표정이다.

왓?

여자는 당신에게 되묻는다. 그런 걸 묻는 이유가 뭔지 알 수 없다는 표정이다. 당신이 가만히 서 있자, 여자가 어깨를 으쓱하더니 조금은 또박또박한 어조로 대답한다. 아, 그곳은 물론 관광을 하는 곳입니다. 즉, 둘러보는 곳입니다. 물론 당신이 하고 싶은 것은 무엇이든 할 수 있습니다. 예를 들어 기도 같은 것을 할 수 있습니다. 어디서든 할 수 있는 것이 기도니까요. 카타콤은 죽은 사람들의 오래된 두개골로 가득하지만, 한때는 사람들이 거기서 예배를 보기도 했으니까요.

여자는 그렇게 말한다. 아니, 당신이 겨우 이해한 것이 그런 내용이다. 여자는 더 많은 말을 했거나 다른 말을 한지도 모르지만 당신은 그렇게 이해한다. 어쩐지 당신의 얼굴이 조금 달아오른다. 뜻밖에도, 당신의 입에서 엉뚱한 문장이 튀어나온다.

두개골만큼 고요한 것은, 이 세상에 없습니다.

프런트에 선 여자가 조금 멍청한 표정을 짓는다. 동양인 남자가 한 말을 제대로 이해한 것인지 확신할 수 없다는 뜻이다. 당신은 다소 달뜬 어조로 반복한다. 이 세상에 없습니다, 두개골만큼 고요한 것은.

여자는 난감하다는 표정을 짓고 있다. 뭔가가 당신의 안에서 솟아나는 느낌이다. 당신은 여자에게 지껄이기 시작한다. 단어는 엉망이고, 순서는 뒤죽박죽이며, 문장들은 이어지지 않는다. 당신은 흥분한다.

나의 여행은 두개골처럼 조용합니다. 나의 여행은 물고기처럼 헤엄칩니다. 나의 여행은 비가 내립니다. 메마른 뼈와 두개골과 물고기들이 있습니다. 나의 여행은 가득합니다, 그것들로.

당신은 얼굴이 뜨거워지는 것을 느낀다. 당신은 반복한다.

두개골은 조용합니다. 물고기들이 바라봅니다. 나는 헤엄을 칠

줄 모릅니다.

여자는 의아한 표정을 짓고 있다가, 조금 겁에 질린 듯이 주춤주춤 뒤로 물러선다. 그 모습이 당신을 더 자극하고, 당신은 더 흥분한다. 그리고 되는대로 지껄이기 시작한다. 당신 스스로도 놀랄 정도로 빠른 속도다.

그런데 당신은 아십니까, 그녀를? 왜 자살을 한 것일까요, 화장실에서? 왜 물속으로 떠났을까요, 나의 아내는? 물속에서도 가스가 나올까요, 가스가? 다리가 갑자기 없어지면, 소녀는 어디로 떨어집니까? 그런데 당신은 누구와 생각합니까?

나는 당신을 말린다. 당신은 듣지 않는다. 프런트의 여자는 뭔가 심상치 않다고 생각한 것 같다. 당신을 바라보던 여자는, 몸을 돌려 내실 쪽으로 황급히 사라진다. 경찰을 부를 기세다. 여자의 뒷모습을 물끄러미 바라보다가, 당신은 캐리어를 끌고 호텔을 나온다. 비는 멎어 있다. 젖은 가로수 잎들이 보도블록에 들러붙어 움직이지 않는다.

캐리어를 들고 거리에 선 채, 당신은 한숨을 내쉰다. 당신은 당신 자신을 이해하지 못한다. 나도 당신을 이해하지 못한다. 카타콤, 카타콤. 내가 그렇게 중얼거리자, 카타콤, 카타콤,이라고 당신이 반복한다. 내가 고개를 끄덕인다. 당신도 고개를 끄덕인다.

당신은 카타콤에 가보기로 마음먹는다. 출국시간은 밤. 시간은 넉넉할 것이다. 당신은 지하철을 탈지 택시를 탈지 고민하기 시작한다. 택시를 타야 하겠지만, 택시를 타면 또 이상하게 뒤틀린 영어문장들이 튀어나올지도 모른다. 당신은 지하철 노선을 확인하기 위해 가이드북을 펴본다. 안색이 변하는 당신. 가이드북의 구석에는 카타콤의 개장과 폐장 시간이 적혀 있다. 폐장시간은 오후 세시. 티켓은 두시 반까지 판매한다고 돼 있다. 시계는 이미 오후 두시를 넘어서고 있다. 당신은 카타콤에 닿을 수 있을지 자신이 없다. 어쩌면 도달할 수 있을지도 모르고, 도달하지 못할지도 모른다. 잠시 멍한 표정이던 당신은 무언가 결심한 표정이된다. 당신은 택시를 부르기 위해 도로로 달려나간다. 도로를 향해 팔을 쭉 내민다. 한국의 밤거리에서 보던 자세다. 빠리의 택시 한 대가 당신을 향해 미끄러져온다.

당신은 캐리어를 뒷좌석에 몰아넣고 차에 오른다. 당신은 올라타자마자 카타콤,이라고 말한다. 기사는 빠흐동?이라고 말한다. 당신이 멍하게 기사를 바라보자 그제야 왓?이라고 고쳐 묻는다. 당신은 다시 한번 소리친다.

카타콤베!

기사가 묻는다.

왓?

당신은 외친다.

카타콤베! 카타콤베!

기사가 백미러를 통해 당신을 바라본다. 제대로 알아들은 것인지 확신이 서지 않는다는 표정이다. 당신은 다시 한번 있는 힘껏 소리친다. 온몸의 힘을 모아서, 경음을 섞어서, 당신은 외친다.

까따꼼베!

그 순간 당신의 괄약근이 느슨해진다. 당신의 항문에서 커다란 소리가 튀어나온다. 냄새가 자욱하게 번진다. 오래 묵은 냄새다. 나는 당신의 생각 속에서 코를 막는다. 당신도 코를 막는다. 택시가 비 내리는 빠리의 도심을 미끄러지듯 달리기 시작한다.

곡란

1

그 세 사람이 유리문을 밀고 들어와 엉거주춤한 자세로 실내를 둘러보고 돈을 지불할 때부터, 김상태는 뭔가 찜찜한 느낌이었다. 불그죽죽한 얼굴에 쥐색 양복을 차려입었지만 어딘지 모르게 가난뱅이 냄새가 나는 중년이 하나, 작은 몸피에 이십대인지 삼십대인지 가늠이 되지 않는데다 어디서 마주쳐도 기억나지 않을 것 같은 얼굴의 여자가 하나, 그리고 낡은 베이지색 점퍼를 되는대로 걸친 채 다른 두 사람의 표정을 데면데면 살펴보고 있는 중키의 남자가 하나.

표정들을 보니 트리플을 하러 온 것 같지는 않았다. 나이도 맞지 않는데다 서로 잘 아는 사이 같지도 않은 품새가 김상태는 마음에 들지 않았다. 젊은 치 쪽이, 이건 내가 내겠습니다,라고 말하며 지갑을 꺼내자 중년 쪽은 뭐 좋으실 대로,라는 표정으로 물러났고 여자는 그들 뒤에 있는 듯 없는 듯 서 있었다.

눈에 거슬리는 건 또 있었다. 젊은 치가 들고 있는 검은 비닐봉지였다. 봉지 위로 삐져나온 모양새를 보니 위스키와 소주 등속이 섞여 있는 것 같았다. 안주로는 분명히 참치캔이나 새우깡, 그리고 땅콩 따위가 들어 있을 것이다. 어딘지 무성의한 조합이 틀림없었다.

이럴 때는 만반의 준비가 필요한 법이다. 예전에 섣불리 파출소 박순경을 불렀다가 개망신을 당한 적이 있기 때문이다. 그때도 이런 묘한 분위기의 남자 둘과 여자 둘이 투숙했었다. 긴장한 표정이 심상치 않아서 직감을 믿고 신고했는데, 그들은 평범한 초보 스와핑족이었다. 또 한번은 무슨 프라모델인가 하는 동호회의 오프라인 모임으로 밝혀진 적도 있었다. 중년남자 셋이 투숙해서 어두침침한 방에 둘러앉아 하루종일 문을 닫아걸고는 내색이 없었다. 박순경까지 불러 도박판 급습하듯 문을 따고 들어간 김상태는 어리둥절한 표정을 지어야 했다. 세 남자가 큼지막한 모형 비행선을 둘러싸고 앉아 꼼꼼히 부품을 붙이고 있었던 것이다. 김상태와 박순경이 들어서자 일제히 문 쪽을 향해 고개를 돌렸는데, 그 어둡고 신중한 표정들에 기가 질릴 지경이었다.

그뿐인가. 음침한 색깔의 양복을 차려입은 노인네가 혼자 투숙하더니 사흘이 지나도록 낌새가 없어서 문을 열어본 적도 있다.

노인네는 양복을 입은 채 술에 취해 큰대자로 잠들어 있었는데, 깨우면서 곰곰이 뜯어보니 어딘지 낯이 익었다. 거물급 국회의원 모씨가 사흘 전에 갑자기 실종되었다더니, 그 사람이 틀림없었다. 노인은 대체 왜 깨웠느냐는 듯 얼굴을 일그러뜨렸다. 김상태는 황급히 머리를 조아리고 물러나와야 했다.

김상태는 손님들을 202호실로 안내했다. 비닐로 포장한 세면도구와 생수병 세 개씩을 문턱에 놓고 김상태는 서둘러 일층으로 내려왔다. 사무실로 들어오자마자 귀에 이어폰을 꽂았다. 202호는 도청이 되는 곳이다. 도피중인 범죄자처럼 보이는 투숙객, 심리상태가 불안정해 보이는 투숙객, 정체가 의심스러운 패들은 대개 그 방으로 안내했다. 몰래카메라를 찍어서 팔아먹는 파렴치한도 있는 모양이지만, 김상태는 그런 치졸한 짓에는 관심이 없었다. 무엇보다도 김상태는 귀신 잡는 해병대 출신이었기 때문이다.

하지만 오늘따라 도청기 상태가 좋지 못했다. 서울에 간 길에 전자상가에까지 들러 사 온 것인데, 흐린 날이면 어김없이 지직거리는 잡음이 끼어들었다. 무슨 신경통도 아니고 도청기 따위가 왜 날씨에 반응하는 거야, 우라질. 김상태는 하릴없이 불평을 늘어놓았다. 어느날에는 손님도 들이지 않은 방에서 두런거리는 소리가 소형앰프로 흘러나와 사람을 놀라게 하곤 했다. 여자애들 목소리가 들릴 때도 있었고 노인네 목소리가 흘러나오기도 했다. 손전등을 들고 조심스럽게 계단을 올라가 202호실 문을 휙 열어젖히면, 을씨년스러운 방에서는 한껏 눅눅해진 공기가 흘러나올 뿐이었다. 객실 청소를 도맡아하는 노파는 김상태가 202호실 이야기를 하자 심각한 표정으로 목소리를 낮추었다. 이보우, 그게 그 기계 탓이 아니우. 몸피 작은 노파는 손으로 입을 가리더니 속삭이듯 말했다. 거기 말이우, 혼령들이 산다우. 김상태는 어이없는 표정으로 노파를 물끄러미 바라보다가, 할멈, 할멈이 더 귀신 같애, 치매기가 있으신가? 하고 면박을 주었다. 다음달에는 반드시 잘라야지, 하고 결심한 게 벌써 반년을 넘기는 중이었다.

도청기에서는 202호 투숙객들이 두런거리는 소리가 희미하게 들렸다. 몇개의 단어들이 끊어질 듯 끊어질 듯 이어졌다.

코끼리입니까? ……코끼리 모르시나? 코가 긴 짐승…… 그런데 시안은…… 오줌이 마렵지 않아요?……

김상태는 귀를 기울였지만 무슨 말인지 도통 알 수가 없었다. 하긴, 코끼리는 코가 긴 짐승이지. 김상태는 중얼거렸다. 이번엔 동물원인가? 가까운 공장지대에 동물원이 새로 생겼다더니. 거기는 코끼리나 기린 같은 게 있으려나. 두서없는 생각이 머릿속을 지나갔다. 두런두런 이야기를 나누는 목소리들이 자장가처럼 아련했다. 감기기운 탓에 캡슐로 된 약을 두 알이나 삼킨 탓이다. 김상태는 팔베개를 하고 누웠다. 창문에 물방울이 맺혀 있었다. 비가 조금씩 듣는 모양이었다.

김상태는 이렇게 흐린 날에는 분위기 묘한 손님은 받지 않기로 한 결심을 떠올렸다. 구름이 낮아서 을씨년스러운 날씨에는 여관 앞의 개천을 흘러다니는 쓰레기들처럼 몸이 가라앉곤 했다. 퇴락한 지방 소도시라면 어디든 그런 날씨가 있다. 그곳에 사는 사람들 모두가 뭔가를 잃어버린 듯 허전해지는, 그런 날씨 말이다. 이 작고 후줄근한 도시에는 웬일인지 가내수공업 공장들만 불규칙하게 늘어가고 있었다. 공장들이 늘어나면서 전에 없던 골목들이 생겼다. 새로 생긴 골목들을 따라 걸어가다보면 길을 잃기 일쑤였다. 날씨가 좋지 않은 날에는 회색빛인 도시가 더 어둡게 잦아들었다.

그런 날 혼자 여관 유리문을 밀고 들어오는 중년남자가 있으면 얼굴을 가만히 살펴야 한다. 다음날 청소를 위해 문을 두드려보면 목에 노끈 자국을 만든 채 혼자 울고 있기 십상이다. 요즘엔 지병에 찌든 얼굴을 한 노인이 혼자 들어오는 것도 달갑지 않고, 서너 명이 무리를 지어 데면데면한 표정으로 투숙하는 것도 불길하다. 창백한 얼굴을 한 중년여자나 갓 고등학교를 졸업했을 나이의 여자애도 조심해야 한다. 다음날 곱게 나가면 다행이지만, 그렇지 않을 경우는 밤이 새도록 긴장해야 한다. 202호실에만 도청설비를 갖춰놓은 것도 몇개월 전 그 방에서 여학생 시신 두 구를 수습한 후였다. 교복 차림에 모범생처럼 보이는 여학생 둘이 재잘거리며 붉은 카펫이 깔린 여관 계단을 올라가더니 내려오지 않았다. 여학생들이 묵어가는 경우는 드물었지만, 환한 표정에 얌전한 얼굴들이라 별다른 의심을 품지 않은 게 실수였다.

이런 날에는 그저 화장기 짙은 여자애를 끼고 들어오면서 벌써 약간 달뜬 표정을 짓는 중년남자가 반갑지만, 그것도 냄새나는 김상태의 여관에는 가물에 콩 나듯 한다. 그런 치들에게 빌려줄 때는 쇼트타임이라는 걸 뻔히 알면서도 꼭 풀타임 요금을 받아낸다. 이런저런 핑계로 요금을 올려받아도 그치들은 웬만해서는 다른 여관으로 옮기지 않기 때문이다.

한 평 반 남짓한 사무실 바닥에서 따뜻한 기운이 올라왔다. 전기담요로만 버티다가 큰맘 먹고 손수 보일러공사를 한 덕분이다. 올해로 쉰둘이 되었으며 한때 귀신 잡는 해병대였으나 지금은 게으름이 몸에 밴 김상태로서는 자신도 놀랄 정도의 큰 공사였다. 효과는 괜찮았다. 소형 텔레비전에 시선을 두고 있으면 따뜻한 기운이 올라오는 통에 금방 졸음이 오곤 했다. 코끼리는 뭐…… 코가 긴 짐승이지. 김상태는 그렇게 중얼거리면서 몸이 까무룩하게 잦아드는 것을 느꼈다.

2

유리문을 열고 들어선 고희성은 두런두런 여관을 둘러보았다. 외진 데 있다는 걸 빼고는 별로 마음에 드는 곳이 아니었다. 퀴퀴한 냄새가 배어 있었다. 괜히 몸이 가려워지는 느낌이랄까. 쪽창 안쪽에 앉아 있던 덩치 큰 주인은 무슨 도피중인 범죄자들이라도 보듯 일행을 올려다보았다. 어둠속에 웅크리고 앉은 컴컴한 그림자 가운데서 작은 눈이 반짝였다. 함께 들어선 중년이 돈을 꺼내려는 것을 본 고희성은 이건 내가 내겠습니다,라고 말하며 황급히 지갑을 열었다. 중년은 고희성의 얼굴을 힐끗 돌아보더니 순순히 물러났다.

앞장서서 계단을 올라가는 주인의 어깨가 넓었다. 코뿔소라도 메다꽂을 듯했다. 방은 이층이었다. 침대도 없이 반신거울이 달린 수납장 하나가 달랑 벽에 붙어 있고 이불이 방 한켠에 쌓여 있었다. 이불 위로 가로세로 서너 뼘 크기의 간유리가 달린 창문이 하나. 간유리는 흐릿한 빛을 맥없이 풀어놓고 있었다.

셋을 방으로 안내한 후 주인이 문가에 놓아두고 간 것은 조악한 비닐팩 세 개와 수돗물을 섞어 채운 게 틀림없는 생수병 세 통이었다. 비닐팩에는 일회용 칫솔과 비누, 어디에 쓰라는 건지 알 수 없는 물티슈가 함께 포장돼 있었다. 모텔이 아니라 여인숙이군. 고희성은 생각했다. 반쯤은 머리가 벗어진 거구의 주인은 그 작은 눈으로 고희성이 들고 있는 비닐봉지를 힐끗거렸다. 그러고는 잘 쉬라는 말도 없이 일층으로 내려가버렸다. 고개를 드니 연한 곰팡이 냄새가 느껴졌다.

주섬주섬 자리를 잡고 앉은 후 고희성은 중년사내와 여자의 얼굴을 살펴보았다. 귓가에 듬성듬성 흰머리가 돋은 중년 쪽이 말을 넣기에 편해 보였다. 아이디가 '코끼리'인 사람이었다.

코끼리님은…… 왜 코끼리입니까?

고희성이 분위기를 살피며 조심스럽게 묻자, 양복 바짓단을 무릎께까지 올려붙인 채 앉아 있다가 막 엉덩이를 들고 손목시계를 풀던 중년이 고개를 돌리며 대답했다. 엉거주춤한 자세였다.

코끼리…… 모르시나? 코가 긴 짐승.

고희성은 아, 네, 코끼리, 알지요,라고 황급히 얼버무렸다. 얼마 전 채팅 때 남자는 보험금이 목적이라고 했다. 고희성은 어쩐지 실망스러운 기분이었지만 어쨌든 그는 모임을 제안한 사람이었다.

아이디가 '스몰'인 여자는 팔로 무릎을 감싼 채 정면에 시선을 두고 있었다. 뭔가를 보고 있다고 하기가 애매한 시선이었다. 주위에는 별다른 관심이 없는 듯했다. 아니 주위의 공기가 여자와는 무관하게 떠돌아다니는 것처럼 느껴졌다. 여관에 오는 길에 고희성은 여자에게도 말을 걸어보았다. 혹시…… 계기가……? 여자가 고희성을 바라보았다. 무슨 그런 무례한 질문을, 하는 항의조도 아니었고, 어떻게 그런 유치한 질문을, 하는 비꼬는 표정도 아니었다. 표정이라는 걸 지을 줄 모르는 얼굴, 혹은 누군가에게 대답이라는 걸 해본 지가 아주 오래된 얼굴이었다. 여자는 고희성을 바라보면서 혼잣말인 듯 중얼거렸다.

계기…… 계기……? 아, 계기.

이제야 알겠다는 듯 얼굴에 가벼운 미소가 떠올랐다가 순식간에 사라졌다. 미소라기보다는 얼굴 근육이 약간 씰룩거렸다고 하는 쪽에 가까웠다. 여자는 짧게 덧붙였다.

…… 없어요.

목이 쉰 듯 거친 음색에 말들을 토막토막 잘라서 내뱉는 듯한 목소리였다. 어쩐 일인지 몸에서 스르르 힘이 빠져나가는 느낌이었다.

고희성은 소주병과 양주병, 그리고 캔맥주를 주섬주섬 꺼내놓았다. 종이잔에 양주를 따라 두 사람 앞에 놓았다. 공손한 자세였다. 중년이 그런 고희성을 물끄러미 바라보았다. 그때 구석에 앉아 있던 여자가 예의 쉰 목소리로 말을 꺼냈다.

그런데 시안은……

중년이 여자의 말을 끊으며 대답했다.

아, 드리지, 드리지.

뜻밖에 큰 목소리였다. 호기롭다고도 할 수 있었다. 고희성은 두 사람의 대화에 당황해서 우물우물 말을 내뱉었다.

아니, 뭐, 이렇게 만난 것도 인연인데 얘기나……

그런 고희성을 물끄러미 바라보던 중년은 고희성의 말에는 금세 관심이 없어진 듯 몸을 일으키며 중얼거렸다.

오줌이 마렵군. 오줌이 마려워. 오줌이 마렵지 않아요?

고희성은 자기도 모르게 중년을 향해 말했다.

네? 아, 저는 뭐, 괜찮습니다만…… 이런 때도 오줌이……

중년은 일어선 채 고희성을 물끄러미 바라보다가 빙긋, 웃음을 흘렸다. 고희성이 기어들어가는 목소리로 덧붙였다.

말하자면…… 오줌이 마려울 수도 있다는…… 그런 말씀입니다만……

고희성은 뭔가 들킨 사람처럼 얼굴이 붉어지는 것을 느꼈다. 중년은 허리를 구부정하게 굽혔다 펴더니 비척비척 화장실로 사라졌다. 세면대도 없이 고무호스가 양은 다라이에 늘어뜨려져 있는 게 힐끗 보였다. 고희성은 풀죽은 목소리로 고개를 숙이고 작은 목소리로 말했다.

이 방은 왠지…… 몸이 가렵지 않습니까? 날벌레가 많은 모양인데……

고희성은 정말 몸이 가려운 느낌이 들었다. 팔과 목 부위를 벅벅 긁었다. 살갗이 금방 벌겋게 부풀어오르는 느낌이었다. 여자는 고개를 무릎에 묻은 채 반응이 없었다. 고희성은 멋쩍은 표정으로 방을 둘러보았다. 중년이 가져온 검은색의 얇은 서류가방은 고희성 옆에 놓여 있었다. 고희성은 물끄러미 가방을 바라보았다.

잠시 후 물 내리는 소리가 나고 중년이 화장실을 나왔다. 고희성은 마음을 다독이면서 종이잔을 한번에 비웠다. 술기운이 급하게 올라왔다. 조금은 결연한 기분이 되어 고희성이 입을 열었다.

나, 나는 본명이 고희성이라고 합니다.

약간의 침묵이 이어졌다. 이름 같은 건 아무래도 좋다는 투였다. 이윽고 중년이 억양없는 목소리로 고희성의 말을 받았다.

이름, 이름이라. 뭐, 이름이라면 코끼리나 코뿔소에게는 필요 없지.

고희성은 무슨 뜻인지 모르겠다는 표정으로 중년을 바라보다가 다시 조심스럽게 입을 열었다.

그래도 길동문데, 이름이라도……

중년이 고희성을 멀뚱히 바라보았다. 고희성은 어쩐지 쫓기는 마음이 되었다.

아저씨는, 아니 선생님, 선생님은 아직 연세가 얼마 안되신 것 같은데……

여자가 고개를 조금 들었다. 최초의 반응이었다. 이름이나 나이를 궁금해하는 고희성이 이상하다는 투였다. 하지만 그녀의 턱은 이내 다시 무릎 위에 얹어졌다. 중년이 여자를 힐끗 보더니 고개를 돌려 고희성 쪽을 바라보았다. 고희성이 변명하듯 더듬거렸다.

아니, 꼭 나이 같은 게 중요한 건 아니지만, 뭐, 그래도 인생이란 게, 그러니까……

고희성의 말이 맥없이 흩어지자 중년이 무뚝뚝하게 입을 열었다.

그러니까 인생이란 게…… 코끼리는 코가 긴 짐승이지요. 코뿔소는 코에 뿔이 있는 짐승이고. 메아리는 메아리, 소리가 울리고.

고희성은 멍한 표정으로 중년의 입을 바라보았다. 코끼리는 코가 긴 짐승…… 코뿔소는 코에 뿔이…… 메아리는…… 대체 뭐라고 하는 거야? 고희성은 어쩐지 불쾌한 느낌이었다. 왠지 여기서 물러나서는 안된다는 생각이 들었다.

코끼리님은…… 보험금이 목적이라고 하셨죠?

조금은 항의조라고 해도 좋았다. 중년의 얼굴 근육이 약간 일그러지는 듯하더니 이내 아무래도 좋다는 표정으로 돌아갔다. 위스키 잔을 들어 마신 후 손등으로 입술을 쓱쓱 닦고는 고희성을 향해 말했다.

보험금이라, 보험금. 물론 그렇지요, 보험금.

중년은 땅콩을 입에 넣고 오독오독 씹으면서 감정이 담기지 않은 목소리로 대꾸했다. 고희성이 물었다.

하지만 이런다고 해서 보험금이 나오지는 않을 텐데요?

고희성으로서도 이런 질문을 할 생각은 아니었지만, 이미 입밖으로 튀어나온 뒤였다. 중년이 허공에 시선을 둔 채 입을 열었다.

이년. 이년입니다. 요컨대, 자기 의도에 의한 사망의 경우, 가입 후 이년이 지나면 나옵니다. 나오지요. 약관에도 나온다니까. 그런 상품이 있어요. 완벽한 생명보험이. 생명에 대한 완벽한 보험이. 하하. 무슨 심리학을 하는 학자가 이런 종류의 충동은 이년 이상 지속될 수 없다는 연구에 성공했다더군요. 딱 이년이지요, 이년. 완벽한 생명보험은.

허공을 향해 빠른 속도로 말을 늘어놓은 중년은 갑자기 고희성을 향해 똑바로 얼굴을 돌렸다. 그리고 억양이 사라진 목소리로 물었다.

하기에 따라서는…… 과학자 따위의 말을 이기는 거지, 안 그렇수?

당황한 고희성이 네? 네? 하고 반문하자 중년이 낮은 목소리로 말을 이었다.

그게 아니면……

중년이 말을 끊었다가 다시 정면을 보며 말했다.

…… 인생이 남는 거고.

흐흐흐, 중년의 입에서 웃음이 흘러나왔다. 그때 여자가 고개를 들면서 입을 열었다. 어딘가 다른 별을 떠돌다가 불쑥 지구에 떨어진 목소리 같았다.

시안…… 어디 있어요?

여자의 쉰 목소리가 방에 가득 찼다. 시선은 중년을 바라보는 듯했지만 그의 등뒤 어딘가를 향하고 있는 것 같기도 했다. 고희성은 자기도 모르게 중년의 작은 손가방을 곁눈질했다. 중년의 시선도 고희성의 시선을 따라 검은 서류가방으로 이동했다. 오십 밀리그램씩 캡슐 여덟 개에 나눠담았다고 했다. 한 사람이 빠졌으니 여유있는 분량이었다. 중년이 말했다.

드려야지, 드려야지, 드려야지. 실험까지 끝냈으니까.

고희성이 물었다.

실험이요?

그렇지, 실험. 꿈틀거리는 게 인간만 있는 건 아니니까……

고희성은 중년의 말뜻을 단박에 이해하지 못하고 멈칫거렸다.

꿈틀거리는 게…… 꿈틀거리는 게…… 하여튼 이건 구하기도 어려웠을 텐데……

중년은 비밀이라는 듯 오른손으로 입을 가리더니 고희성에게 바짝 다가앉으며 속삭였다. 목소리가 무슨 벌레처럼 고희성의 귀로 기어들어왔다.

메아리님, 메아리님, 내 친구가 대학교 무슨 연구소에 근무한답니다. 복잡한 화학반응을 연구해. 화학반응을. 분자식을. 원소기호를. 나는 그 친구를 찾아갔지.

아니, 친구가 이런 걸 그냥 내줘요?

고희성은 항의하듯 중년에게 물었다. 그 순간, 중년이 고희성의 귀에 속삭이던 자세 그대로 갑자기 큰 목소리로 외쳤다. 빽, 소리를 지른다고 해도 좋았다.

그럴 리가! 훔쳤지!

고희성은 깜짝 놀라 뒤로 자빠졌다. 중년은 넘어진 고희성의 배 위로 재빨리 올라타더니 그의 귀에 입을 바짝 갖다대고 다시 소리를 지르기 시작했다.

캡슐로 된 감기약을 사고! 캡슐을 열고! 약을 바꾸고!

고희성은 두 손으로 귀를 막았다. 중년이 다시 외쳤다.

캡슐로 된 감기약을 사고! 캡슐을 열고! 약을 바꾸고!

고희성은 자신도 모르게 눈을 질끈 감았다.

3

서울을 떠나 K시까지 오면서 고희성은 비장했다. 직장을 때려치우고 소설에 매달린 지 벌써 반년이 넘었다. 실패하면 돌아갈 곳이 없는 거야. 고희성은 다짐했다. 그건 사실이었다. 전세기간도 곧 끝날 것이고, 알량한 퇴직금으로는 한 해를 버티기도 어려울 것이다. 아내는 시급 팔천원짜리 가사도우미 일을 시작했으며, 집에 돌아오면 그와는 말도 섞지 않았다. 소설을 완성한다고 해서 뾰족한 수가 있는 건 아니었다. 하지만 오히려 그렇기 때문에, 고희성은 점점 소설에 집착했다. 마치 그걸 완성하는 것으로 모든 걸 보상받을 수 있다는 듯이.

　노환으로 호스피스 병동에 입원한 노인이 하루하루 죽음에 가까이 가는 과정을 담은 장편소설이었다. 여든이 넘은 노인의 인생이 플래시백으로 흘러갈 것이었다. 가난이 있었고 전쟁이 있었고 사별이 있었으며 또 외로움이 있었다. 죽음만이 삶을 전체적으로 되비추는 거울이다, 죽음을 대면하지 않고는 삶에 대해 한마디도 할 수 없다, 고희성은 그렇게 생각했다. 노인은 결국 스스로 죽음을 택함으로써 자신이 지나온 일생과 화해하게 될 것이었다.

　그런데 주인공이 죽음에 가까이 가면서 고희성은 약간 이상한 생각을 하게 되었다. 죽음에게는 죽음만이 관심이 있는 게 아닐까. 죽음은 삶에 대해 아무런 관심도 없는 건 아닐까. 죽음은 죽음 자체를 밀고나가는 힘으로만 충만한 것은 아닐까. 이상하게도 이 의문은 고희성의 머리에 접착제처럼 달라붙어 떠나지 않았다. 고희성은 중얼거렸다. 죽음에게만 관심이 있는 죽음이라니. 죽음으로만 충만한 죽음이라니. 그렇다면 죽음에 대해 쓴다는 건 허망한 일이 아닌가. 삶으로 회귀하지 않는 죽음이 대체 무슨 의미가 있다는 말인가. 고희성은 갈피를 잡지 못했다. 집요하게 달라붙는 생각에 시달리다가 텅 빈 방에서 비명을 지르곤 했다. 어느날 밤에는 소설 속의 노인이 꿈에 나타나 고희성의 목에 노끈을 감기까지 했다. 여든이 넘었다고는 생각할 수 없을 만큼 대단한 완력이었다. 고희성은 목이 졸려 컥컥대다가 퍼뜩 깨어났다. 이부자리를 걷고 일어나 거울을 보면, 정말 노끈 자국이 희미하게 보이는 듯했다. 고희성은 제 목을 어루만지면서 컴퓨터를 켰지만 단 한 글자도 써내려갈 수 없었다. 고희성은 결정적인 무엇인가가 필요하다는 것을 깨닫고 있었다.

차창 밖으로 흘러가는 풍경을 바라보며 고희성은 모든 것이 새롭게 느껴진다는 것을 깨달았다. 죽음에 사로잡혀 있다가 갓 지상으로 풀려나온 느낌이었다. 나무들이 있고 논과 밭이 있고 산이 솟아 있었다. 산과 산 사이에 작은 동네며 소도시가 펼쳐져 있었다. 사람들과 식물들과 동물들이, 말 그대로, 살아가고 있었다. 그 모든 게 경이롭게 느껴졌다.

K시가 다가오자 기차가 속도를 줄였다. 그러던 어느 순간, 고희성은 개와 비슷한 짐승이 기찻길 옆에 우두커니 서 있는 것을 보았다. 그 짐승은 고희성을 물끄러미 바라보고 있었다. 우연찮게 고희성과 짐승의 눈이 마주쳤다. 고희성은 순간 그 짐승이 늑대라는 걸 알아차렸다.

늑대인가? 고희성이 깜짝 놀라 돌아보았지만, 늑대로 보였던 물체는 이미 멀어진 후였다. 정말 늑대였을까? 개였을까? 하지만 분명한 건 살아 있는 짐승이 아니었다는 점이다. 고희성은 그걸 직감으로 알았다. 박제가 아니면 모형이 틀림없었다. 늑대가 움직이지 않는다는 걸 깨닫는 순간, 고희성은 늑대 역시 자신을 바라보고 있다는 느낌을 받았다. 늑대의 시선은 고희성에게 선명한 인상을 남겼다. 누가 저런 걸 기찻길 옆에 세워놓은 걸까.

아마도 근방에 늑대 사육장이 있다는 표시겠지. 개 사육장이거나. 그래, 그럴 거야. 아마도 이 근처에…… 고희성은 생각했다.

기차가 역사에 도착했을 때 고희성은 이 소도시에 내린 게 자신뿐임을 깨달았다. 하긴 기차가 하루에 두어 번밖에 서지 않는 간이역이니 당연한지도 몰랐다. 역사는 횅했다. 깃발을 흔들어 기차 후미에 안전신호를 보내고 난 늙은 역무원이 천천히 플랫폼을 걸어오고 있을 뿐이었다. 모자를 쓰고 제복을 갖추어입은 역무원은 봉과 깃발을 양손에 들고 고희성을 향해 다가왔다. 절도있는 자세였다. 한 장소에서 하나의 일만 하며 평생을 보낸 사람만이 지닐 수 있는 품위와 자연스러움 같은 게 느껴졌다. 인생이란 저토록 단순하고 절도있는 것이라고, 고희성은 생각했다. 어쩐지 그가 성자처럼 보였다. 고희성은 가까이 다가온 역무원에게 물었다.

말씀 좀 여쭙겠습니다만, 여기가 K시 맞지요? 고철동은 어떻게 가야 합니까?

가까이서 보니 주름이 깊이 팬 얼굴이었다. 마치 주름이 먼저 있고 나서 눈과 코와 입이 생기기라도 한 듯했다. 역무원은 고희성을 위아래로 잠시 훑어보면서 입을 열었다.

고철동이라는 곳은…… 없수.

네? 고철동이 없어요?

이름이 바뀌었수.

역무원의 설명에 따르면, 고철동이라는 이름은 원래 높을 고(高)에 물 맑을 철(澈)자를 써서 높고 물이 맑은 곳이라는 뜻인데, 그냥 고철덩어리로 생각하는 사람들이 많았다고 한다. 몇해 전부터 공장들이 우후죽순처럼 생긴 후에는 이 이름이 더욱 좋지 않은 이미지를 연상시켰다.

목란동이라고 부르지, 지금은.

역무원이 진지한 표정으로 고희성을 바라보며 말했다. 거기가 원래 목란이 꽤 좋은 곳이었거든. 혼잣말처럼 그렇게 덧붙이더니, 역무원은 마침 자기가 그 동네에 살고 있으니 지리를 잘 안다며 고희성의 손바닥을 폈다. 그는 고희성의 손금을 길 삼아 손톱으로 슥슥 그어가며 불필요할 만큼 자세히 위치를 알려주었다. 길들은 고희성의 손바닥 위에 나타났다가 순식간에 사라졌다. 정신을 차리고 손바닥을 보았지만 고희성은 첫번째로 그어진 금만 겨우 기억할 뿐이었다. 고희성의 손바닥을 물끄러미 바라보던 역무원이 심상하게 말했다.

생명선이 긴데.

그러더니 고희성의 손바닥을 이리저리 뒤집으면서 무성의한 어조로 짧게 덧붙였다.

질겨.

고희성은 얼굴을 찌푸렸다. 생명선이라니. 질기다니. 이 노인네가 노망이 났나. 이런 곳에서 평생을 보내는 주제에. 고희성은 불쾌한 표정으로 출구 쪽으로 걸어갔다. 역무원이 추근추근 고희성을 따라오며 물었다.

가만, 그런데 여행 오셨나? 혼자? 뭘 하시게?

역무원은 어느새 고희성의 소매를 잡고는 빠르게 말을 이었다.

여긴 다 공장뿐이라우. 대개 검고 딱딱한 물건들을 만들지. 외지 사람들은 상상도 못하는 물건들이 많다우.

고희성은 황당한 느낌이 들었다. 이 노인네, 뭘 하자는 거야? 얼굴을 들이밀며 말하는 역무원을 자기도 모르게 거칠게 밀어내고는 빠른 걸음으로 걷기 시작했다. 씩씩거리며 걷는 동안 등뒤에서 웃음소리가 들린 듯했지만 고희성은 돌아보지 않았다. 빨리 멀어져야 한다는 느낌이 들 뿐이었다. 어쩐지 이곳의 공기가 마음에 들지 않았다.

한참 걷다 슬며시 돌아보니 역무원은 한 손에 깃발을 든 자세 그대로 고희성을 바라보고 있었다. 마치 영원히 그곳에 서 있기라도 할 듯한 느낌이었다. 빤히 고희성을 바라보던 역무원이 갑자기 두 손에 든 깃발을 머리 위로 흔들기 시작했다. 흰 깃발과 붉은 깃발이었다. 깃발을 흔드는 속도가 점점 빨라지더니 나중에는 거의 보이지 않을 지경이었다. 그게 무슨 신호라도 되는 양, 고희성은 자기도 모르게 허겁지겁 개찰구를 향해 달려갔다.

쫓기듯 역사를 나오고 나서야, 고희성은 자기가 왜 도망치고 있는지 모르겠다는 데 생각이 미쳤다. 젠장. 뭐야, 저 노인네. 고희성은 역 앞 길가에 늘어선 택시들을 바라보면서 침을 퉤, 뱉었다. 입을 닦아내며 보니, 하나같이 노란 택시들이 텅 빈 역사 앞에 도열해 있었다. 종일 손님이라고는 두어 사람밖에 없을 듯했지만, 택시기사들은 차 안에 정좌한 채 고희성을 바라보고 있었다.

위치 따위는 왜 물어본 거지? 택시 탈 거면서. 고희성은 쓴웃음을 지었다. 하긴 어느 소설인가에 보면 형장으로 끌려가는 사형수도 고인 물을 피해서 걷는다고 하지 않던가. 습관이란 무서운 것이라고, 고희성은 생각했다.

저 역무원은 아마도…… 외로운 걸 거야.

고희성은 중얼거렸다.

그래…… 외로운 걸 거야.

고희성이 택시를 타고 목란동의 약속장소에 도착했을 때, 그곳에는 이미 세 사람이 나와 있었다. 동사무소 앞 네거리의 평범한 이층 까페였고 손님은 그들 넷뿐이었다. 70년대식 다방 분위기였다. 수족관에는 금붕어들이 여남은 마리 헤엄치고 있었는데 한 마리는 모로 누워 떠 있었다. 창밖의 거리에는 몇대의 자동차가 일정한 속도로 지나가고 있었다. 거리 저편에는 모래가 여기저기 쌓인 공터가 있고, 공터 너머로는 가건물로 보이는 작은 공장들이 빽빽하게 세워져 있었다. 흐린 구름이 먼산 쪽에서 다가왔다.

고희성은 푹신한 쏘파형 의자에 주춤주춤 자리를 잡으면서 저, 저는 메아리입니다,라고 말했다. 목소리가 떨렸다. 앞자리에 앉아 있던 중년남자가 고개를 들면서 나는 코끼리,라고 짧게 대꾸했다. 시안 있습니다,라는 글을 올린 사람이었다. 쥐색 양복을 입고 있었지만 양복이라는 걸 처음 입어본 사람처럼 어딘지 어색한 분위기였다. 아, 네에…… 중년의 표정을 살피면서 고희성은 옆자리 여자에게 시선을 돌렸다. 몸피가 작았고 어깨가 좁아 흘러내리는 듯한 느낌을 주었다. 반쯤 감긴 눈은 왠지 그림자가 진 느낌이어서 그 안에 눈동자가 들어 있는지 의심스러울 지경이었다. 여자는 감정이 없는 표정으로 창밖에 시선을 두고 있었다.

스몰이 이 사람이구나. 아이디는 말 그대로 작다는 뜻이군. 고희성은 생각했다. 스몰은 인용문들만을 게시판에 올렸다. 어떨 때는 성경에서 뽑은 문장을 올리기도 하고, 어떨 때는 처음 듣는 외국 작가의 문장을 올리기도 했다. 성경문구라고는 해도 복음서에 나오는 예수님의 말씀 같은 건 아니었다. 그보다는 가령 욥기에 나오는 야훼의 분노 같은 게 더 많았다. 섬뜩한 문장들이었다. 정작 스몰은 그 문장에 아무 말도 덧붙이지 않았지만, 기이하게도 스몰의 게시물에는 공감한다는 댓글이 많았다. 대체 뭐에 공감한다는 것인지 고희성은 고개를 갸우뚱거리곤 했다.

창가 쪽에 앉은 사람은 고희성보다 서너 살이 아래일 듯한 청년이었다. 남자는 자세를 고쳐 앉으면서, 나는 데쓰입니다,라고 말했다. 아, 데쓰님. 고희성이 반가운 표정을 지었다. DEATH라는 아이디로 게시판에 자신의 내력을 적곤 하던 사람이었다. 심장에 평생 고칠 수 없는 지병이 있다고 했다. 조금만 일을 하면 몸에 무리가 가기 때문에 정상적인 사회생활이 불가능하다는 것이다. 하지만 그런 건 문제가 아니며, 중요한 것은 자신이 죽음을 터부시하는 이 사회에 반감을 가지고 있다는 점이라고 했다. 죽음을 선택할 권리가 우리에게는 있지 않은가요? 그는 대개 그렇게 문장을 맺곤 했다. 안락사에 대한 논쟁적인 글을 퍼왔을 때도, 직접 그 글을 반박하는 글을 썼을 때도 마찬가지였다. 어떨 때는 죽음이라는 '문제'를 자꾸 음지로 밀어내는 사회에 대한 혐오감과 비아냥을 담은 글을 올리기도 했다. 그의 글에는 고희성 외에는 아무도 댓글을 달지 않았다.

중년이 구부정한 자세로 앞장서고, 나머지 셋은 그 뒤를 따라갔다. 조용한 모텔이 있다고 했다.

모두들 말이 없었다. 빗방울이 떨어졌다. 그때 데쓰가 잠시만! 하고 소리치더니 갑자기 편의점으로 들어갔다. 그가 들고 나온 것은 검은색 우산 네 개였다. 이번에는 고희성이 편의점으로 달려들어갔다. 고희성은 양주, 소주에 안주 등속을 되는대로 집어 들고 나왔다.

데쓰는 각자에게 우산을 하나씩 쥐여주었다. 모두들 우산을 받쳐들고 걸어갔다. 중년만이 이리저리 우산을 살펴보더니 어쩔 수 없다는 표정으로 펴들었을 뿐이다. 데쓰는 고희성 옆에 붙어 걸으면서 말했다. 메아리님은 왜, 왜 이런 일을 하려고 합니까? 호기심이 어려 있는 데쓰의 질문에 고희성은 우물우물 대답했다. 그게, 죽음이란 결국, 자신의 선택이니까요. 그렇게 말해놓고 고희성은 약간 불쾌해졌다. 데쓰가 게시판에서 자주 쓰던 표현이었기 때문이다. 데쓰는 약간 들뜬 목소리로 다짐을 받듯 말했다. 그렇습니다. 죽음은 선택입니다. 죽음을 터부시하는 건 나쁜 일입니다. 나는 그렇게 생각합니다. 안 그렇습니까?

고희성은 데쓰의 얼굴을 바라보았다. 데쓰 역시 그런 고희성을 물끄러미 마주보았다. 그러더니 갑자기 고개를 떨어뜨리고 풀죽은 표정을 지었다. 하지만 말입니다, 지금 우리는 죽음을 스스로 선택하고 있는 게 아닌 것 같군요. 이건 죽음에게 끌려가는 것에 불과합니다.

고희성은 데쓰의 얼굴을 물끄러미 바라보았지만 대꾸할 말이 떠오르지 않았다. 공연히 가슴이 답답해지는 느낌이 들었을 뿐이다. 그때 고희성의 눈에 힐끗 보이는 게 있었다. 멀리 산 쪽이었다. 고희성은 걸음을 멈추고는 앞서 걷던 일행을 향해 큰 목소리로 소리쳤다.

이봐요, 잠깐만! 잠깐만 서십시오! 저건 바다가 아닙니까? 저기 멀리 바다가 보이지 않습니까?

인적 없는 도로였다. 간간이 트럭들이 지나가고, 도로변에는 작은 공터가 펼쳐져 있었다. 칠이 벗겨진 벤치가 드문드문 놓여 있었다. 고희성은 벤치 너머의 먼산 쪽을 가리켰다. 그의 손끝에 확실히 바다처럼 보이는 것이 있었다. 산과 산 사이에 푸르스름한 수평선이 걸려 있었던 것이다. 물끄러미 그쪽을 바라본 데쓰가 쓴웃음을 지으며 말했다.

맞습니다. 저건 바다입니다. 확실합니다. 하지만 저 바닷가에는 철조망이 둘러져 있어서 못 들어갑니다. 군수시설 때문입니다. 게다가 지금은 아무것도 볼 수가 없어요. 비가 내리고 있지 않습니까?

데쓰가 손바닥을 하늘로 향하고는 위쪽을 바라보았다. 고희성역시 바다 쪽으로 손을 치켜든 채로 하늘을 바라보았다. 빗방울이 고희성의 이마에 툭, 하고 떨어졌다. 데쓰가 다시 입을 열었다.

바다가 아니라 동물원이라면, 걸어서 갈 수도 있습니다. 하지만 모두들 거긴 원하지 않을 것 같군요. 동물들을 바라보고 있을 마음 같은 건 전혀 없을 테니까요.

데쓰가 중년과 여자 쪽을 바라보며 말했다. 고희성은 낙담한 표정으로 고개를 떨궜다. 그러다가 생각났다는 듯이 다시 소리를 질렀다. 어딘지 절박한 음성이었다.

그, 그렇다면 제가 술을 한잔 사겠습니다. 술입니다, 술.

그러고는 조금은 머쓱해진 기분에 기어들어가는 목소리로 덧붙였다.

부탁합니다……

역시 대답은 없었다. 앞에서 둘을 바라보고 있던 중년이 고희성의 손에 들린 검은 비닐봉지 쪽으로 시선을 던졌다. 모두의 시선이 일제히 비닐봉지로 향했다. 데쓰가 고희성을 향해 고개를 돌리며 말했다.

안된다는군요. 가서 마시자는 뜻입니다.

고희성이 어쩐지 애원하는 어조로 힘없이 중얼거렸다.

그, 그러면 저기 분식집에서라도 좋습니다. 제가 사겠습니다, 제가.

데쓰가 동조했다.

그래요, 이분이 산다지 않습니까?

그러자 중년이 곁에 서 있는 여자의 얼굴을 쳐다보았다. 여자는 여전히 무표정했다.

분식집에도 손님은 그들 넷뿐이었다. 주인여자는 주문을 받을 생각도 하지 않고 다각다각 무를 써는 데 집중하고 있었다. 데쓰가 주방을 향해 소리쳤다. 떡볶이, 순대, 오뎅, 일인분씩! 주인여자가 주방에 서서 일행의 얼굴을 물끄러미 바라보았다. 손으로는 계속 무를 썰고 있었다.

코끼리를 아이디로 쓰는 중년은 차림표에 시선을 두고 중얼중얼 메뉴를 읽었다. 떡볶이 이천원, 오뎅 이천원, 순대 이천오백원. 떡볶이 이천원, 오뎅 이천원, 순대 이천오백원. 스몰은 흰 벽면에 눈을 두고 앉아 있었다. 거기 뭔가 중요한 게 적혀 있기라도 한 듯했다. 고희성은 여자를 따라 흰 벽면을 바라보았지만 그저 흰 회벽이었기 때문에 오래 바라볼 수가 없었다. 데쓰는 일간신문을 뒤적거리다가 이내 흥미가 떨어진 듯 한켠으로 밀쳤다.

오뎅이 먼저 나오고 이어 떡볶이와 순대가 나왔다. 고희성과 데쓰만이 순대를 두어 개 집어먹었다. 고희성은 순대에 떡볶이 국물을 묻혀 입에 넣었다. 순대를 채운 당면이 굳어 잘 씹히지 않았다. 떡볶이 국물의 맵고 단 맛이 고희성의 코끝을 자극했다.

맛을, 맛을 좀 보십시오. 맵고 달군요. 좋습니다.

고희성이 중년과 여자를 향해 말했다. 중년이 무심결에 포크로 떡볶이를 찍어 먹었다. 여자 역시 오뎅을 찍어 입에 넣었다. 고희성과 데쓰는 떡볶이와 오뎅을 우물우물 씹고 있는 두 사람의 입을 바라보았다. 어쩐지 반가운 느낌이었다.

고희성이 잠시 화장실에 다녀왔을 때는 이미 모두들 자리를 털고 일어선 뒤였다. 고희성이 지갑을 꺼내려고 하자 데쓰가, 저분이 벌써 계산했습니다,라고 말하며 중년을 가리켰다. 중년은 유리문을 밀고 나가면서도 계속 중얼거리고 있었다. 떡볶이 이천원, 오뎅 이천원, 순대 이천오백원. 여자가 중년의 뒤를 따라 나갔다. 그때 데쓰가 고희성 옆에 바짝 붙어서서 귓가에 속삭이듯 말했다. 작지만 단호한 어조였다.

미안합니다. 난 이건 아니라고 생각합니다. 돌아가겠어요.

고희성은 당황스러운 표정으로 데쓰를 바라보며 더듬거렸다.

네? 네? 아, 네에, 네……

밖에는 비가 내리고 있었다. 중년과 여자는 이미 왼쪽으로 방향을 잡아 걸어가고 있었다. 데쓰는 고희성에게 가볍게 목례를 하고는 주저없이 오른쪽 길을 택해 걸어갔다. 다시는 뒤를 돌아보지 않을 기세였다. 고희성은 그의 등을 멍하니 바라보다가 정신을 차린 듯 중년과 여자의 뒤를 따라 걸음을 옮겼다.

4

캡슐로 된 감기약을 사고! 캡슐을 열고! 약을 바꾸고!

중년이 소리질렀다. 고희성은 중년의 밑에 깔린 채, 중년은 고희성의 몸 위에 올라탄 채, 서로를 물끄러미 바라보았다. 중년의 얼굴도 불그스름했다. 술 때문인지 흥분 때문인지는 알 수 없었다. 중년이 다시 고희성의 얼굴에 대고 외쳤다.

캡슐로 된 감기약을 사고! 캡슐을 열고! 약을 바꾸고!

그때 한쪽 구석에 앉아 있던 여자가 입을 열어 예의 쉰 목소리로 말했다.

그러니까…… 캡슐을 줘요.

중년과 고희성이 동시에 여자를 바라보았다. 할 수 없다는 듯 중년은 고희성의 몸에서 내려와 바닥에 앉았다. 꼿꼿한 자세에 꼿꼿한 목소리였다.

그렇지, 캡슐. 우리는 할일이 있으니까.

중년이 검은색 가방을 끌어당겼다. 고희성이 주섬주섬 몸을 추스르며 입을 열었다. 취기 탓에 빙빙 도는 느낌이었고, 왠지 비참한 기분이었다.

이봐요, 대체 왜 이러는 겁니까? 왜? 우리는 얘기를 해야 합니다, 얘기를.

여자가 고희성의 말을 자르며 말했다.

먼저 수면제를……

고희성은 뭔가 속에서 자꾸 뒤틀리는 듯했다. 몸속의 근육들이 자리를 찾지 못해 엉켜드는 느낌이었다. 취기가 올라왔다. 말이 서로 엇갈리다가 입술 사이로 새나갔다.

하, 하지만 스물님, 아니 이봐, 아가씨, 내 말 좀 들어보라구. 이봐요, 아저씨, 이건 뭔가 아닌 것 같지 않습니까? 네?

고희성의 말이 맥락없이 흩어졌다. 여자는 고희성의 말에는 아랑곳없이 수면제를, 먼저 수면제를,이라고 작은 소리로 중얼거리고 있었다. 중년이 검지손가락을 들어올려 제 입술 가운데 모로 세웠다. 그런 자세로 한참을 있더니 숨을 모았다가 한꺼번에 내뱉었다.

쉿!

고희성은 우두커니 앉아 맥이 풀린 입으로 뇌까렸다.

아니, 그, 그래도 그렇지, 좀 생각을 해봅시다. 살아야지, 살아야지…… 얘기를 좀 해봅시다. 그러다보면 뭔가……

그러자 중년이 입가에 붙였던 손가락을 내리면서 소리질렀다. 구호라도 외치는 듯했다.

침묵! 침묵! 침묵!

그러고는 고희성을 잠시 바라보다가 감정이 섞이지 않은 목소리로 덧붙였다.

씨발.

그건 마치 욕이 아닌 듯이 느껴졌다. 억양이 없어서 거의 기계음에 가까운 느낌이었다. 고희성은 그 말의 의미가 무엇인지 다시 생각해야 했다.

잠시 후 고희성의 입에서 힘없는 욕설이 튀어나왔다. 고희성 스스로에게도 낯선 목소리였다. 애원조라고 해도 좋았다. 비틀거리는 어조였다.

씨발? 씨발? 니가 뭔데, 씨발이야, 응? 살아야 할 거 아니야, 살아야지, 응?

고희성의 말끝이 허물어졌다. 눈물이 솟았다. 주인이 놓고 간 생수병을 열어 입에 쏟아부었다. 잘못 쏟아진 물이 고희성의 입가와 셔츠 깃을 적셨다. 비닐팩을 뜯어 물수건으로 얼굴과 목덜미를 닦아냈다.

고희성이 요의를 느낀 것은 그때였다. 그래, 그래, 맘대로들 해보라구, 맘대로들. 고희성은 주춤주춤 일어나 화장실로 들어갔다. 마치 중년을 흉내내기라도 하듯, 괴로운 코끼리처럼 흐흐 웃음을 흘렸다. 이젠 아무 말도 안할 거야. 아무 말도. 할말이 없는 거야, 할말이.

고희성은 비틀거렸다. 벽을 짚고 변기 앞에 선 채로 고희성은 욕실 쪽창으로 바깥을 바라보았다. 창 곁에 바짝 붙어 있는 여관 간판이 보였다. 빗물이 붉은 네온싸인에서 톡톡 떨어지고 있었다. 전구가 여기저기 떨어져나간 탓에 모텔 목란의 '목'자가 '곡'자로 보였다.

고희성은 주머니에서 무언가를 꺼내들었다. 중년의 가방에서 빼낸 약병이었다. 아까 여관에 들어왔을 때, 중년이 화장실에 간 사이, 여자가 고개를 무릎에 묻고 있는 동안, 중년의 가방을 뒤져 몰래 빼낸 것이었다. 고희성은 유리병 속의 캡슐들을 변기에 쏟아부었다. 핑크빛 캡슐들이 둥둥 떠 있는 것을 잠시 바라보다가, 고희성은 단호하게 물을 내렸다. 그것들은 순식간에 구멍 속으로 빨려들어갔다.

중년이 고희성의 등을 향해 달려든 것은 바로 그때였다.

5

김상태는 킬킬거리는 웃음소리에 설핏 깨어났다. 고개를 둘레

둘레 흔들었지만 머릿속에는 안개가 가득 차 있었다. 아직 약기운이 몸에 떠돌고 있었다. 감기약으로는…… 코끼리라도 쓰러뜨리겠어. 김상태는 그렇게 중얼거리며 이어폰을 귀에 꽂았다. 여전히 나지막한 대화가 흘러나오고 있었다. …… 우리는 떡볶이에 순대도 먹지 않았습니까, 네? 남자의 목소리였다. 이어서 여자의 목소리가 희미하게 들렸다. 수면제를. 수면제를. 여자의 목소리는 아주 먼 곳에서 웅웅 울리는 느낌이었다. 그러자 젊은 남자가 여자의 말을 받아 목소리를 높였다. 생각을 해봅시다. 코끼리는 코가 긴 짐승이니까, 말이라도 좀 해봅시다.

젊은 치의 말에 중년이 또 뭐라고 대꾸를 하는 것 같았지만 선명히 들리지는 않았다. 친목! 친목!이라고 하는 것 같기도 하고 침묵! 침묵!이라는 것 같기도 했다. 중년의 말에 젊은 치가 소리를 질렀다. 살아야지! 살아야지! 살아야지!

김상태는 천천히 몸을 일으켰다. 빌어먹을, 확실하구먼. 몸이 잘 가누어지지 않았다. 아직 가수면 상태인 듯한 느낌이었다. 반쯤은 물에 잠긴 채 걷는 것 같았다. 어쨌든 이번에는 박순경 없이 그냥 손을 봐야지. 김상태는 슬리퍼를 꿰어신고 사무실 문을 나섰다. 낡고 불그죽죽한 카펫을 밟으며 계단을 오르기 시작하자 두 남자의 격한 고함소리가 이층에서 들려왔다. 젠장. 김상태는 느리게 욕을 내뱉고는 터벅터벅 곰 같은 발소리를 내며 202호실로 향했다.

손잡이를 돌렸지만 문은 열리지 않았다. 몸싸움이라도 하는지 쿵쿵거리는 소리가 흘러나왔다. 똑똑 문을 두드리자 소리가 뚝

그쳤다. 김상태는 문에 귀를 갖다댔다. 반응이 없었다. 적요하기까지 한 느낌이었다.

잠시 후 중년남자의 신음소리가 문틈으로 흘러나왔다. 김상태는 들고 온 열쇠꾸러미를 뒤져 202호 열쇠를 찾아냈다. 열쇠를 구멍에 넣었지만 열리지 않았다. 가만 보니 220호 열쇠였다. 김상태는 맨손으로 얼굴을 한번 쓸어내렸다. 잠이 덜 깬 거야, 빌어먹을. 주섬주섬 다시 꾸러미를 뒤져 202라고 쓰인 열쇠를 찾아냈다. 열쇠를 구멍에 넣고 신중하게 돌렸다. 문이 삐걱거리는 소리를 내며 열렸다. 방 안의 광경이 김상태의 충혈된 눈에 한꺼번에 몰려들었다.

방 한가운데 중년남자를 깔고 앉아 있는 것은 예의 그 젊은 치였다. 그는 중년의 몸에 올라탄 자세로 주먹을 허공에 들어올린 채, 막 문을 연 김상태를 향해 천천히 고개를 돌렸다. 아래 깔린 중년 역시 김상태를 바라보았다. 형광등이 나갔는지 틱틱거렸다. 틱틱거리는 소리에 맞추어 젊은 치와 중년의 얼굴이 사라졌다가 나타났다. 왼쪽 구석의 여자는 두 팔로 무릎을 감싼 자세로 앉아 김상태 쪽을 바라보고 있었다.

하지만 방 안에 있는 것은 그 셋뿐이 아니었다. 김상태는 어리둥절한 표정을 지었다. 여자 옆에 웬 노인네 하나가 누워 있었다. 노인네는 잠을 자다가 막 깬 듯 불만스러운 표정으로 상반신만 들어올려 김상태 쪽으로 고개를 돌리고 있었다. 퀭한 눈동자에는 뿌옇게 백태가 끼어 있었다. 낡은 양복을 차려입은 게 어디서 많이 본 노인네라고 김상태는 생각했다.

방 오른쪽에도 사람이 더 있었다. 소형 텔레비전 옆에 신중한 표정의 남자 셋이 둘러앉아 있었다. 세 남자는 뭔가에 열중해 있다가 방해를 받은 듯 김상태를 향해 찌푸린 시선을 던지고 있었다. 그들이 둘러싸고 있는 것은 제법 커다란 모형 비행선이었다. 김상태는 중얼거렸다. 저치들은 뭐야? 또 모형 비행선인가? 여길 어떻게 들어온 거야, 대체?

방 안은 정물화처럼 정지해 있었다. 틱틱거리던 형광등이 잠시 꺼졌다가 반짝, 하며 환하게 불이 들어왔다. 그 순간 중년을 타고 앉은 젊은 치가 정신을 차린 듯 갑자기 소리를 지르기 시작했다. 왼손으로 중년의 멱살을 잡고 허공에 들고 있던 오른손으로 방바닥을 내리쳤다.

살아야지! 살아야지! 이 씨발놈아!

젊은 치는 거의 눈이 뒤집힌 채 식식거렸다. 방 안의 사람들이 문득 현실로 돌아온 듯 움직이기 시작했다. 김상태가 본능적으로 젊은 치를 향해 몸을 던져 거칠게 그를 밀쳐냈다. 젊은 치는 벽에 부딪히며 나동그라졌다. 김상태는 곰 같은 손바닥을 펴들고는 젊은 치의 뺨을 짝, 소리가 나도록 때렸다. 그러고는 자신도 모르게 소리를 질렀다. 그만해! 그만하란 말이야!

얼이 빠진 젊은 치가 김상태를 바라보았다. 멍한 표정이었다. 자기가 지금 여기서 뭘 하고 있는지 알 수 없다는 눈빛이었다. 그때 방 한가운데 사지를 뻗고 누워 있던 중년이 중얼거리듯 말했다. 시선은 천장을 향한 채였다. 방송국 아나운서 같은 말투가 그의 입에서 흘러나왔다.

그분은 소설을 쓸 거라고 합니다, 소설을. 그분이 방금 그분의 입으로 열에 들떠서 얘기했습니다. 나를 깔고 앉아서.

중년은 얼굴을 기묘하게 일그러뜨리더니 갑자기 빠른 어조로 뇌까렸다. 순식간에 문장을 뱉어낸다는 느낌이었다.

나는 소설을 씁니다, 소설을. 죽음을 대면하는 소설을 씁니다, 소설을. 그분은 분명히 그렇게 말했습니다, 분명히.

중년의 일그러진 표정과 입을 김상태는 멍하니 바라보았다. 소설? 죽음? 죽음을 대면하는 소설? 이자가 지금 뭐라는 거야? 김상태는 중년남자와 젊은 치를 번갈아 바라보았다. 이게 대체 무슨 사단인지 알 수 없었다. 잠깐 조는 동안에 이 많은 사람들이 여관에 들어왔단 말인가? 대체 어떻게? 저기 누워 있는 노인네는 뭐고, 구석의 저 세 남자는 뭘 하고 있는 건가? 노인은 흰 눈동자를 뒤룩뒤룩 굴리고 있었고, 방 한켠의 세 남자는 여전히 모형 비행선에 열중해 있었다. 옆에서 무슨 일이 일어나는지 관심이 없는 듯했다. 흰 비행선은 거의 다 만들어진 것 같았지만, 왠지 영원히 완성되지 않을 것 같은 느낌이 들었다.

김상태는 젊은 치 쪽으로 시선을 돌렸다. 젊은 치는 얼빠진 표정으로 숨을 몰아쉬며 김상태를 멍하니 마주보고 있었다. 지금 자기 멱살을 잡고 있는 게 사람인지 귀신인지 모르겠다는 표정이었다. 중년사내는 방 한가운데 누운 채 그대로 천장을 바라보고 있었다. 그는 예의 그 아나운서 같은 어조로 중얼거리기 시작했다. 떡볶이는 이천원, 오뎅은 이천원, 순대는 이천오백원. 떡볶이는 이천원, 오뎅은 이천원, 순대는 이천오백원.

김상태는 어이가 없는 표정을 지으며 중년을 바라보았다. 그때 문가에 노파가 나타났다. 노파는 빗자루와 쓰레받기를 손에 든 채 서 있었다. 쓰레받기에서 먼지들이 조금씩 피어오르고 있었다. 김상태를 바라보던 노파가 히죽, 웃음을 흘렸다. 그 순간 김상태는 갑자기 몸이 굳는 느낌이 들었다. 젊은 치 쪽으로 고개를 돌리려 했지만 목이 말을 듣지 않았다. 눈알만 겨우 움직여 시선을 돌렸을 뿐이다. 김상태는 젊은 치의 멱살을 잡고 있는 제 손을 겨우 바라보았다. 손도 조각상처럼 굳어 움직이지 않았다. 가위에 눌린 듯 꼼짝도 할 수 없었다. 김상태는 생각했다. 나는 해병대 출신이란 말이다, 해병대 출신. 그런데 이 모든 건 대체 뭐란 말인가?

그때 문 쪽에서 누군가 김상태를 부르는 목소리가 들렸다. 여자애들의 목소리였다.

아저씨, 아저씨.

김상태는 고개를 돌려 문가를 바라보려 했지만 여전히 목은 움직이지 않았다. 눈동자를 다시 힘겹게 돌려 문 쪽을 보았다. 힘을 준 탓에 눈알이 터질 듯했다. 핏물이 김상태의 망막에 조금씩 배어들었다.

아저씨, 아저씨.

문가의 노파 곁에 나란히 서서 김상태를 부른 것은 여학생 둘이었다. 서로 닮은 듯 닮지 않은 듯 분간이 되지 않는 얼굴이었다.

아저씨, 아저씨, 방 있어요? 조용한 방?

여학생들은 희미하지만 명랑한 표정으로 합창하듯 물었다. 김상태는 어디서 많이 본 얼굴에 목소리라고 생각했다. 그래, 그 아이들이었지. 그제야 김상태는 두 여학생을 어디서 보았는지 기억해냈다.

그날도 구름이 낮아서 을씨년스러웠다. 여학생 둘이 여관 유리문을 밀고 들어온 후 실내를 둘러보고 돈을 지불할 때부터, 김상태는 뭔가 찜찜한 느낌이었다.

우리는 공부하러 왔어요.

여자애들은 쌍둥이처럼 한 목소리로 말했다. 명랑한 어조지만 한편으로는 책을 읽는 듯한 어조이기도 했다.

여관에서 공부를?

김상태가 반문하자 여자애들은 당연하다는 듯 동시에 대답했다.

네, 여관에서 공부를.

김상태는 왠지 불안한 느낌이 들었다. 하지만 나가라고 할 수는 없었다. 김상태는 여자애들을 202호로 안내했다. 삐걱삐걱. 여관 계단이 그날따라 습기를 잔뜩 머금고 있었다.

밤을 잊은
그대에게

1

몸을 끌 수 있었으면 좋겠어.

상아여고 네거리 지하에 위치해 있는 상아서점 카운터에 앉아서, 그날 오후 여자는 그렇게 중얼거렸다. 여자는 입술을 조금 내밀며 덧붙였다.

스위치 내리듯이. 툭.

여자의 손이 무심결에 벽으로 향했다. 자연스러운 동작이었다. 누가 그 동작을 봤다고 해도 무슨 별난 움직임이라고는 생각하지 못했을 것이다. 여자의 손이 수평으로 스르르 펴지더니 벽에 붙어 있는 네 개의 조명 스위치들 위에 가볍게 얹혔다.

툭.

순간 여자는 정말 몸에서 전기가 나간 것 같은 느낌이 들었다. 여자가 일하는 지하매장의 조명들이 일제히 꺼졌기 때문이다. 때마침 『아이돌매거진』 최신호를 보려고 몰려든 여학생들의 자지러지는 비명이 순식간에 서점을 메웠다. 여자 자신도 깜짝 놀라 비명을 질렀다.

한번 잠이 안 오기 시작하면, 한 달 동안은 안 오는 것 같아요.

의사는 안경 너머로 여자를 바라보았다. 머리를 제대로 손질하지 않은 탓에 부스스한 인상이었다. 얼굴선은 부드러운 느낌을 주었지만 피부에 오소소 소름이 돋은데다 눈은 부어 있었다. 핏발선 눈알이 흔들렸다.

한 달 동안…… 잠을 못 잘 수는 없구요.

의사는 진료기록부로 천천히 시선을 돌렸다. 모서리가 닳아 있었고 종이는 누런빛이었다. 손님이 많지 않아 전산화에 돈을 쓸 필요가 없었기 때문이지만 딱히 불편하지는 않았다.

잠을 못 잔다는 건, 맛있는 걸 못 먹는다거나 사랑하는 사람을 못 만난다거나…… 그런 것과는 다르구요. 만일 한 달 동안 정말 잠을 못 잔다면 환자분은 이미 살아 있는 사람이 아닐 텐데…… 잠 못 자서 죽은 귀신이라는 건……

어딘지 어색한 말이라는 느낌이 들어 의사는 말끝을 흐렸다. 여자는 무릎께를 바라보던 시선을 천천히 들어올렸다. 잠 못 자서 죽은 귀신은 어떻게 생겼을까 하는 멍한 생각이 여자의 머릿속을 지나갔다. 의사는 조금 무안한 표정이 되어 입을 다물었다. 제법 긴 침묵이 진료실 안을 메웠다. 여자는 눈을 비볐고 의사의 입에서는 작은 하품이 흘러나왔다. 에어컨 바람이 냉랭하게 그들 사이를 흘러갔다.

이를테면, 환자분은 잠을 자는 것과 유사한 상태에 있는 것이구요. 잠을 잔다고 느끼지 못하는 거랄까. 가수면 상태라고 하구요. 흔한 말로 비몽사몽인데……

의사는 다시 말끝을 흐렸다. 여자는 설명을 자세히 들으려는 듯 몸을 앞으로 구부렸다가 의자에 도로 등을 기댔다.

잠을 잔 기억이 없는데, 잠을 자고 있었다구요?

여자가 고개를 외로 꼬면서 말했다.

선생님은 불면증 전문이니까 잘 아시겠지만, 잠이란 건 자려고 노력할수록 안 오잖아요? 그래서 전 자려는 노력을 아예 안해요. 현명한 거죠. 낮에는 쇳뭉치처럼 몸이 무겁지만 밤에는 자는 걸 포기한 지가 꽤 된걸요. 뭔가 하지 않으면 불안해지기 때문에 밤새도록 라디오를 틀어놓고 이것저것 하게 돼요. 그러니까……

여자의 말에는 제 경험을 믿는 사람 특유의 확신이 배어 있었다.

비몽사몽은 아니에요.

의사는 여자를 물끄러미 바라보더니, 풀죽은 표정을 지으며 입을 열었다.

잠을 자려고 노력할 필요는 없지만, 잠을 자는 척은 해야 하구요. 그러니까 '척'이라도 하는 것이 중요한데…… 평소 잠자는 모양 그대로 누워서 눈을 감으세요. 그리고 잠을 자는 흉내라도 내는 것이…… 그렇게 하면 밤새 잠을 못 자더라도 최대 칠십 퍼센트까지는 잠잔 것 같은 효과를 낼 수 있구요.

조금 생기를 띠기 시작한 의사의 표정을 바라보다가, 여자는 이내 고개를 떨어뜨리며 한숨을 쉬었다.

라디오를 틀어놓고 듣는 척해요. 종이접기로 만든 학이 밤새도록 쌓이고요. 아주 재미없는 소설을 밤새도록 꼼꼼히 읽거나, 아니면 뜨개질을 해서 목도리 같은 걸 짜기도 하는데…… 아침이 되면 그냥 풀어버리는 게 태반이지만.

의사는 느리게 고개를 끄덕였다. 진료기록부에 무언가를 적으며 입을 열었다.

그건 페넬로페 증후군이라고 하는 거구요. 옛날 서양 이야기에 나오는 뜨개질하는 여자인데…… 옷을 만들기 위해서가 아니라 다 짠 다음에 도로 풀기 위해서 뜨개질을 하는 것이구요. 예를 들어서, 버리기 위해 물건을 산다든가, 상처받기 위해 사랑을 한다든가, 욕을 먹기 위해 상대를 비난하는 사람하고도 비슷한데, 그러니까……

여자가 의사의 말을 받았다.

후회하기 위해 떠드는 사람이나, 실망하기 위해 기대하는 사람이나, 돌아오기 위해 떠나는 사람처럼요?

의사가 안경을 벗어 책상 위에 놓았다.

그러니까 환자분의 경우는 단순한 불면증이 아니구요. 낮에는 극도로 주의력이 산만해져서 스스로 통제가 잘 안되고 무심코 엉뚱한 행동을 하기도 할 텐데……

그렇게 말하는 의사의 눈가에 제법 크고 검은 점이 돋아 있었다. 의사가 안경을 집어 귀에 걸쳤다.

게다가 밤에는 부군이 나타나신다구요?

피곤해 보이는 눈을 치뜨며 의사가 물었다. 여자는 고개를 끄덕였다.

뜨개질을 하거나 텔레비전을 보다가 가만히 옆을 돌아봐요. 그러면 그이가 무심한 표정으로 앉아 있어요. 여전하죠. 거뭇한 피부, 덤덤한 표정에 뿔테안경을 쓰고.

여자는 덧붙였다.

앉은 채로 꿈을 꾼 건지도 모르겠어요.

의사는 여자의 얼굴을 바라보다가 다시 진료기록부로 시선을 떨어뜨렸다.

드물게는 불면증에 환각이 동반되는 경우도 있으니까…… 어쨌든 환자분은 잠을 자고 있었던 게 틀림없구요.

의사의 말에 여자는 조금 시무룩한 표정이 되었다.

그런지도 몰라요. 전 그 사람한테 말하죠. 당신……

여자가 잠시 숨을 몰아쉬고는 말을 이었다.

……죽었잖아. 그러면 그 사람이 조금 웃는 것도 같아요. 그때쯤이면 밖이 환하게 마련이지만.

의사는 외상 후 스트레스 장애라는 질환에 대해 여자에게 설명했다. 가족을 잃은 후 흔하게 나타나는 증상이구요,라고 의사가 결론을 내리듯 말했다. 여자는 의아하다는 듯 고개를 꼬며 말했다.

하지만 벌써 삼년이나 지난 일인걸요? 말씀드렸지만, 생각보다 전 낙천적인 사람이거든요. 남자 때문에 잠 못 이루는 밤 같은 건 고등학교 삼학년이 마지막이었어요. 게다가……

여자가 말했다.

지금은 만나는 사람도 따로 있고요.

여자는 뭔가 부적절한 말이라는 느낌이 들었지만 이미 뱉은 뒤였다. 여자는 잠시 시무룩한 표정을 짓더니 생각났다는 듯 입을 열었다.

그런데 요즘에는 자꾸 도둑까지 들어요.

의사는 안경 너머로 여자를 바라보았다.

그런 것은 아무래도……

의사가 느릿느릿 말했다.

경찰에 말씀하시는 게……

2

여자의 방은 가지런했다.

무슨 도둑이 이렇게 깨끗해? 도둑 든 거 맞나?

나이 지긋한 경관이 혼잣말인 듯 중얼거리며 여자에게 시선을 돌렸다.

없어진 게 뭐라고요?

여자는 잠시 생각해봐야겠다는 듯 천장을 바라보며 대답했다.

음…… 패물함에서 감쪽같이 패물들을 가져가더니, 이번에는 노트북이었어요. 벌써 몇번째인지 모르겠다니까요.

나이 든 경관이 고개를 끄덕였다. 여자는 자신의 일기장이 없어졌다는 얘기는 하지 않았다. 그들 옆에는 등판에 과학수사라고 쓰인 청색 재킷을 입은 남자가 무표정하게 서 있었다. 남자는 익숙한 자세로 검은 슈트케이스를 열고는 제법 커다란 사진기를 꺼내들었다. 구형 니콘이었다. 남자는 두 개의 작은 방과 주방을 돌아다니며 셔터를 눌렀다. 방마다 두세 컷씩이었지만 사실 별로 찍을 것도 없었다. 작은 장롱과 침대, 낡은 화장대, 몇권의 잡지와 소설 들이 꽂혀 있는 책장, 그리고 구석에 쌓여 있는 작은 박스들이 세간의 전부였다. 플래시가 터질 때마다 방 풍경이 하얗게 질린 채 드러났다. 남자는 가방에서 이런저런 도구들을 꺼냈다. 솔, 분말 팩 등을 신문지 위에 늘어놓고 가변광선기를 꺼내 방바닥에 올려놓았다. 스위치를 올리자 희고 강렬한 빛이 쏟아져나왔다. 남자는 방바닥에 개처럼 엎드려 고개를 외로 꼬아 눈을 바닥에 붙였다. 먼지들의 입자 하나하나가 광선기의 빛 속에 선명하게 드러났다. 역시 장판 바닥에 신발 자국이 남아 있었다. 검은빛의 먼지들이 눈에 보일 듯 보이지 않게 발바닥 문양을 이루고 있었다.

남자는 발자국 위를 조심스럽게 붓질한 후 투명한 특수종이를 가볍게 얹었다. 손으로 지그시 누르자 종이 위에 음화처럼 발자국이 찍혀나왔다. 인화된 발자국을 들어 치수를 가늠하듯 바라보다가, 남자는 제 손바닥을 가만히 발자국에 갖다댔다. 그리고 눈을 감았다. 신중한 동작이었다.

그러자 남자의 감은 눈에 사람의 형상이 조금씩 떠오르기 시작했다. 남자는 눈을 감은 채 어둠속에 느리게 떠오르는 희뿌연 형상을 바라보았다. 캄캄한 허공에 떠 있는 느낌이 들었지만 확실히 사람의 모습이었다.

이상한데……

남자는 눈을 뜨며 중얼거렸다.

키는 큰데…… 꼭 무게가 없는 사람 같네.

남자는 고개를 갸웃거리고는 다시 인화지에 손을 대고 눈을 감았다. 희뿌연 사람의 형상이 다시 망막에 떠올랐다. 마른 몸에 키가 컸다. 뭔가 허전한 느낌이 전해져왔다. 투명하고 건조했다. 어쩐지 외로움이라고 할 만한 감정도 느껴졌다. 조용한 신음이 남자의 입에서 흘러나왔다.

곁에 서서 신기한 듯 관찰하고 있는 여자의 시선을 느끼고 남자는 재빨리 심상한 표정을 지었다. 남자는 채취한 족적에 비닐을 덧대어 고정한 후, 익숙한 자세로 증거채취용 봉투에 넣고 봉했다.

남자는 침대 위의 베개에서 머리카락 몇올을 핀셋으로 집어냈다. 여자의 생머리 헤어스타일을 흘끗 살폈다. 여자의 머리카락이 틀림없었다. 남자는 핀셋으로 집은 곧고 부드러운 머리카락을 다시 베개 위에 내려놓았다. 이번에는 장롱 서랍의 알루미늄 손잡이를 분리해냈다. 속이 텅 빈 패물함에서도 작고 얇은 은제 손잡이를 조심스럽게 떼어냈다. 남자는 비닐장갑을 낀 손으로 붓질을 하면서 손잡이들을 세심하게 살펴보았다. 이런 것들에서 침입자의 지문을 기대하기는 어렵다. 장갑 같은 것을 끼지 않고 서랍이나 패물함에 손대는 자는 거의 없으니까. 역시 오래된 지문들만 빽빽하게 차 있을 뿐이었다. 남자는 할 수 없다는 듯 다시 손잡이들을 제자리에 끼워맞췄다.

신발 흔적만으로 범인을 잡을 수 있을까요?

여자가 남자에게 물었다. 신발 문양 같은 것으로 범인을 잡을 수 없다는 것은 조금만 생각해보면 알 수 있는 일이다. 하지만 남자는 최대한 친절하게 대답했다.

신발 자국만으로는 안되지요. 하지만 나중에 다른 사건으로 용의자가 잡히면 여죄를 추궁할 때 필요해서요. 혹시 도난당한 걸 찾을 수도 있겠지만, 기대는 안하시는 게 좋아요.

남자는, 도둑이 드는 건 주인에게도 어느정도 잘못이 있다는 말도 덧붙였다. 여자의 표정이 조금 굳어지더니, 뭔가 말하려다가 다시 원래의 표정으로 돌아갔다. 남자가 어색한 표정을 지으며 말했다.

아, 저도 이 동네 살아서 드리는 말씀이에요. 하도 이런 사건이 많아서……

여자의 등뒤로 건너편의 빌라들이 보이고 그 곁으로 검은 굴뚝 몇개가 솟아 있었다. 이 구역은 절도사건 다발 지역이다. 방범카메라도 없는 막다른 골목에 맨션이나 빌라라는 이름을 붙인 공동주택들이 밀집해 있기 때문이다. 최근에는 우범지대가 되면서 상습적으로 절도사건들이 일어났다. 이곳 상아맨션에서만 올 들어 세번째였다.

거의 매일 일어나는 사소한 절도사건들은 대부분 영구미제로 남았다. 수법이 대단히 상투적인데다, 강력계로 넘어갈 만한 스케일도 아니었기 때문이다. 주인이 없는 집에 열쇠를 따고 들어가 장롱이나 서랍, 이불 속 등을 뒤져 이런저런 현금과 패물 등속을 들고 나간다. 이런 흔하고 사소한 절도는 대개 범인이 잡히지 않는다. 삑치기라든가 편의점 연쇄강도라든가 전문 금고털이처럼 리스트가 나와 있는 유형도 아니었으니까.

서너 정거장만 더 가면 제법 산다 싶은 동네가 있지만, 그곳에는 사설경비업체들의 비상벨이 연결되어 있고 어디든 감시카메라가 숨어 있다. 그곳은 숨어들기 어려운 곳이다. 그래서 절도사건은 소규모 가내수공업소들이 밀집해 있는 이 지역에서 일어날수밖에 없었다. 털어봐야 조금밖에 얻지 못할 것을 잘 알고 있겠지만, 그만큼 위험부담도 적은 셈이었다.

우리 윗집은 사흘째 비어 있는데, 그런 집은 놔두고 왜 우리 집을……

여자가 한탄했다. 여자의 눈은 충혈되어 있었다. 남자는 여자를 바라보다가, 빈집 앞에 있는 신문이며 전단지며 우유 같은 것은 가지고 내려오는 게 좋을 거라고 말했다.

그리고……

남자가 덧붙였다.

자물쇠는 바꾸는 게 좋겠어요, 일자형 자물쇠는 좋지 않습니다. 일자 드라이버를 넣고 돌려버리면 그냥 안에서 다 부서지니까. 열쇠공 불러서 동그랗거나 육각형 모양 구멍이 있는 자물쇠로 바꾸도록 하세요.

여자는 의사 앞에 앉은 환자처럼 얌전하게 고개를 끄덕였다. 남자는 이 집 자물쇠가 온전하게 남아 있는 것이 좀 이상하다고 생각했지만, 유용한 정보를 하나 더 알려주기 위해 천천히 입을 열었다.

전자키도 있지만 좀 비싸고, 비싼 거 달아봐야 주인집 좋은 일 하는 거니까 적당히 육각형 정도 하시는 게 좋아요.

네, 육각형으로요.

남자는 경관과 함께 방을 나가면서 현관참에 놓여 있는 남성용 운동화를 보았다. 흰색 프로스펙스였다. 여자 혼자 사는 집에 남성용 운동화라니 눈에 뜨이는 건 당연했다. 남자는 신발을 들어 이리저리 돌려가며 유심히 살펴보았다.

이건 누구 신발인가요?

네? 아…… 네, 아휴, 아직 못 치웠네. 그이, 돌아가셨어요. 삼년 전에.

3

집은 캄캄하고 조용했다. 눈가의 검은 점을 만지면서 의사는 인터폰 곁의 스위치 둘을 한꺼번에 올렸다. 티틱거리며 전기 흐르는 소리가 나더니 실내가 환하게 드러났다. 무언가 돌아다니다가 불빛을 피해 후다닥 사라져버린 느낌이 들었다. 그는 주의 깊게 실내를 살펴보고 방마다 불을 켰다. 집은 텅 비어 있었다.

병원은 일찍 문을 닫았다. 오늘 낮에 김간호사가 이혼한 아내의 재혼 소식을 조심스럽게 전했지만 그의 표정에는 변화가 없었다. 예상하던 일이었다. 예상을 열심히 하면 예상 밖으로 충격이 덜한 법이지. 그는 스스로 생각해도 별 의미 없는 말을 중얼거렸을 뿐이다.

옷을 갈아입은 후 욕실에 들어가 수도꼭지를 틀었다. 손가락 사이를 빠져나가는 물을 가만히 관찰했다. 여전히 녹물이 섞여 있었다. 그는 결심한 듯 수건에 손을 쓱쓱 닦고 나와 관리실에 전화를 걸었다. 전화를 받은 관리사무소 직원은 예상대로 그리 친절한 목소리가 아니었다. 아니, 지난번에도 사람이 가서 확인했잖아요. 녹물이 나올 리가 없을 텐데요. 짜증스러운 목소리가 수화기를 타고 전해져왔다. 그는, 녹물을 받아서 관리실까지 갖고 가 보여주겠소,라고 말하려다가 조용히 수화기를 내려놓았다.

챙그랑. 수화기를 내려놓는 순간 등뒤에서 유리 깨지는 소리가 들렸다. 벽에 걸려 있던 소형 사진틀이 바닥에 떨어져 있었다. 깨진 유리조각들 사이로 몇년 전 중국의 놀이공원에 가서 찍은 사진이 보였다. 유령극장이었다. 검은 가면을 뒤집어쓴 중국 유령이 어둠속에서 몰래 관람객의 어깨에 손을 올려놓는다. 그 순간 동굴 속에 설치된 카메라 플래시가 터진다. 그렇게 사진이 찍히는 곳이었다. 관광객들은 대부분 자기 인생에서 가장 놀란 표정의 사진이라며 즐거워하게 마련이었다. 그와 아내 역시 웃는 듯 우는 듯 눈을 크게 뜨고 있었다. 그는 사진 속의 아내와 자신의 표정이 마음에 들었다.

바닥에 유리파편들이 흩어져 있었다. 그는 빗자루와 쓰레받기를 가져와 조심스럽게 파편들을 쓸어냈다. 사람이 느낄 수 없을 정도의 지진이 점점 자주 일어난다더니, 아마 그 때문인지도 몰라. 그는 중얼거렸다. 오늘자 해외토픽란에는 지구와 별 사이의 간격이 달라지면서 지진이 늘어나고 있다는 외국 학자의 주장이 실리기도 했다. 지구에 작용하는 인력에 차이가 생기기 때문이라고 했지만 반론도 만만찮았다.

그는 문득 미간을 찌푸리며 손을 들어올렸다. 손가락 끝에서 반짝, 빛이 났다. 아주 작은 유리파편이 검지 끝에 꽂혀 있었다. 핏물이 작은 점을 이루며 배어나왔다. 무심코 그는 왼손으로 유리를 툭 털어냈다. 따끔거리는 느낌이 손끝에 남았다. 파편은 떨어져나간 게 아니라 피부 속으로 파고들어간 것 같았다. 형광등 불빛에 손가락을 대고 노려보았지만 역시 아무것도 보이지 않았다. 그는 유리가 박혔던 부위를 바늘로 조금 후벼팠다. 작은 살점이 거실 바닥에 떨어졌다. 그는 바닥에 엎드렸다. 고개를 외로 꼬아 눈을 바닥에 붙였다. 보일 듯 말 듯한 유리파편들이 자욱하게 흩어져 있는 게 눈에 들어왔다. 파편들 사이에서 흐릿하게 발자국이 보였다. 자신의 것이겠지만 어쩐지 낯설다는 느낌이 들었다. 그는 진공청소기를 가져와 바닥을 밀기 시작했다. 진공청소기의 관을 타고 딱딱한 유릿가루들이 몰려들어가는 소리가 거칠게 들렸다. 유리파편이 식도를 타고 내려가는 느낌은 어떤 것일까. 엉뚱한 생각에 그는 고개를 흔들었다. 그는 물걸레를 빨아와 바닥을 문지르기 시작했다. 아침에 출근하기 전에 한번 닦긴 했지만, 먼지며 유리파편이며 더러운 흔적들을 지우려면 어쩔 수 없었다.

요즘에는 어쩐 일인지 화장실의 수챗구멍도 자주 막혔다. 머리카락이 빼곡하게 모여 있어서 물이 빠지지 않았다. 그는 얼마 남지 않은 자신의 머리터럭을 거울에 비추어보고는, 의아스러운 표정으로 수챗구멍을 바라보곤 했다. 그러고 보니 내일은 유리가게에도 전화를 해야 한다. 식탁의 두터운 유리에 오 쎈티미터 정도의 금이 간 탓이다. 식사를 하면서 팔꿈치를 살짝 댔을 뿐인데 유리는 바스러지는 소리를 내며 갈라졌다. 유릿가루가 금간 틈을 빼곡하게 메우고 있었다. 집은 하루종일 비어 있었지만 유리의 금은 혼자 몸을 늘이더니 아침보다 십 쎈티미터쯤은 더 길어진 것처럼 보였다.

금을 노려보고 있을 때, 그는 검은 점 하나가 식탁 아래서 쏜살같이 튀어나와 냉장고 밑으로 사라지는 걸 보았다. 아니, 보았다고 생각했다. 바퀴벌레가 틀림없었다. 바퀴벌레 패치를 붙여보았지만 집 안 구석구석에서 후드득 사라지는 벌레는 없어지지 않았다. 며칠 전에는 옆집에 가서 바퀴벌레가 있는지 물어보았지만, 옆집여자는 대뜸 불쾌한 표정을 지어 보였다. 바퀴벌레가 있을 리도 없지만, 있다고 해도 자기네 집에서 옮겨간 건 아닐 거라는 게 여자의 말이었다. 여자의 눈가가 미세하게 떨리는 것으로 보아 거짓말이 틀림없었다. 하지만 그는 예의바르게 고개를 숙이고 돌아왔다.

며칠 뒤 그는 다시 옆집에 가서 이쪽에만 약을 붙이면 소용없으니 그쪽에도 약을 붙여달라고 청했다. 그는 직접 사온 바퀴벌레 퇴치용 패치를 건네주었다. 여자는 문틈으로 고개만 내민 채, 고맙지만 자기 돈으로 사서 붙이겠다고 야멸찬 어조로 대꾸했다. 그는 여자의 대답이 끝나기도 전에, 조금 열린 문틈으로 패치쎄트를 던져넣고는 재빨리 돌아왔다.

하지만 집 안의 바퀴들은 여전한 것 같았다. 관리실에 전화를 걸어 해충퇴치제를 구석구석 뿌렸지만 소용없었다. 지난번에는 소독을 위해 방문한 중년여자가 들고 있던 작업일지를 몰래 확인해보기까지 했다. 빼먹은 집이 있으면 없어지지 않는 게 이런 벌레였다.

맞아요. 요즘 바퀴들은 소독을 해도 잘 안 없어져요. 새로 약품을 개발해도 금방 또 내성이 생긴다니까. 소독을 하면 오히려 바퀴들이 들끓기도 한다니 말 다했죠. 약품이 외려 몸에 맞는 건지 원.

후덕해 보이는 중년여자가 살충제를 구석구석에 뿌리며 설명했다. 소독을 했기 때문에 오히려 바퀴들이 들끓다니. 그는 쓴웃음을 지었다. 하긴 약을 개발하는 속도만큼 병균들이 약에 적응하는 속도도 빨라지지. 약이 내성을 낳고 바퀴는 더 강한 바퀴를 낳고 강한 약이 개발되니까 더 강한 내성을 가진 바퀴가 태어나 더더욱 강한…… 그는 고개를 저었다. 어쩌면 소독업체에서 새로운 바퀴벌레들을 개발하는 건 아닐까 하는 어이없는 생각이 들었다.

문득, 무슨 싸이버 보안업체인가에 다닌다던 젊은 환자가 떠올랐다. 갓 고등학교를 졸업했을 때 그는 이미 유명한 해커였다고 했다. 그는 한 정부기관의 전산망에 들어가서 하잘것없는 정보를 빼냈다. 그가 정보를 빼낸 이유는 물론 정보가 필요해서가 아니라 정보를 빼낼 수 있다는 것을 보여주고 싶었기 때문이다. 그는 곧 검거되었다. 자기가 스스로를 경찰에 제보한 탓이었다. 그는 곧 유명해졌다. 그가 사설 보안업체에 정규직 직원으로 스카우트된 것은 얼마 뒤였다. 낮에는 위탁받은 회사들의 전산망을 관리하고 밤에는 집에서 자기가 만든 방화벽을 뚫었다. 이건 아주 자연스러운 일이라니까요. 환자는 아무것도 아니라는 듯 그에게 말했다. 자기가 스스로 자신의 존재이유를 만드는 거니까. 간단하고, 합리적이고. 안 그래요? 그렇게 말하고 환자는 빙긋이 웃었다. 오랫동안 밤이 없는 생활을 한 탓에 극심한 불면증에 걸려 찾아온 환자였다. 몇종류의 수면제를 바꾸어가며 처방해도 잘 듣지 않았다. 생활패턴을 바꾸지 않는 한에는 치료가 불가능하구요. 그는 환자에게 하나마나한 주의를 주었다. 게임 중독자들에게 많은 싸이버형 불면증이었지만, 그 환자에게는 직업병이기도 했다.

비슷한 케이스는 또 있었다. 경찰은 경찰인데 일반 경관이 아니라 무슨 감식반원이라고 했다. 한때는 서울경찰청의 중앙부서에서 프로파일러인가 하는 임무를 맡아한 적도 있다고 했다. 현장에서 범죄 장면을 상상하면서 범죄자의 직업이나 성격, 범행 동기 등을 추론하는 게 일이었다고 했다.

증거만으로는 안되니까.

환자가 말했다.

내가 범인이라면, 하고 상상해보는 거죠.

그런데 이 환자는 끔찍한 살인사건 현장을 몇차례 겪고 나서 이상한 증상에 시달리기 시작했다. 가령, 대로변에 세워진 승용차에서 갑자기 불길이 치솟고 차 안에 있던 젊은 남녀가 화상을 입고 죽었다. 현장에 도착한 그가 차의 문고리를 조심스럽게 만진다. 그리고 눈을 감는다. 그러면 휘발유를 뒤집어쓴 여자가 그의 상상 속에서 비명을 질러대기 시작했다. 운전석의 남자는 탈출하려는 여자를 끌어안고 놓지 않았다. 살려는 여자의 비명과 같이 죽자는 남자의 비명이 그의 머릿속에서 울렸다. 그는 소스라치게 놀라 잡았던 문고리를 놓았다.

또 어린 남매가 살해당한 현장에서 발견된 줄넘기줄을 가만히 손에 쥔다. 눈을 감는다. 그러면 그의 머릿속에서는 광기에 사로잡힌 여자가 잠든 남매의 목에 줄을 감기 시작했다. 여자는 짐승 같은 소리를 내며 제 자식들의 목을 졸랐다. 이윽고 남매가 꿈틀거리기를 멈추자, 여자는 반지하방에서 혼자 펄쩍펄쩍 뛰며 소리를 질러댔다.

환자의 상상은 너무 생생해서 나중에는 현실과 구분되지 않을 정도였다. 뇌신경의 시냅스 세포 연결이 예민한 사람들에게 나타나는 전형적인 환각증상이었다. 흔히 싸이코메트리라고 부르기도 했다. 대상의 흔적이나 잔영을 사념의 형태로 느낀다고 하지만, 과장된 경우가 대부분이었다.

그런데 그 상상 속의 충동들이…… 저한테 옮겨지기도 합니다.

경찰 감식반원이라는 환자는 그렇게 주장했다. 혼자 길을 걷다가 갑자기 맹렬한 표정으로 돌변하기도 하고, 가족들과 식사를 하다가 무서운 살의를 느낀 적도 있다고 했다. 그럴 때면 화장실로 달려가 구토를 하고, 거울을 바라보며 제 뺨을 미친 듯이 때리기도 한다는 것이다.

환자가 상상한 장면들은 꿈에서도 반복되었다. 잠자리에서 그의 표정은 무섭게 일그러지곤 했다. 잠자리에서 벌떡 일어나 부엌으로 달려가 식칼을 부여잡았다가, 스스로 깜짝 놀라 칼을 떨어뜨린 적도 있었다. 그는 잠을 두려워하기 시작했고 결국 극도로 불규칙한 수면습관을 갖게 되었다. 때로는 기면발작처럼 갑작스럽게 잠에 빠져들어서 잔혹한 꿈을 꾸었다. 그러고 나서는 파랗게 질려서 며칠씩 잠을 자지 못하는 일이 반복되었다.

갑작스럽게 잠에 빠져드는 것은, 일종의 자기방어기제가 작동한 것이구요.

환자에게는 그렇게 설명했지만, 이 환자의 경우 문제는 불면이 아니라 환각이었다. 어떤 사물에 예민하게 반응할 때, 사물과 관련된 연상작용이 환각으로 전이된다는 내용의 논문을 읽은 적이 있었다. 죽은 사람이 쓰던 손수건을 베고 자면서 그 사람의 꿈을 꾸는 사람이라든가, 떠나간 연인의 속옷을 일생 동안 보관하면서 연인이 곁에 있다고 느끼는 사람들은 드물지 않다. 하긴 살인

도구로 쓰인 식칼을 만졌을 때 섬뜩함을 느끼는 건 그리 특별한 게 아니라는 설명도 있다. 하지만 환각으로까지 전이되는 케이스는 처음이었다.

어쨌든 환자는 그의 진단서 덕분에 지방경찰서의 절도전문 감식반원으로 강등되었다. 사소한 절도사건에만 투입된 후로 환자에게는 대체로 견딜 수 있는 환각만이 찾아왔다. 그는 환자에게 말했다. 극소수 예민한 사람에게 나타나는 일종의 직업병이니까 이 기회에 산재 신청이라도 해놓는 게 좋겠구요……

매일 이별하며 살고 있구나.

데크에서 흘러나오는 오래된 노래를 들으며, 그는 청소를 마쳤다. 등은 땀으로 흠뻑 젖어 있었다. 창밖으로는 어둠이 깊어가고 집 안은 괴괴했다. 그는 오랜만에, 자신이 혼자라는 것을 깨달았다. 수도꼭지에서는 밤새도록 녹물이 똑똑 소리를 내며 떨어질 것이고, 식탁 유리의 금도 조금씩 늘어갈 것이다. 화장실 수챗구멍에는 알 수 없는 머리카락들이 모여들 것이고, 어느 순간 사진틀은 툭, 떨어질 것이다. 그리고 그는 잠든 척하고 그 모든 소리들을 듣게 될 것이다.

그는 시계를 보았다. 어느덧 자정이 가까워 있었다. 그는 주섬주섬 옷을 갈아입었다. 불면증은 약으로 해결될 수 있는 것이 아니다. 얼마 전부터 그는 밤마다 자동차를 몰고 교외의 강변으로 나가곤 했다. 강변에 도착해서는 운전석의 등받이를 최대한 눕히고 라디오를 틀어놓고 안대로 눈을 가리고 하늘하늘한 강바람을 맞곤 했다. 그리고 잠을 자는 척, 하는 것이다.

4

노인은 수위실 의자의 등받이를 올렸다. 부비부비 눈을 비볐다. 잠을 이루지 못한 지는 이미 오래되었으니 별일도 아니지만 피로 때문에 몸은 쇠추라도 단 듯 무거웠다. 노인은 게슴츠레한 눈으로 천장을 바라보았다. 구석에 거미줄이 보였다. 작은 나방 몇마리가 걸려 퍼득거리고 있었다. 나방들은 죽은 듯 걸려 있다가, 갑작스레 날개를 퍼득거리다가, 다시 조용해졌다. 아침이 되면 하얗게 말라붙어 있을 것이다. 노인은 모자를 찾아썼다. 비좁은 수위실에는 의자를 밀어둘 공간조차 남아 있지 않았다. 찾아가지 않은 택배 물건이 쌓여 있기 때문이다. 연휴가 끼어서 비어 있는 집이 많았다. 휴가철에 대비해서 각동 엘리베이터의 감시 카메라와 현관 자동문을 모두 교체한 덕분에 경비는 수월해진 셈이지만, 요즘엔 지하주차장에 유령이 나타난다는 엉뚱한 소문이 돌았다. 부녀회 회장은 수위들에게 지하주차장 순찰을 늘려줄 것을 요구했다. 주차장에 내려가 불법주차한 차량들의 번호를 적고 그놈의 유령이라는 것이 어디를 배회하고 있는지 살펴야 할 시간이었다. 하지만 노인은 수위실 앞에 뒷짐을 지고 선 채 물끄러미 아파트를 올려다보고 있었다. 지금이 어떤 세상인데, 유령이라니…… 미친년들.

자정이 넘은 아파트는 괴괴하다는 느낌을 주었다. 아파트 전체가, 얼마 전에 친구의 묘지에 가서 본 복충식 납골당 같다는 생각이 들었다. 노인은 고개를 절레절레 흔들었다. 인생이 너무 긴 거야. 노인은 생각했다. 친구 딸이 부녀회장인 덕분에 나이를 적당히 줄여서 수위일을 하고 있지만, 요즘에는 낮에도 밤에도 잠을 이루지 못했다. 몇번은 깜빡깜빡 졸다가 부녀회장의 눈에 뜨인 적도 있었다. 노인은 얼른 몸을 일으켜 택배 물건들을 챙기는 척하다가, 멀어져가는 부녀회장의 넓은 등판을 물끄러미 바라보고는 했다. 암 진단을 받은 뒤로는 그만둘까도 생각하긴 했다.

　너무 늙어서 병명도 없이 죽은 사람을 열어보면 대부분 암이라지.

　노인은 친구녀석 하나가 소주를 털어넣으며 했던 말을 떠올렸다. 그걸 위로랍시고 하다니, 철딱서니없는 녀석. 노인은 아파트와 아파트 사이의 좁은 하늘에 떠 있는 별들을 바라보았다.

　저것들…… 별이 아니라 인공위성이라던데.

　노인은 중얼거렸다. 어린시절 징그럽게 많이도 떠 있던 들판의 별들은 다 어디로 가버린 걸까. 별을 함께 바라보던 동생은 동란 중에 인민군을 따라갔고, 이제는 얼굴도 떠오르지 않았다. 몇해 전 중국을 통해 편지가 온 적이 있긴 했다. 하지만 달러도 보내주지 못할 바에야 글 부스러기가 무슨 소용이 있나 싶어 답장도 하지 않았다. 무소식이 희소식인데…… 노인은 중얼거렸다.

　혼자 남은 인생이 그리 나쁜 것은 아니라고, 노인은 생각했다. 죽은 뒤 아쉬워할 가족이 없다는 것도 노인의 마음을 가볍게 해주었다. 동네 실비집에 모여앉아 소주잔이나 축내는 늙은 패들이 몇 있기는 하지만, 이제는 머릿수가 하나씩 줄어드는 것에도 익숙해졌다. 재작년까지만 해도 예닐곱이던 패들은 이제 네댓밖에 남지 않았다. 그나마 노인 자신과 또 한 친구는 떠날 날을 받아놓은 것이나 진배없었다. 술추렴에도 흥이 나지 않았다.

뒷짐을 진 채 고개를 쳐들고 있는 노인 곁으로 1702호 사내가 지나갔다. 노인은 아는 척을 했다.

아, 아직도 녹물이 나오나요?

하지만 1702호는 노인의 말을 들었는지 못 들었는지 휙 바람을 일으키며 멀어졌다. 차 키를 손가락에 건 채였다. 쯧쯧, 의사들이란. 노인회관에 떠도는 소문에 따르면, 1702호는 이혼한 모양이었다. 사람들이 인사를 해도 받는 둥 마는 둥하더니만, 이혼 이후에는 이러쿵저러쿵 말밥에 오르내렸다. 고등학교를 졸업한 아들도 하나 있지만 얼마 전에 집을 나갔다더라, 바퀴벌레가 나온다는 둥 녹물이 나온다는 둥 관리실이며 옆집 사람들을 괴롭혀서 몇번 항의가 들어오기도 했다더라, 한번 청소를 시작하면 자정을 넘긴다더라, 그 집은 현관문을 열면 락스냄새가 훅 끼쳐오는 통에 발을 들일 수 없다더라, 등등이었다. 상가의 인테리어 집 여자가 주로 소문을 냈다. 한 달이 멀다 하고 불러서 집 안의 수도꼭지들을 교체하는데, 밤만 되면 수도꼭지에서 흘러나오는 물 때문에 잠이 안 온다고 하소연한다더라는 소문도 거기서 나왔다.

인생이 너무 긴 게지……

주차장 쪽으로 내려가는 1702호의 등을 바라보며 노인이 중얼거렸다.

5

인생은 너무 짧아.

딘은 생각했다.

게임만 하면서 보내기에도 짧단 말이야.

독서실에 있는 컴퓨터학습실에서 게임을 할 수 있는 건 실장이 퇴근한 자정 무렵부터였다. 하지만 요즘에는 여중생 여고생 들이 학습실에 진을 치고 있어서 그마저도 어려웠다.

저 미친 새끼들은 왜 빛나고 지랄일까. 존나 할일도 없어요.

학습실 창밖에 떠 있는 별들을 바라보며 그렇게 말하는 애슐린을, 딘은 좋아했다. 동갑에 목소리가 예쁘다는 이유만으로 아무 매력도 없는 가수의 이름을 아이디로 쓰는 애였다. 게임에 미쳐서 모니터를 들여다보고 있을 때는 딘조차 안중에 없는 듯했다. 집에서 갖고 나온 돈은 딘도 애슐린도 다 떨어져버렸지만, 다시 꼰대한테 돌아가 손을 벌릴 생각은 애시당초 없었다.

환자가 환자를 치료한다는 게 말이 되냐.

딘은 애슐린에게 불평하듯 말했다. 애슐린의 반응은 간단하고 명료했다.

빙신. 돈만 많으면 되지.

딘의 목구멍까지, 꼰대하고 며칠만 살아보면 그런 소리가 안 나올 거다,라는 문장이 밀려나왔다가 도로 들어갔다.

꼰대가 간호사와 빠구리친다는 걸 알고 이혼을 했지만, 엄마는 그후로도 삼년이 지나서야 집을 나갔다. 딘이 이해할 수 없는 건 삼년을 어떻게, 왜 기다렸느냐 하는 것이었다. 게다가 더 이해할 수 없는 건 삼년이나 기다렸으면서 왜 하필이면 자식새끼가 고3 생활을 시작하자마자 집을 나갔는가 하는 것이었다. 인간이란 도대체 이해가 안되는 종족이라고, 딘은 생각했다.

근엄하던 꼰대가 환자 흉내를 내기 시작한 건 오래된 일이었다. 집이 이상하다며 몇번 이사를 다니다가 정착한 것이 이 변두리 아파트촌이었다. 파출부가 왔다 간 후 물건들의 위치가 바뀌는 것조차 꼰대는 참지를 못했다. 그러니 집안일까지 자기가 직접 해야 했다. 꼰대의 청소는 저녁에 시작해서 자정이 넘어서야 끝났다. 전철역에서도 꽤나 떨어진 후미진 동네에 신경정신과를 차린 신경증환자 의사라니. 장사가 될 리가 없었다.

하지만 딘이 집을 나온 것은 꼰대가 무서워서나 혐오스러워서가 아니었다. 자정이 넘은 시간에 물걸레질을 하고 있는 꼰대의 등판을 바라본 적이 있는데, 딘은 그 조용한 등을 견딜 수 없었다.

그냥 꼰대답게 혐오스러우면 같이 살아줬을 텐데, 존나 불쌍해 보이는 건 못 참겠더라.

딘은 애슐린에게 말했다. 딘은 얼마간의 현금을 챙겨 집을 나온 후로도 몰래 돈을 가져온 적이 몇번 있었다. 하지만 이제는 그 짓도 하고 싶지 않았다. 딘은 어떻게 해서든 대학에 갈 생각이었다. 구린 새끼들을 무작정 따라하겠다는 건 아니지만, 그렇다고 삐끼질이나 하고 싶지는 않았다. 무엇보다도 고2인 애슐린을 위해서라도 딘이 먼저 대학을 가줘야 했다. 딘은 애슐린이 종이접기로 학 천 마리를 만들어서 투명한 병에 담아 선물하거나, 밤새 목도리를 짜주는 여자였으면 하고 생각했다. 무엇보다도 긴 생머리를 하늘거리면서 옆구리에 영어책을 끼고 다니는 여대생이었으면. 하지만 애슐린에게 그런 말을 한 건 아니다. 반응은 뻔했다. 미친놈, 조까고 있네.

하여튼 오늘은 애슐린을 따라 원정을 가는 마지막 날이다. 딘은 마음을 굳혔다. 그리고 앞으로는 영원히…… 성실하게 사는 거야. 딘은 그렇게 결심했다. 애슐린은 어디선가 정보를 얻어와서는 딘을 꼬드기곤 했다. 잠깐 들어갔다 나오면 돼. 아무것도 아니라구.

딘은 애슐린과 함께 골목의 연립주택 몇곳에 들어간 적이 있었다. 카메라도 없고 방범도 허술한 곳이었다. 물론 허술한 만큼 들어가봐야 별로 가지고 나올 것도 없었지만, 딘과 애슐린이 한동안 요긴하게 쓸 정도는 되었다. 애슐린은, 상아맨션의 삼층이 비었으며 사흘 후에야 주인이 돌아온다는 정보를 물어왔다. 가서 자고 와도 돼. 애슐린이 딘에게 눈을 찡긋거렸다.

총무 형은 사람이 좋은 나머지 독서실을 밤새도록 개방했다. 물론 실장 모르게였다. 독서실은 동네 아이들의 근거지가 되어버렸다. 딘은 독서실에서 떠드는 여중생들 때문에 잠을 잘 수가 없었다. 딘은 여중생들이 모여 있는 휴게실을 지나다가 눈을 부릅뜨고 말하곤 했다. 씨발년들아, 여기가 니네 안방이냐? 딘의 살기에 눌린 여자애들이 순간 침묵한다. 그러면 딘은 갑자기 우스꽝스러운 표정을 지으며 혀를 날름거린 후 계단을 내려가곤 했다. 아 존나, 놀랐잖아. 씨발놈. 미친새끼. 존나 재수없어. 여자애들이 마구 날려대는 욕설을 뒤로하고, 딘은 계단을 총총 내려왔다. 딘은 아래층 컴퓨터학습실에서 게임에 빠져 있는 애슐린의 손목을 잡아채서 독서실을 나왔다. 인생은 아름다워. 그 무렵이면 하늘에 별 몇개가 유독 환하게 빛나고 있게 마련이다.

몇번 골목을 돌아 상아맨션에 도착했다. 1동과 2동이 마주보고 서 있었다. 1동의 이층과 사층에 불이 켜져 있고 삼층은 꺼져 있었다. 위아래층에 불이 켜져 있는 쪽이 오히려 안전하다는 것은 알고 있었다. 이층에서는 열린 창틈으로 음악소리가 흐릿하게 새어나오고 있었다. 딘와 애슐린은 자연스러운 자세로 상아맨션 입구로 들어갔다.

이층 중간참의 계단에서 쎈서가 작동하면서 흐리고 누런 등이 켜졌다. 그 순간 애슐린이, 흡, 숨을 삼키며 멈춰섰다. 좁고 어두침침한 계단에 검은 그림자가 서 있었다. 딘도 무심결에 계단을 한칸 내려섰다. 딘과 애슐린을 보고도 검은 그림자는 반응이 없었다. 키가 껑충 크고 마른 체형이었다. 서른은 한참 넘어 보이는데, 이상한 것은 날씨에 맞지 않게 양복 위로 두터운 파카를 덧입고 있다는 거였다. 얼굴에는 구식 검은 뿔테안경을 쓰고 있는데다가 양복바지 아래로는 운동화가 하얗게 빛나고 있었다.

실직한 후에 마누라 몰래 등산이나 다니는 전직 회사원이거나 노숙자라고 하면 딱 맞을 분위기였지만, 왠지 오싹한 게 기분이 좋지 않았다. 난처할수록 침착하고 자연스러워야 해. 그건 딘의 좌우명이었다. 꼰대의 지갑에 손을 댔다가 걸렸을 때도, 꼰대가 김간호사와 빠구리치는 걸 문틈으로 엿보았을 때도, 그걸 엄마에게 꼰질렀을 때 무섭게 일그러지던 표정을 보았을 때도, 딘은 제법 좌우명의 도움을 받을 수 있었다.

딘은 애슐린의 손을 잡고 자연스러운 자세로 남자를 지나쳐 계단을 올라갔다. 뒤돌아보지 마. 애슐린이 낮게 말했다. 그 바람에 딘은 자기도 모르게 뒤를 돌아보았다. 딘은 순간, 남자가 201호의 문으로 스며들어가는 것을 보았다. 문을 열고 들어간 게 아니라, 말 그대로 스르르 문 속으로 스며들어간 것이다. 마음대로 벽을 지나가는 엑스맨이라도 된다는 듯이 말이다. 야야, 봤냐? 뭐? 지금 저거. 애슐린이 조심스럽게 고개를 돌려 201호를 살펴보았을 때 남자는 물론 보이지 않았다.

뭐?

지금 스윽, 문 속으로 사라진 거.

따라와. 헛소리하지 말고. 짜증나게.

애슐린에게 끌려올라가면서 딘은 자기가 뭔가 잘못 본 거라고 생각했다. 음, 좀 어두웠으니까. 하지만 저 아저씨, 뭐야 대체.

애슐린은 청바지 호주머니에서 열쇠를 꺼내 삼층 문을 열었다. 찰칵. 자물쇠 돌아가는 소리가 경쾌하게 울렸다. 이것도 느네 집이냐? 잔말 말고 들어와. 상아맨션도 애슐린의 꼰대 소유인 게 틀림없었다. 애슐린은 이 근처에서 꽤 유명한 땅부자의 딸이었는데, 꼰대를 언제나 졸부라고 부르곤 했다. 하긴, 미모를 제법 유지하고 있던 애슐린의 엄마가 팔자 고치는 통에 얻은 의붓아버지이니, 졸부라고 부르든 계부라고 부르든 상관은 없을 것이다. 그 졸부가 자기 몸을 은근히 더듬는다는 것을 눈치챈 이후, 애슐린은 집에 들어가지 않았다. 뭐 대충 더듬는 건 괜찮아. 근데 입냄새가 장난이 아니거든. 짜증나. 애슐린은 그렇게 말했다.

애슐린은 집을 나온 후 자기 집에서 훔쳐온 열쇠로 꼰대 소유의 빌라나 맨션의 문을 따고 들어가곤 했다.

나가면서 문구멍 박살내봐. 일자형 드라이버 넣고 돌리면 금방 깨져. 그래야 도둑 들었다는 증거가 되거든.

애슐린은 용의주도했다. 딘과 애슐린은 손에 비닐장갑을 끼고 안방으로 들어갔다. 달빛이 방 안에 스며 있었다. 후줄근한 게 역시 건질 건 별로 없어 보였다. 뒤지는 건 천천히 하고 잠이나 자두자. 애슐린은 다짜고짜 침대에 올라가 누워버렸다. 애슐린이 달빛을 받으며 침대에 누워 있었다. 딘 역시 애슐린을 따라 침대로 올라갔다. 그때 창밖에서 가느다란 노래가 흘러들어왔다.

매일 이별하며 살고 있구나.

아랫집 여자가 부르는 것인지 라디오에서 흘러나오는 것인지 헷갈렸다. 딘은 애슐린의 입술에 제 입술을 포갰다. 멋진 밤이 될 것 같았다.

6

여자는 창문을 열고 하늘을 바라보았다. 환한 별 몇개가 어쩐지 생경하게 떠 있었다. 라디오에서 귀에 익은 노래가 흘러나왔다.

매일 이별하며 살고 있구나.

여자의 입에서 노래가 따라서 흘러나왔다. 또 매장 스위치에 손을 대면 그 이쁜 손가락을 잘라버릴 거야. 예순이 가까운 주인은 으름장을 놨다. 해고할 것도 아니면서 언제나 엄포뿐인데다 일이 끝나면 또 술이나 한잔하자고 꼬드길 것이다. 여자는 미소를 지었지만, 문득 밤하늘의 별들이 피곤한 눈에 들어왔다. 스위치를 끄듯이, 툭, 몸을 끌 수 있다면……

여자가 하늘을 올려다보는 동안, 등뒤에서 남자는 프로스펙스 운동화를 신은 채 소리없이 책장으로 다가갔다. 남자는 책장에서 익숙하게 사진첩을 빼들었다. 창밖으로 몸을 빼고 하늘을 바라보고 있는 여자의 등을, 남자는 물끄러미 바라보았다. 이제 사진첩 속의 사진들을 가져갈 것이다. 그러면 남자에 대한 기억들은 이제 거의 지워진 셈이 된다. 결혼기념 패물도, 일기장도 처리했다. 남자가 쓰던 노트북까지 없앴으니 남은 건 별로 없었다. 이미 삼년이나 흐른 것이다. 이제 이 신발도 가져가야지. 남자가 물끄러미 제 발을 바라보았다. 프로스펙스 신발이었다. 사진첩을 열어 남자가 맨 먼저 빼든 것은 중국의 놀이공원에 갔을 때 찍은 사진이었다. 남자가 여자의 어깨에 손을 얹은 채 놀란 듯 즐거운 듯 행복한 표정을 짓는 순간에, 플래시가 터지는 곳이었다.

상아맨션의 이층에서 거의 무게가 없는 남자가 여자의 등뒤에서 사진을 보고 있을 때, 노인은 손전등을 켜들고 아파트 주차장을 돌아보고 있었다. 불법주차 차량의 번호를 일일이 적어넣던 노인은, 문득 손전등을 밤하늘로 치켜들었다. 빛줄기가 건전지의 힘으로 밤하늘을 향해 뻗어나가다가 제풀에 사그라들었다. 밤하늘에 몇개의 빛이 보였다. 모자를 고쳐쓰며 노인이 중얼거렸다.

오늘따라 인공위성들이 많구면……

노인은 지하주차장으로 향했다. 노인의 모습은 거의 흐릿해서 보이지 않을 지경이었는데, 아마도 지하주차장에 차를 세우고 나오던 누군가가 노인을 보았다면, 저기 다가오는 저것이 얼마 전에 수위실에서 잠을 자다가 조용히 숨을 거뒀다던 그 노인네가 틀림없네, 하면서 뒷걸음질칠 것이 틀림없었다.

그 시간에 교외의 강변에 차를 세운 남자는 생각났다는 듯 차창을 조금 내렸다. 라디오에서는 '밤을 잊은 그대에게'가 흘러나오고 있었다. 창밖으로는 달빛이 강물에 드리워져 있고, 하늘에는 희부윰한 구름 사이로 별 몇개가 유난히 빛나고 있었다. 그는 수면제 한 알을 입에 던져넣고 잘근잘근 씹었다. 효과가 빨리 퍼지도록 하기 위해서는 삼키지 않고 씹어먹는 게 좋다. 쓴물이 입안 가득 배어나왔다. 잠시 후 온몸이 나른해지면, 잠든 척, 눈을 감을 것이다. 여보, 요즘에는 수돗물 떨어지는 소리가 꿈속에서도 들리네. 그는 조금 웃으며 강물에 반사된 빛들을 물끄러미 바라보았다. 넓고 깊은 밤하늘이, 그의 머리 위에 펼쳐져 천천히 움직이고 있었다.

안달루씨아의
개

자정. 베란다

옹(翁)은 베란다에서 아래를 내려다본다. 십이층. 적당한 높이
다. 옹은 상체를 앞으로 기울인다. 베란다 바닥에 닿아 있던 발
바닥이 살짝 들린다. 옹의 허리가 스틸 난간 중간에 걸쳐진다.
몸이 난간을 중심으로 허공에 붕 떠 있다. 무게중심이 조금만 밖
으로 향하면 머리부터 거꾸로 떨어질 것이다. 옹의 자세는 괴괴
하게 달빛이 고여 있는 초등학교 운동장에서 혼자 철봉을 하는
사람과 같다. 옹의 몸에 달빛이 스며든다. 몸이 조금 무거워진
다. 옹의 시선이 까마득한 저 아래 지상을 향한다. 아직 꽃을 피
우지 않은 벚나무들이 가로등 주위에 환하다. 옹은 물끄러미 나

무들을 바라본다. 얼굴이 조금씩 붉어진다. 머리로 피가 몰려든다. 뜨거워진 얼굴에 바람이 스쳐간다. 바람의 결이 급해진다. 그 서슬에 몸이 흔들린다. 순식간에 균형을 잃는다. 숨이 멎는다.

옹의 두 발이 베란다 바닥에 닿는다. 옹의 입에서 긴 숨이 새어나온다. 무릎을 굽혀 앉았다가 천천히 일어선다. 두 팔꿈치를 난간에 얹는다. 옹은 다시 베란다에서 느긋하게 창밖을 바라보는 사람의 자세가 된다. 달빛이 옹의 몸을 부드럽게 감싼다.

오후. 다낭 혹은 호이안

시외버스터미널은 좁고 생각보다 복잡하다. 옹은 사천오백원짜리 표를 끊고 '포천 방면 정류장'이라고 씌어 있는 아크릴 안내판 쪽을 바라본다. 군복을 입은 아이들이 늘어서 있다. 외출이나 휴가를 마치고 복귀하는 중일 것이다.

화장실 역시 군복들로 붐빈다. 옹은 바지춤을 내리고 늘어진 성기를 꺼내쥔다. 오줌발은 짧게 끊어지다가 스르르 멈춘다. 전립선에 문제가 생기면 조절이 어려워진다. 수도관 새면 끝이라니까. 술자리에서 옹은 걸걸한 어조로 말하곤 했다. 그 '끝'이 시작된 지도 꽤 된다. 지금은 호주에 가 있지만 며느리가 집에 있을 때도 속옷은 손수 건사했다. 욕실에 벌거벗고 선 채 세면대에 트렁크 팬티를 올려놓고 빨랫비누로 문지르곤 했다. 그러다 고개를 들면 거울 속에 낯선 얼굴이 서 있었다.

터미널 화장실의 낡은 변기 위에도 가로로 긴 거울이 붙어 있다. 거울 주변에 어지럽게 붙어 있는 스티커들이 눈에 들어온다. 남자만 받아요. 마싸지 전문. 출장 가능. 옹은 성기를 흔들어 물기를 털어낸다. 바지춤을 올려 수습한 후 도로변으로 나간다. 거리는 소음과 먼지로 가득하다. 옹은 '포천 방면'이라고 쓰인 안내판 앞에 가 선다. 군복을 입은 아이들이 멍한 표정으로 늘어서 있다. 아이들은 버스가 올 방향을 쳐다보거나 지나가는 여자들의 흰 다리를 바라보거나 담배를 피우다 던지고는 발로 비벼끄고 있다.

옹은 군복을 입은 아이들을 바라보며 무심코 청소년, 문화, 위원회,라고 중얼거린다. 청소년, 문화, 위원회,라고 반복한다. 어제 오전에 옹은 청소년 유해매체를 심의하는 국가기관 산하의 한 회의에 참석했다. 전문대학의 영화과 교수 이력이 있는데다 청소년에게 미치는 영상물의 유해성에 대해 각급 학교에서 특강을 한 경력 덕분에 위촉된 자리였다. 회의는 어수선했다. 학부모들이 만든 시민단체에서 인터넷 매체의 검열강화 캠페인을 벌이고 있었기 때문이다. 위원회에도 압력이 들어왔다. 요구수준이 꽤 높았기 때문에 위원회에서는 절충안을 만들어 통과시켰다. 학부모들은 절충안을 수용하지 않았고, 새로 위촉된 일부 위원들의 자격을 문제삼고 나왔다. 전 국회의원의 뇌물수수 경력뿐 아니라 현직 영화평론가의 정치색까지 따지고 들어왔다. 학부모들은 검열위원 전원의 뇌물수수 혐의를 제기하겠다며 압박을 가하는 중이었다. 옹은 회의에서 검열을 대폭 강화해야 한다고 주장한 위원 중 하나였지만, 내사가 시작되면 예외가 될 수 없을 것이었다. 덩달아서 소환장을 받게 될지도 몰랐다.

청소년, 문화, 위원회. 청소년, 문화, 위원회. 옹은 기계적으로 반복한다. 의미는 사라지고 소리만 허공에 흩어진다. 곁에 서 있던 군복이 힐끗, 옹을 돌아본다. 갓 스물이나 되었을까 싶은 얼굴이다. 옹이 혼자 중얼거린 단어들이 군복의 귀에 들어갔을 것이다. 군복은 그 단어들이 낯설다는 데 생각이 미쳤을 것이다. 그래서 옹을 돌아보았을 것이다. 군복은 묘한 웃음을 흘리더니 문득 시선을 거두어버린다. 마침 버스가 도착한다. 줄이 무너지면서 군복들이 한꺼번에 몰려든다. 뒤에서 밀어대는 군복들 탓에 옹은 누군가의 발을 밟는다. 옆에 서 있던 군복의 발이다.

—아, 씨발, 뭐야.

군복이 거칠게 뇌까리며 옹을 돌아본다. 한쪽 눈이 일그러져 있다. 노려본다고 해야 맞을 것 같다. 옹은 당황스러운 표정으로 군복의 눈빛을 받는다. 옹의 얼굴에 팬 주름을 보더니 군복의 입꼬리가 살짝 꿈틀거린다. 옹은 머뭇거린다. 군복은 고개를 돌려 다른 군복에게 말한다. 들으라는 듯 큰 목소리다.

—아 씨발, 요즘은 어디 가나 걸리적거리는 노인네들이 많다니까.

다른 군복이 옹을 힐끗 보더니 말을 받는다.

—연로하시면 다 그런 거지, 새꺄.

옹이 뭐라고 입을 열기도 전에 군복들은 시외버스 안으로 사라진다. 군복들이 옹을 밀치며 꾸역꾸역 몰려든다. 옹은 이리저리

밀리다가 군복들 뒤에 혼자 남겨진다. 옹은 버스에 타지 않는다. 군복들의 뒤통수를 바라본다. 옹은 문득 먼 옛날 낡은 군모를 삐딱하게 쓰고 찍은 사진을 떠올린다.

월남 어딘가였는데…… 다낭이었던가 호이안이었던가.

지명도 가물가물하다. 그때는 옹도 군복을 입고 있었다. 땀과 먼지로 범벅이 된 군복이었다. 버스기사가 멍하니 서 있는 옹을 물끄러미 바라보다가 자동문을 닫는다. 바퀴가 아스팔트 위에서 방향을 바꾼다. 고무 타는 냄새가 희미하게 피어오른다. 하지만 버스는 나아가지 못한다. 흰색 쏘나타 택시가 앞에 주차해 있는 탓이다. 택시에 막힌 시외버스가 경적을 울린다. 택시는 꼼짝 않고 서 있다. 버스가 계속 빵빵거린다. 경적소리가 옹의 귀를 자극한다. 차창 바깥으로 손가락질까지 하는 것으로 보아 버스기사의 입에서는 꽤 험한 말들이 튀어나오고 있는 모양이다. 그래도 택시는 반응이 없다. 옹의 시선은 버스기사의 시선을 따라 택시 쪽으로 이동한다. 뜻밖에 택시기사는 버스가 아니라 옹을 똑바로 쳐다보고 있다. 기사의 눈과 옹의 눈이 마주친다. 눈빛이 꽤 강렬하다. 옹은 자기도 모르게 택시를 향해 걸음을 옮긴다.

—왕복이 필요한데…… 이십만원이면 되겠소?

북방계 얼굴에 거뭇한 낯빛의 기사는 옹의 말을 듣고 빙긋 웃는다. 옹은 동의의 뜻으로 생각하고 택시에 몸을 싣는다. 버스기사는 아예 클랙슨에서 손을 떼지 않고 있다. 옥타브가 높은 기계음이 거리에 가득 찬다. 길가던 사람들이 손으로 귀를 막고 시외버스 기사를 노려본다. 사람들의 시선이 시외버스 기사를 향해 몰려들었다가, 기사의 시선을 따라 택시로 이동한다.

—저런 개새끼, 빽빽거리기는.

삼십대 초반쯤으로 보이는 택시기사가 백미러를 보며 낮고 빠르게 뇌까린다. 옹도 버스를 돌아본다. 버스기사는 이제 몸을 뒤로 돌려 버스 안을 향해 손가락질하고 있다. 경적 때문에 승객과 시비가 붙은 모양이다. 택시가 출발한다. 옹은 등받이에 몸을 묻고 피로한 눈을 감는다. 눈을 감자마자 몸속의 종양에 대한 생각이 떠오른다. 어쩔 수 없는 일이라는 것을 옹은 알고 있다.

전날 오후. 임파선

항암치료를 받지 않겠다고 말하자 젊은 의사의 표정이 심각해졌다. 의사의 입이 열렸다.

—글쎄…… 받고 안 받고는 환자분 자유지만…… 다른 방법이 없으니까.

CT 검사결과가 나온 화면을 바라보던 의사는 사무적인 어조로, 재발한 것 같군요,라고 말했다. 순간 옹의 심장이 무너지듯 내려앉았다. 옹은 가만히 화면을 바라보았다. 어디선가 다각다각 소리가 났다. 의사의 손가락이 책상을 두드리고 있었다. 그 곁으로 작은 개미 한 마리가 기어가는 것이 보였다.

—어쨌든 열심히 치료받는 게 좋아요. 전이가 꽤 됐으니 3기 말이긴 하지만 임파선과 간에 조금 옮긴 거라니까.

의사는 옹에게로 시선을 돌렸다. 오후 네시였고, 의사는 피로한 표정이었다. 옹을 바라보던 의사가 무심코 덧붙였다.

—생각보다…… 오래 살 수도 있어요.

이미 몇해 전 위 절제수술을 받은 적이 있었다. 이후 많은 것이 변했다. 옹은 몇차례 방사선치료와 함께 항암제를 주입받았다. 미량이었지만 치료를 받을 때마다 옹의 몸은 종잇장처럼 구겨졌다. 그후 식이요법과 요가에 많은 시간을 할애했다. 이런저런 활동을 재개하는 데는 꽤 오랜 시간이 걸렸다.

옹이 입을 열지 못하고 입술을 달싹이자 의사는 바로 자리를 떴다. 상담은 곁에 서 있던 레지던트의 몫이 되었다. 레지던트는 의사가 비운 자리에 앉자마자 의사와 똑같은 자세를 취하더니 모니터에 시선을 두고 중얼거렸다.

—임파선과 간이라면, 좀 어렵긴 하지.

학생 티가 남아 있는 레지던트가 중얼거렸다. 레지던트의 시선을 따라 옹은 다시 모니터를 바라보았다. 검은 바탕의 화면에 흰빛의 문양이 새겨져 있었다. 옹의 내장들이었다. 그때 책상 모서리에서 개미 몇마리가 줄을 지어 올라왔다. 옹은 자신도 모르게 개미들의 행렬을 물끄러미 바라보았다. 행렬이 향하는 곳에 레지던트의 손이 놓여 있었다. 흰 가운 밖으로 나와 있는 손에는 나이답지 않게 주름이 잡혀 있었다. 희미하게 검버섯까지 얼비쳐 보였다. 푸르딩딩하게 부어 있다는 느낌도 들었다. 이런 손이라면 월남에서 숱하게 봤지. 옹은 자신도 모르게 중얼거렸다. 예? 뭐라고요? 레지던트가 옹을 바라보았다. 옹의 입이 열렸다.

자네, 떨어진 팔이 꿈틀거리는 걸 본 적이 있나? 무슨 말이냐는 듯 레지던트가 옹을 바라보았다. 옹이 말했다. 그 팔다리들이 기를 쓰고 내 쪽을 향해서 기어오는 걸 말일세. 응? 레지던트를 바라보던 옹의 입에서 나머지 문장이 희미하게 흘러나왔다. 그러니까, 꿈속까지…… 꿈틀꿈틀…… 그런 팔을 본 적이 있나 말일세.

레지던트는 잠시 어리둥절한 표정을 짓고 있다가, 빙긋 알 수 없는 미소를 흘렸다. 차트에 무언가를 메모하는 레지던트의 등 너머로 오후 네시의 나른한 햇살이 흘러가고 있었다.

오후. 님은 먼 곳에

—장거리 운행은 오랜만인데?

쇠를 긁는 목소리가 들린다. 옹은 눈을 뜬다. 기사가 혼자 중얼거린 모양이다. 기어를 넣는 택시기사의 팔뚝에 문신이 새겨져 있다. 그림인가 싶었는데 가만 보니 한문이다. 열(熱)자는 보이지만 나머지 한 글자는 보이지 않는다. 옹은 창밖을 바라본다. 어제 병원에 갔던 일이 꿈이나 전생 같다. 하지만 레지던트의 손을 향해 기어가던 개미들은 선명히 기억난다. 문득 옹은 얼굴이 가렵다고 생각한다. 얼굴을 긁는다. 옹의 얼굴에서 무언가가 툭 떨어진다. 작고 까만 것이 옹의 무릎에 떨어져 꼬물거린다. 개미다. 옹은 꼬물거리는 모양을 물끄러미 바라보다가 다시 창밖으로 시선을 돌린다. 봄날의 햇살이 거리에 가득하다. 가로수들은 연한 초록으로 변해가는 중이다. 가로수의 초록은 겨울 내내 어디에 숨어 있었을까. 옹은 엉뚱한 생각을 한다. 초록은 햇빛에, 초록은 나무의 물관에, 초록은 겨울날의 허공에 숨어 있다가…… 잎새에 스며든다. 옹은 얼굴을 찌푸린다. 기사의 시선이 백미러를 통해 뒷좌석의 옹에게 꽂힌다. 어딘지 들짐승 같은 눈매다. 기사가 웅얼거리듯 말한다.

　—개미새끼들…… 차 안이 따뜻해서.

　기사의 눈이 잠시 옹의 얼굴에 머물렀다가 전방으로 돌아간다. 그러고 보니 또 얼굴이 가렵다. 옹은 다시 얼굴에서 개미 한 마리를 떼어낸다.

　—묘지가…… 송우리 지나서 일동 가기 전이던가? 돌아올 때는 차가 밀릴 테니 좀 빨리 가야겠는데?

　기사는 또 혼잣말인 듯 중얼거린다. 동부간선도로를 벗어나 국도로 접어들자 속도가 올라간다. 국도변의 음식점들이 휙휙 옹의 시야를 지나간다. 제법 강하게 부는 봄바람에 나뭇가지들이 흔들린다. 가지에 매달린 잎새를 바라보는 옹의 시선도 심하게 흔들린다. 택시가 속도를 높인다. 다른 차들을 추월하는 속도가 지나치다고, 옹은 생각한다. 속도계를 보니 바늘이 백오십 킬로미터 언저리에서 바르르 떨리고 있다.

　—이, 이보시오, 좀, 처, 천천히 갑시다.

　기사의 눈이 다시 백미러를 통해 옹에게 꽂힌다. 옹도 기사를 바라본다. 기사의 눈이 다시 전방으로 돌아갈 때 날카로운 목소리가 택시 안에 가득 찬다.

—길에서 기어다니면, 누가 밥 먹여준답디까?

택시가 경적을 울리면서 지그재그로 차선을 바꾼다. 옹은 불쾌한 느낌을 가질 여유가 없다. 속도가 더 올라간다. 기사가 맥락 없이 혼잣말을 내뱉는다. 잔뜩 독기를 품은 목소리다.

—주유소에서 판 좀 돌렸기로서니 도망을 쳐? 미친년.

몇개의 욕설이 더 따라나온다. 옹은 기사의 말을 이해하지 못한다. 속도계 바늘이 백팔십까지 올라간다. 옹의 심장이 점점 거칠게 뛰기 시작한다. 기사가 거칠게 뇌까린다.

—알아, 안다구. 강원도까지 가서 논 건 좀 심했지. 다 날리고 객장 라운지에 앉아 있는데, 총이라도 한 자루 있으면 싶더라니까. 탕, 탕! 그러면 끝인데. 아니면 콱 뛰어내려버리든가. 씨발.

기사의 말은 옹의 귓가를 맴돌다가 사라져버린다. 옹은 어지럽다고 생각한다.

—이, 이봐, 기사양반, 이 길은 고속도로가 아니라 국도라구. 처, 천천히 갑시다, 옹?

옹은 거의 애원한다. 기사가 백미러를 보더니 빙긋 웃는다. 속도를 늦출 깜냥이 아니다. 익숙한 손놀림으로 콘솔박스에서 낡은 테이프를 꺼내 카오디오에 넣는다. 낯익은 노래가 차 안에 가득 찬다. 사랑한다아고 말할 걸 그랬지. 김추자다. 오래전 옹이 만든 영화에 쓴 적이 있는 곡이다. 애잔한 가사. 애절하게 굽이치는 리듬. 하지만 리듬과 반대로 차의 속도는 더 올라간다. 기사가 볼륨을 높인다. 바늘은 이백 킬로미터를 넘어선다. 엔진이 터져버릴 듯하다. 김추자의 목소리가 절정을 향해 다가간다. 님은 머어언 곳에. 영원히 먼 곳에.

―스, 스톱! 세우라구. 자, 자꾸 이렇게 가면, 도, 돈을 줄 수 없소!

옹은 빠르게 말을 뱉는다. 옹의 몸이 땀에 젖는다. 기사의 시선이 백미러를 통해 다시 옹에게 꽂힌다.

―안 죽일 테니 걱정 마쇼. 인생이란 게 다 도박이지, 안 그래?

기사가 거칠게 대꾸한다. 거의 소리를 지른다고 해도 좋을 정도다. 열린 창문으로 몰려든 바람 탓에 그마저도 먼 곳의 목소리로 들린다. 차가 흔들린다. 옹은 황급히 앞좌석을 쥐고 균형을 잡으려 하지만, 택시는 차선을 바꾸면서 좌우로 격렬하게 흔들린다. 옹은 거의 구토를 할 지경이다.

―이, 이봐, 천천히 가, 천천히 가라구!

옹이 소리를 지르자 기사의 고함이 다시 차 안에 가득 찬다.

―개새끼들이, 슬롯머신 앞에서 창문까지 얼마나 가까운지를 몰라, 개새끼들이!

―세워! 세워줘!

옹의 말을 무시한 채 기사는 미친 듯이 고함을 지른다.

―씨발, 끝났다구! 이 몸은 벌써 아스팔트 바닥에 머리부터 쾅, 하고 떨어진 몸이란 말야! 상상해보라구, 머리부터 쾅! 아스팔트에 부딪혀본 적이 있나? 응? 난 밤마다 베란다에 나가서 땅을 내려다본다구! 아하하하.

옹은 정신이 혼미하다. 기사가 취해 있을지도 모른다는 데 생각이 미친다. 기사는 전방을 꼬나보면서 소리를 지른다.

—갈 테면 가라지, 나쁜년! 차 안에 개미들이 꼬물거려서 견딜
수가 없어! 개미들이 꿈에까지 나타난다구! 꿈속이 온통 개미들
뿐이야! 개미새끼들!

기사의 말은 옹의 귀로 들어오지 않는다. 속도 때문이다. 옹의
심장은 얼어붙는다. 이제 기사는 손으로 핸들을 탕탕 쳐가며 악
을 쓴다. 옹은 어지럽다. 구토가 나올 지경이다.

—이, 이봐, 도, 돈을 더 줄 테니 제발 소, 속도 좀!

택시는 마치 전자오락실의 자동차처럼 격렬히 차선을 바꾼다.
택시는 좌우로 위아래로 흔들린다. 재작년 아내의 장례식이 끝
난 다음날, 옹은 혼자 자정의 전자오락실에 간 적이 있다. 경품
을 주는 빠찐꼬로 시간을 보내던 옹은 동전을 넣고 자동차를 몰
기 시작했다. 미친 듯이 질주하는 자동차들이 옹의 자동차에 마
구 부딪히며 지나갔다. 부딪힌 자동차는 격렬하게 회전하다가
장난감처럼 뒤집혀버렸다. 옹은 거의 정신을 잃을 지경이 되어
앞좌석 등받이에 고개를 묻는다. 몸이 움직여지지 않는다. 옹의
눈은 질끈 감겨 있다. 옹은 거의 정신을 잃는다.

늦은 오후. 열애

—이 아저씨, 쌌네?

옹이 정신을 차린다. 택시가 멈춰 있다. 차창 바깥에 환하고

말간 봄빛이 가득하다. 묘역으로 들어가는 길의 초입이다. 택시 기사가 앞자리에서 고개를 외로 꼬아 옹을 바라보면서 말한다.

—나 참, 거 남의 차에 오줌은 왜 지리우? 점잖으신 양반이. 마려우면 마렵다고 말을 해야지. 나 참.

옹이 간신히 차 문을 열고 내린다. 젊은 기사는 빙글빙글 웃고 있다. 기사에게서는 술냄새가 나지 않는다. 옹은 겨우 몸을 수습한다. 저 웃음을 어디선가 본 적이 있다고, 옹은 생각한다. 하지만 옹은 기억을 떠올릴 기력도, 화를 낼 힘도 없다. 묘역까지 올라가자거나 여기서 기다리라는 말도 나오지 않는다. 한 시간 반은 걸려야 할 거리를 삼십분 만에 주파한 셈이다. 옹은 지갑을 꺼내 수표 두 장을 내준다. 수표를 받는 기사의 팔뚝에 문신이 새겨져 있다. 뜨거울 열(熱)자에 사랑 애(愛)자다.

열애.

옹은 어쩐지 가슴이 막혀온다. 뜨거운 것이 목젖까지 차오른다. 김추자의 노래가 택시에서 흘러나온다. 님은 머어언 곳에. 사, 랑, 한, 다고 말할 걸 그랬지. 옹은 아랫도리가 젖어 있다는 것을 깨닫는다. 축축하다. 택시가 후진을 시작한다. 옹은 시선을 돌려 산을 바라본다. 환하다. 산은 온통 묘지들이고, 봄이다. 나무 안에 감춰져 있던 초록빛이 물감처럼 흘러나오고 있다.

묘역으로 난 좁은 흙길을 따라 걸어가면서 옹은 오래전 교양시간에 강의했던 영화를 생각한다. 「이끼루」. 쿠로사와 아끼라의 오래된 영화다. 주인공 와따나베가 위암선고를 받은 후 방황하는 장면이 떠오른다. 와따나베는 일본인 특유의 기계 같은 성실성으로 수십년 동안 관청과 집을 오간 공무원이다. 암선고 후 방황하던 와따나베는 가난한 이들의 공원을 만드는 일에 인생의 마지막을 바친다. 옹은 「이끼루」가 주는 교훈을 학생들에게 설명했다. 서양에 메멘토 모리라는 경구가 있습니다. 죽음을 생각하라, 그런 뜻이지요. 인간의 유한성을 자각하고, 영원한 가치를 생각하라는 겁니다. 만인을 위해 공원을 짓는 데 마지막 인생을 쏟아부은 와따나베의 선택이 주는 교훈을 생각해봅시다……

그 순간 한 학생의 입이 천천히 벌어졌다는 것을 옹은 기억한다. 하품이었다. 하품하는 학생의 입이 거대한 동굴 같다는 생각이 옹의 머리를 스쳐갔다. 하품은 보이지 않는 허공의 길을 따라 순식간에 번져갔다. 학생들의 입이 자꾸 열렸다. 드디어 하품하는 입들로 교실이 가득 찼다. 하품하는 입들에서 검은 안개가 흘러나오는 듯했다. 안개는 죽음과 유한성을 잡아먹고 헌신과 영원한 가치를 지운 후 옹을 향해 몰려들었다.

늦은 오후. 3219-4

옹은 조악하게 포장된 길을 힘겹게 오른다. 초입의 길가 묘터에서 인부들 서넛이 작업을 하고 있다. 반듯하게 네모난 묘혈이 만들어지는 중이다. 묘혈 곁에서 몸을 삽에 기대고 있던 사내가 옹을 발견한다. 목례를 하는 그의 얼굴은 어딘가 낯이 익다. 아마도 묘지관리인인 모양이다. 시커멓게 죽은 피부지만 강건해 보이는 얼굴에 무릎까지 오는 검은 고무장화를 신고 있다.

—삼천이백십구 다시 사호지요?

—네?

—아, 묘지 주소가 삼천이백십구 다시 사호 아니오?

—아, 그게……

옹은 묘지에도 주소가 있다는 것을 떠올린다.

—가보여, 가보. 좋은 패지. 아하하.

묘지기는 혼자 웃음을 터뜨린다. 옹은 무슨 말인지 이해하지
못한다. 묘지기가 정색을 하고 옹을 향해 말한다.

—거, 뭣이냐. 관리비가 연체됐드구만요. 전화도 그렇게 안 받
으면 곤란합니다.

—예?

—올해도 밀렸어요. 납부를 제때 안하면 곤란하다드만. 관리
비를 안 낸 묘지는 도로 파낼 수밖에 없드라구. 이건 법적으
로……

옹은 당황해서 대답한다.

—아니, 우리 안사람은…… 묻힌 지가…… 관리비라면 꼬박
꼬박 다 냈는데……

—무슨 말이요? 한번밖에 안 냈드구만? 삼천이백십구 다시 사
호 아니오? 가보라니까, 가보. 아하하. 관리비는 삼년마다 내는
것이고, 삼천이백십구 다시 사호는 벌써 구년이나 밀렸고.

사내는 이제 옹을 향해 정면으로 선 채 속사포처럼 말을 쏟아
낸다. 쥐고 있던 삽을 곁에 있는 리어카에 던져넣는다. 리어카

안에 곡괭이와 삽 들이 가득 쌓여 있다. 묘혈 안에서 밖으로 흙을 퍼내던 인부들이 일을 멈추고 옹에게 시선을 던진다. 인부들은 방금 무덤에서 일어난 사람들처럼 서 있다.

　―아니, 우리 안사람은 재작년에 묻혔기 때문에…… 게다가 이장이란 건…… 아무리 관리비를 체납했어도 십년은 지나야……

　옹은 어쩐지 수세에 몰려 항변한다.

　―아, 법이 바뀌었다니까. 이 양반 답답하구만. 가보라니까, 가보. 하여튼 당신 무덤이니 알아서 하쇼.

　사내는 퉁명스럽게 말하고는 다시 곡괭이를 집어든다. 옹은 뭔가 잘못되었다고 생각하지만 문득 아랫도리가 여전히 축축하다는 것을 깨닫는다. 옹은 허기가 져 있고 지쳐 있고 아랫도리가 젖어 있다. 옹은 사내들의 곡괭이가 그리는 궤적을 바라본다. 검은 흙들이 봄빛에 반짝이며 허공에 흩어진다. 옹은 고개를 떨어뜨린다. 언덕을 향해 걸음을 옮긴다. 발걸음이 무겁다고 생각할 때 등뒤에서 다시 사내의 목소리가 들린다.

　―아, 선생, 잠깐만.

　옹은 뒤를 돌아본다. 사내의 표정이 조금은 풀어져 있다. 사내가 옹의 아랫도리 쪽에 시선을 두고 말한다.

　―잊을 뻔했구만. 거, 원하는 사람들은 이번에 비석을 싹 교체해주기로 했어요.

　사내가 말을 멈추고 옹을 바라본다. 옹도 사내를 바라본다.

　―어쨌든 이 기회에 깨끗하게 다시 새겨드리니까 관리비 낼

때 비석 값도 같이 내쇼. 상석이나 둘레석도 교체 가능하니까 생각해보시고. 이번 기회에 해두면 절반 값만 받는다드구만. 뭐, 저렴하니까.

사내는 말을 마치자 대답을 기다리지 않고 묘혈로 돌아간다. 구멍 안에서 다시 먼지가 뽀얗게 솟아오른다. 여전히 축축한 느낌이 남아 있는 아랫도리를 끌고 옹은 걸음을 옮긴다.

늦은 오후. 인수 애비

아내의 묘소로 올라가는 길은 멀다. 언덕을 하나 넘고 또 한참을 올라가야 한다. 옹은 묘역의 언덕길이 꽤나 길다는 것을 처음 깨닫는다. 지금은 호주에 가 있는 아들이 모는 자동차로만 다닌 탓이다. 현지 학교에 다니는 아이의 발음이 원어민에 가까워지는 중이라 당분간 돌아오지 못할 거라고 했다.

자동차 두 대가 간신히 들고 날 만한 길이다. 아스팔트로 깔아놓기는 했지만 여기저기 포장이 무너져 흙이 드러나 있다. 관리비를 내면 달라지려나. 옹은 맥없이 중얼거린다. 산은 적막하다. 숲속 깊은 데서 카악카악 새소리가 희미하게 들려온다. 늦은 햇빛이 음영을 만들고 있다.

그때 옹의 눈에 개 한 마리가 들어온다. 귀가 뾰족하고 온몸이 검은 빛깔이다. 몸피가 크다. 앞발을 들면 옹의 어깨에 발을 올리고도 남을 것 같다. 아가리를 벌리면 옹의 얼굴이 그대로 들어

갈지도 모른다. 개는 옹이 올라가는 길 한가운데 가만히 서 있다. 길목을 막겠다는 투다. 개는 걸어오는 옹을 빤히 쳐다보고 있다. 두 눈이 번들거린다. 검은 몸 때문에 희끄무레한 눈이 더 도드라져 보인다.

옹은 걸음을 멈춘다. 개도 움직이지 않는다. 옹은 주위를 두리번거린다. 관리실은 이미 한참을 지나쳐온 후다. 인부들이 작업하고 있는 곳도 이미 언덕 저편이다. 사람 그림자는 보이지 않고 묘지들이 오후의 햇살을 적막하게 받고 있을 뿐이다. 어디선가 다시 카악카악 새소리가 들린다.

옹은 한 발을 떼서 조심스럽게 내딛는다. 개의 곁을 조용히 통과해볼 요량이다. 그 순간 개의 입이 열리는가 싶더니 낮고 음산한 소리가 새어나온다. 날카로운 이빨이 보인다고 생각하는데, 개의 입에서 길고 끈적끈적한 타액이 떨어진다. 개의 침은 이상하게도 푸른빛을 띠고 있다. 봄날의 초록이 스며든 탓인지도 모른다. 길 한가운데 버티고 서 있던 개가 한 발을 앞으로 내딛는다. 개의 울음, 아니 신음이 옹을 감싼다. 옹의 몸은 순식간에 굳는다. 그 순간, 개를 마주보고 서 있는 옹의 코트 주머니에서 커다란 벨소리가 터져나온다.

옹은 깜짝 놀라 휴대전화를 꺼낸다. 폴더를 연다. 벨소리가 멈춘다. 검은 개가 놀란 듯 한 발 물러서서 옹을 노려본다. 으르르르. 개의 신음이 낮고 굵어진다. 물러섰던 개가 한 발을 다시 내디디며 옹에게 다가온다. 개에게 시선을 둔 채 옹은 허겁지겁 전화기를 귀에 갖다댄다. 검은 개의 이빨이 누렇게 드러난다.

―여보시요?

전화 저편에서 늙은 여자의 목소리가 울린다.

―아, 아, 네?

―인수 애비가?

―네?

―인수 애비 아이가?

―네? 네?

―아, 인수 애비 아인데?

여자가 누구에게인지 묻는다.

―아, 자, 잘못 걸었습니다.

―거, 박인수 애비 아이요?

여자의 옥타브가 높아진다. 옹은 폴더를 닫는다. 검은 개가 한 걸음 한 걸음 다가오기 시작한다. 옹의 아랫도리가 팽팽해진다. 개는 이제 옹의 지척에 있다. 옹의 몸이 얼어붙는다. 드디어 개가 번들거리는 코를 옹의 코트에 갖다댄다. 저런 코라면 단 한 올의 냄새도 놓치지 않을 것 같다. 개의 이빨이 드러난다고 생각하는 순간, 다시 휴대전화가 울린다. 적요한 산길에 벨소리가 울려퍼진다. 검은 개가 놀란 듯 뒷발을 빼며 물러선다. 자세를 낮춘 채 이빨을 드러낸다. 신음소리가 흘러나온다. 옹은 화급하게 폴더를 연다. 저편에서 목소리가 울린다.

―아, 선생님? 선생님? 여기 위원횐데요, 아, 여보세요?

김(金)이다. 그는 위원회 산하 분과회의를 주재하는 공무원이다. 개의 이빨 사이로 낮고 검은 울음이 흘러나온다. 으르르르.

이빨을 감추지 않은 채 개는 다시 옹의 몸에 코를 댄다. 개의 코가 정확하게 옹의 사타구니에 닿는다. 냄새를 맡는 모양이다. 옹은 폴더를 귀에 댄 채 어깨를 움츠리고 개의 움직임에 온 신경을 집중한다.

—아, 개, 개가……

옹이 겨우 말을 꺼내자 폴더 저편에서 목소리가 쏟아져나온다.

—아, 네? 선생님? 선생님? 드릴 말씀이 있는데요.

—개, 개가, 그러니까……

—네? 선생님? 아, 그 사람들이 고소를 해버렸어요. 피고소인 중에 선생님 이름도 있어서요. 벌써 계좌추적까지 들어가버렸다는데, 이거 일이 안 좋게 됐습니다. 선생님? 선생님? 듣고 계신가요?

검은 개는 여전히 옹의 사타구니에 코를 대고 킁킁거리고 있다. 사타구니는 아직 마르지 않은 채다. 옹은 움직이지 못한다. 옹은 몇해 전 건네받은 봉투를 떠올린다. 성인물을 전문적으로 찍는 영화사 대표와의 술자리였다. 그나마 근근이 유지하던 영화사가 문을 닫을 지경이라고 했다. 옹은 인터넷 쪽으로 활로를 뚫어보라고 하나마나한 말을 건넸던 것 같다. 옹은 폴더를 닫는다. 김의 목소리가 툭 끊어진다.

개는 단단한 머리를 들어 옹을 노려보고 있다. 눈알이 희멀겋다. 몸통의 검은빛 때문에 개의 누런 이빨이 두드러진다. 개의 송곳니가 사라졌다가 드러난다. 개의 입에서 길고 끈끈한 침이 떨어진다. 그 순간, 옹의 성기에서 또 오줌이 흘러나온다. 바짓단이 젖어든다. 어이없게도, 시원하다는 느낌이 든다. 옹은 아예 사타구니에 힘을 준다. 오줌이 쏟아진다. 이 많은 오줌들이 어디에 들어 있던 것일까. 오줌은 양복바지를 적셨다가 흙바닥에 방울방울 떨어지기 시작한다. 검은 개가 바닥에 떨어지는 옹의 오줌에 코를 대고 냄새를 맡는다. 땅에 작은 물줄기가 생긴다. 개의 코가 물줄기를 따라 움직인다. 옹은 조심스럽게 발을 뗀다. 개가 바닥에 코를 대고 킁킁거리는 동안, 옹은 소리없이 걸음을 옮긴다. 옹은 개의 움직임에 신경을 곤두세운 채 멀어진다. 검은 개는 잠시 고개를 들어 옹을 돌아본다. 그러다 다시 땅에 코를 박는다.

옹은 한숨을 내쉰다. 이제 멀리 아내의 묘지가 보인다. 옹은 이제 힘이 빠질 대로 빠진 다리를 겨우 옮기고 있다.

저녁. 명희

아내의 묘 앞에 누군가 앉아 있는 게 보인다. 석양을 받으며 혼자 앉아 있는 것은 옹의 친구이자 아내의 친구이기도 한 교수, 박(朴)이다. 그는 모대학의 명예교수다. 옹은 당황한다. 저 친구가 여기 웬일인가. 아내의 기일에 저 친구가 왜 여기 와 있는가.

옹은 의아해한다. 옹은 제 오른쪽 바지가 젖어 있다는 것을 떠올린다. 다행히 왼쪽은 그나마 아직 보송보송하다. 옹은 뭔가 박에게 방해받았다는 느낌이 든다. 하지만 이제 와서 돌아갈 수는

없다. 이미 박의 눈에 띈 것이다. 박이,

―어이.

하고 소리치며 옹을 향해 손을 흔든다. 그 손이 묘역의 허공에 작은 파장을 만든다.

박은 제법 돗자리까지 준비해온 모양이다. 박은 혼자 술을 마시고 있다. 옹은 오른쪽 바지가 젖어 있다는 것을 보이지 않기 위해 조심스럽게 자세를 잡으며 돗자리에 앉는다. 옹의 몸이 비스듬해진다. 다행히 박은 이미 얼근히 취해 있다. 냄새를 분별하지 못할 정도인지도 모른다. 막 붉어지기 시작한 석양빛까지 받아 얼굴에 불긋하게 얼룩이 져 있다. 옹은 최대한 침착하게 말을 꺼낸다.

―자네, 자네가 여기 웬일인가?

옹은 박의 얼굴과 그 앞에 놓인 위스키 병과 마른오징어를 번갈아 바라본다.

―나? 니가 여기 웬일이냐, 이건가?

박의 입에서 술기운이 퍼져나온다. 옹은 대답없이 오징어다리를 집어든다. 옹은 허기가 져 있다. 오징어다리는 딱딱하고 거칠어 씹히지 않는다. 박이 제 위스키 잔을 비우더니 옹에게 잔을 건넨다.

―왜, 내가 여기 오면 안되나? 나도 자네 와이프의 절친한 친구 아닌가? 옹?

옹은 박이 건넨 위스키를 입에 털어넣는다. 알코올이 식도를 타고 내려간다. 입에서 위장까지 굵고 뜨거운 선이 그어진다. 옹은 위스키 한잔을 더 따라 마신다. 술기운이 급하게 퍼져나간다. 옹은 거푸 한잔을 더 따라 마신다. 굳어 있던 몸이 물처럼 풀어지는 것을 느낀다. 옹의 손을 타고 병정개미들이 기어올라오는 게 보인다. 돌아보니 묘지 부근은 온통 작은 벌레들의 세계다. 죽은 메뚜기의 몸을 끌고 가는 개미들이 긴 행렬을 이루고 있다. 옹의 몸이 뜨거워진다. 박이 입을 연다.

—명희가, 자네 부인이긴 한가?

옹은 박의 벌어진 입을 바라본다. 박의 목소리가 비틀거린다.

—자네가, 그것도 영화랍시고 만들면서, 자유인이네 뭐네 재미 보는 동안, 명희가 얼마나 외로웠는지 아는가?

짐짓 화가 났다는 투다. 비난조다. 잠시 침묵하던 박의 입에서 이번에는 착 가라앉은 목소리가 흘러나온다.

—자네도 알겠지만, 명희는 내 첫사랑이었지. 내가 평생 명희를 잊지 못했다는 건 누구보다 니가 더 잘 알겠지? 으응?

박의 목소리에 물기가 어려 있다. 오징어 냄새와 함께 술기운이 훅 느껴진다.

—자네가 그 젊고 아리아리한 여배우하고 바람났을 때도 명희는…… 명희는……

어이없게도, 박의 목이 메인다. 옹은 어쩐지 익숙한 얘기라고 생각한다.

—나는 명희를 위해서라면 목숨이라도 바칠 수 있었다. 그런데 너라는 놈은 예술입네 뭐네 하면서 바람이나 피우면서 한 여자의 인생을 불행하게 만들었다. 그렇지 않나? 응?

박의 목소리가 커진다. 옹은 뭔가 이상하다고 생각한다. 이봐, 지금 자네가 말하는 건 내가 젊었을 때 만든 영화 스토리 아닌가? 하지만 옹의 입에서 소리는 나오지 않는다. 박의 목소리가 옹을 압도한다.

—흥, 그래서, 그래서, 자네가 없는 동안 내가 명희를 좀 품었기로서니, 니가 나한테 할말이 있나? 응?

언성이 더 높아진다. 옹은 위스키 한잔을 더 털어넣는다. 이봐, 뭔가 착각하고 있는 모양인데, 그건 단지 영화였을 뿐이라구, 영화. 픽션 말이야. 지독하게 신파적인 멜로드라마였을 뿐이라니까! 하지만 입을 두어 번 벙긋거렸을 뿐 말이 나오지 않는다. 대신 개미 두어 마리가 얼굴을 기어오르는 게 느껴진다. 옹은 개미들을 무시한다. 알코올이 혈관을 도는 게 느껴진다. 위스키 잔 위로 빗방울이 하나 떨어진다. 황혼 무렵의 하늘에는 어둡고 검은 구름이 떠 있다. 제 말에 취해 있다가 갑자기 맥이 풀려버린 듯 박이 게슴츠레 눈을 뜨고 하늘을 바라본다. 콧소리가 나온다.

—흐흐흥, 비가 오는구만.

박이 비틀거리며 자리에서 일어선다.

—명희, 멋진 여자였지, 암.

박은 옆의 무덤가로 걸어가더니 턱을 끌어당기고 바지 지퍼를 내린다. 옹은 손가락 사이로 힐끗 나와 있는 박의 성기를 바라본다. 박의 성기에서 누런 물이 쏟아져나와 무덤 위로 뿌려진다.

—명희, 멋진 여자였지, 아암.

옹은 위스키를 들이켠다. 옹은 생각날 듯 나지 않는 어떤 느낌을 되살리기 위해 노력한다. 옹의 머리 위로 엷은 빗줄기가 떨어진다. 박이 고개를 하늘로 향한 채 입을 벌린다.

─……사아랑한다아고 말할 걸 그랬지, 님이 아니면 못 산다 할 것을.

노랫가락이 늘어지는가 싶더니 박이 고개를 쳐든 채 웃음을 터뜨린다. 빗방울이 후드득 옹의 얼굴에 떨어진다. 박의 웃음은 격렬해진다. 아내와의 잠자리가 어떤 느낌이었던가. 옹은 생각나지 않는다. 생각날 듯 생각나지 않는 기억들만 따로 쌓인 곳이 뇌의 어딘가에 있다고 했다. 옹의 눈이 감긴다. 옹은 기억들을 잡기 위해 두 손을 허우적거린다.

자정. 이끼루

자정이다. 비는 그쳐 있다. 옹은 택시에서 겨우 내린다. 몸이 가누어지지 않는다. 언제 비가 내렸느냐는 듯 거리는 말끔하다. 서울에는 비가 내리지 않았는지도 모른다. 어떻게 서울로 돌아왔는지 기억이 나지 않는다. 택시에서 잠이 든 모양이다. 박의 웃음소리가 옹의 귓전에 남아 있다. 박에게 위스키 병을 던진 것도 같다. 아니, 박에게 위스키 병으로 맞은 것인지도 모른다. 입속으로 빗방울이 쏟아진 것 같기도 하고, 개미들이 기어들어온 것 같기도 하다. 얼굴 한켠에서 욱신거리는 느낌이 든다. 묘지를 내려오면서 노래를 불렀던가? 내려오는 길에 검고 커다란 개를 만났던가? 낯익은 묘지기가 말을 걸어왔던가? 총알택시를 탔던 가? 김추자가 울려퍼졌던가? 옹은 생각날 듯 생각나지 않는 것들을 떠올리려고 애쓰며 걷는다. 옹은 비틀거리며 걷다가 멈춘다. 옹은 하늘을 바라본다. 고개가 한껏 젖혀진다. 표정이 멍하다. 옹의 입이 열린다.

—이끼루…… 이끼루…… 살다…… 라는 뜻이지.

옹은 비틀거리며 엘리베이터 버튼을 누른다. 십이층에 도착한다. 손잡이 구멍에 열쇠를 넣고 돌린다. 찰칵, 하는 금속성 울림이 옹의 손끝에 전해진다. 옹은 집 안으로 들어선다. 구두를 벗고 비틀거리며 텅 빈 마루로 올라선다. 옹의 머리칼 사이에서 개미 한 마리가 기어나와 이마를 타고 내려온다. 옹은 개미를 떼어 바닥에 버린다. 하지만 또 한 마리의 개미가 머리칼 사이에서 기어나와 얼굴로 내려온다. 옹은 또 개미를 집어 바닥에 던진다. 개미는 다시 기어나온다. 이번에는 개미를 그냥 내버려둔다. 옹은 떠올린다. 아파트에도 오래전부터 작은 집개미들이 곳곳에 서식하고 있었다. 그것들은 열을 이루어 부엌과 방을 가로질러 기어다녔다. 국에, 숟가락에, 커피잔에, 개미들이 보였다. 잠에서 깨어난 옹의 얼굴에 붙어 있기도 했다.

옹은 중얼거린다. 사람의 손에 구멍이 뚫려 있고…… 아니 심장이었던가. 거기서 개미들이 마구 기어나오는 장면이 있었는데. 제목이…… 뭐였더라. 무슨 개였던 것 같은데…… 초현실적이고…… 굉장히 유치하고…… 말도 안되는 이미지들뿐이었지. 뭐였더라……

옹은 생각날 듯 생각나지 않는 영화의 제목을 떠올리려고 애쓴
다. 옹은 문득 피로를 느낀다. 바람을 쐬고 싶다. 베란다로 나간
다. 난간에 팔꿈치를 올리고 바깥을 바라본다. 아파트 불빛들이
산허리까지 올라가 있는 게 보인다. 난간에 바짝 붙어 아래를 내
려다본다. 벚나무들이 가로등을 둘러싸고 있다. 문득 옹의 배가
스틸 난간 중간에 걸쳐진다. 두 발바닥이 살짝 들린다. 허공에
뜬 느낌이다. 어쩐지 편안하다는 생각이 든다. 몸이 어디론가 가
라앉는 것도 같다. 움직일 수 없을 만큼 무겁다는 느낌도 든다.
그때 옹의 머리카락에서 기어나온 개미 한 마리가 옹의 어깨로
내려왔다가 얼굴로 올라간다. 다른 개미가 조금 벌어져 있는 옹
의 입으로 들어간다. 또다른 개미 몇 마리가 옹의 콧구멍으로 스
르르 스며든다. 옹은 좀 움직여볼까 생각하지만 납덩이를 매단
듯 몸은 꼼짝도 하지 않는다.

졸음이 쏟아진다. 귓바퀴를 타고 개미들이 귓속으로 기어들어
간다. 난간에 몸을 걸치고 있는데도, 잠이 온다. 잠이 온다. 잠이
옹의 몸을 감싼다. 개미들은 옹의 입속으로 줄을 지어 들어간다.
완전히 감긴 눈꺼풀 사이로 스며든다. 옹의 얼굴이 조금씩 젖어
든다. 무의식중에 손을 올려 얼굴을 긁는다. 핏물이 배어나온다.
붉은 상처를 향해 개미들이 몰려든다. 이윽고 철봉을 하는 사람
의 자세로, 옹의 움직임이 멈춘다.

잠시 후 옹의 손가락 끝에 매달려 있는 손톱이 조금씩 꿈틀거
린다. 머리카락도 조금씩 꿈틀거리기 시작한다. 자란다고도 할

수 있을 것 같다. 옹의 몸은 난간 위에 정지해 있고 손톱과 머리카락만이 스르르 길어진다. 약간의 시간이 흐르자 손톱과 머리카락이 베란다의 허공을 향해 뻗어간다. 손톱이 길게 휘어지고 머리카락은 무성해진다. 손톱과 머리카락이 서로를 휘감는다. 그것들은 창틀을 타고 오른다. 이제 길고 구불구불하게 자란 손톱과 머리카락은 아파트 베란다에서 자라는 침엽수처럼 보인다. 창밖에서 흘러들어온 희고 부드러운 달빛이 한올 한올씩 나무에 스며든다. 베란다가 달빛으로 가득해진다.

불면의 밤, 익명의 중얼거림

권희철

1. 고백, 근원적인 고백, 익명의 중얼거림

마음속에 감추어둔 생각을 사실대로 숨김없이 말하는 것을 고백이라고 한다면, 고백에는 몇가지 요소가 전제되어야만 한다. 마음속에 감추어야 하는 것과 그렇지 않은 것을 구분할 수 있는 주체, 그리고 숨겨둔 것을 언제든 다시 꺼내와 그것을 사실대로 말할 수 있는(즉, 그 의미를 장악하고 있는) 주체, 이러한 주체가 없다면 고백은 성립할 수 없다. 거꾸로 고백이라는 제도가 먼저 있어 고백해야 할 내면 혹은 고백하는 주체가 탄생한다고 말할 수도 있다. 고백이라는 제도는 자연이나 논리형식이 아니라 자기의 내면에서 진리를 끌어내려는 근대철학의 태동을 자극하기도 했으며(푸꼬), 데까르뜨의 새로움은 그가 '고백하는 화자'를

철학 텍스트에 도입했다는 데에 크게 의존하고 있다(서동욱). 데까르뜨의 대표작『방법서설』과『성찰』역시 일기체, 즉 고백문학의 형식으로 씌어졌다. 근대적 주체는 고백하는 화자와 쌍둥이 형제인 것이다. 제도로서의 고백이 먼저인가, 고백의 주체가 먼저인가를 판정하기는 어렵지만, 요점은 단순하다. 근대적 주체와 고백이라는 제도는 서로를 강화하는 짝패라는 것.

그러므로 근원적인 수준에서의 고백이란 검고 어두운 내면 속에 숨겨놓은 것들을 환하게 밝히고 은폐된 의미를 하얗게 드러내 보이는 주체의 능력과 동시적으로 드러난다. '고백의 제왕'이 있다면, 그는 누구도 떠올리고 싶어하지 않는 깊고 어두운 내면으로까지 내려가 모두가 잊어버린 무언가를 들춰내고야 마는 능력의 소유자일 것이다. 그는 누구도 대면하기를 꺼려하는 외설적 진실에서 도망치지 않는 능력의 소유자일 것이다. 그러나 잠깐, 제왕의 능력이 발휘되기 전까지 우리는 우리의 고백이 어디까지 사실이며 어느 만큼 숨김이 없다고 어떻게 확신할 수 있는 것일까? 우리가 우리 자신도 모르게 무언가로부터 도망치고 있다면? 우리가 잊었다는 사실까지도 잊어버린 무언가가 있다면? 우리가 무언가를 고백한다고 생각하는 그 순간, 실제로는 무언가가 은폐되고 있는 것이 아닌가. 근원적인 수준에서의 고백을 상상하는 순간, 우리는 고백과 고백하는 주체의 성립 불가능성까지도 동시에 상상해야만 한다. 이상한 말처럼 들리겠지만, 고백이 있는 자리에서는 근원적인 고백이, 근원적인 고백이 있는 자리에서는 고백이 자신의 지위를 양보하고 물러나야만 한다.

"고백의 제왕을 부르자"로 시작하는 「고백의 제왕」은 고백의 불가능성이라는 지평을 열고 고백이 감지할 수 없는 비존재의 영역을 개시한다. 우리가 『고백의 제왕』에 실린 작품들을 펼칠 때마다 뭐가 뭔지 알 수 없는 혼란과 함께 기이한 전율을 느끼는 것은 저 불가능성의 지평과 비존재의 영역 때문이 아닐까. 그것은 감춰진 진실을 폭로하는 데서 오는 쾌감이나 고백의 진정성에서 오는 울림과는 아무런 관련이 없다. 여기에 있는 것은 오로지 비존재들이 존재의 영역으로 불쑥 튀어나와버린 난처함, 그리고 그것을 지켜보는 악마적 미소뿐이다.

'곽'이 '고백의 제왕'이란 별명을 얻게 된 것은 그의 고백에 부착된 기이한 마력 때문이다. 그의 고백을 들은 사람들은 기이한 마력에 홀려 "좌중은 잠시 침묵에 빠져들"고 마치 곽의 이야기를 감당할 수 없다는 듯 "곽의 그 고백에 대해서는 아무도 언급하지 않"은 채로 '다른 것'에 대해서만 말할 수 있을 뿐이다.(88면) 곽의 고백이란 우리가 도저히 고백할 수 없는 고백, 근원적인 고백, 제왕의 고백이다. 그가 고백하는 것은, 우리가 고백할 수 없는 것이고 또한 그것이 고백될 수 없는 채로 남아 있는 한에서만 우리의 현실이 유지되는 바로 그것이다. 곽이 고백한 것, 환갑을 넘긴 식당 아주머니와 첫경험을 치른 일이나 누이를 자살에 이르게 한 일은 단지 일상적인 현실보다 조금 더 강렬한 추억이 아니다. 그것은 순수한 사랑에 머물고자 하는 우리의 공식적인 연애관을, 무조건적인 이해 속에 서로의 존재를 인정하려는 우리의 공식적인 가족관계를 무너뜨린다. 그때문에 고백의 뒤에는 곽의 악마적 미소와 청중의 은밀한 쾌감이, 그리고 동시에 청중의 격렬한 반발이 뒤따른다. "그래서…… 너는…… 진실을 꼭 말했어야 했니?"(99면) "근데…… 이, 씨, 씨발놈아…… 그 얘기를 왜 여기서…… 이런 술자리에서 하는데? 니가 걔 입장을 조금이라도 생각한다면, 이런 데서, 모두들 듣는 데서, 그런 얘기를 하면 안되는 거 아니냐?"(102면)

곽의 고백에 부착된 마력은 진정성에서 오는 것이 아니다. 그가 고백하는 것들은 누구도 그 사실 여부를 검증할 수 없는 내용뿐이다. 곽의 고백은 사실관계 너머의 것을 열어 보인다.(곽이 자신의 누이를 자살로 몰고 간 것은 사실일까? 곽에게 누이가 있기는 한 것일까? 곽이 가짜 대학생으로 일년 동안 학교를 배회한 것은, 곽이 동아리의 뭇 남성들이 흠모한 J와 동침한 것은 실제로 있었던 일일까? 그의 고백은 청중을 혼란에 빠뜨리고 화나게 하면서 은밀한 쾌감을 주지만 그것이 사실이라고는 결코 확정할 수 없다.) 또 그의 고백은 곽 자신의 체험의 범위를 넘어선다. 그의 고백은 로베스삐에르가 처형당한 빠리의 광장으로, 히틀러와 그의 연인 에바 브라운이 자결하기 하루 전 결혼식을 올린 베를린의 지하벙커로까지 이어진다. 곽의 고백은 비좁은 자아의 체험을 초과할 뿐 아니라 역사의 기록까지 초과한다. 제왕의 고백은 그러므로 자아의 내면에 숨겨진 진실이나 자기의식의 본질적 확실성과는 아무런 관련이 없다. 그것은 오히려 누구의 체험도 아니며 존재의 영역 어딘가에 위치한 사실도 아니다. 그것은 오히려 주체와 존재의 영역 바깥에 있는, 익명의 중얼거림에 가깝다.(곽이 맨 마지막 말을 내뱉을 때의 목소리를 떠올려보자. "곽이 중얼거렸다. 희미한, 들릴 듯 말 듯한, 아주 먼 곳에서 들려오는 듯한, 그런 목소리였다."(109~10면))

소설집 『고백의 제왕』에서 울려나오는 것은 물론 제왕의 고백이다. 그 근원적인 고백은 저 '검고 깊게 뚫린 동굴'에서 새어나온 익명의 중얼거림이며, 실체 없는 비존재, 환영, 이미지, 그림자와의 대화이다. 그것은 "'내 뒤'에 있는 것, 내가 나 자신의 것이기 위해 내가 숨기고 있는 것이다."(블랑쇼) 제왕의 고백, 그것은 주체의 고백이 아니다.

2. 웰컴 투 카타콤, 밤은 언제나 불면의 밤

익명의 중얼거림, 실체 없는 비존재, 환영, 이미지, 그림자는 우리가 낮의 태양 아래 깨어 있는 한 좀처럼 우리를 찾아오지 않는다. 낮의 시간에는 (근원적인 고백과 양립할 수 없는) 주체의 고백만이 우리를 찾아온다.

익명의 중얼거림이 찾아오는 밤은 어디에 있는가? 그것은 적어도 우리가 잠을 자는 동안에는 전혀 없다. 잠은 우리의 깨어남을, 그렇게 해서 낮의 세계로 돌아가는 것을 예비할 뿐이다.(잠에 관해서 우리는 블랑쇼의 견해를 참고하고 있다.) 잠은 결코 밤의 긍정이 아니며, 낮을 보장하는 것이다. 왜 그러한가? 잠이 도입하는 휴지(休止)는 이 세계의 무한함을 분절하고 모든 것으로부터 무언가를 삭제한다. 그렇게 무언가가 빠져나간 나머지의 유한하고 분절된 세계는 우리가 견딜 만하고 이해할 만한 세계이며, 그러한 세계에 입장하는 것이 깨어남이다. 잠을 통해서만 우리는 세계의 무한함과 여기에서 비롯되는 불안으로부터 후퇴할 수 있고, 그로 인해서만 다시 낮의 세계에 입장한다. 잠을 근거지로 해서 주체는 확고하게 경계지워진 제한된 공간 안에서 자신을 유지할 수 있다. 그렇다면 다시, 익명의 중얼거림이 찾아오는 밤은 어디에 있는가? 그것은 오직 불면의 시간에만 존재한다. 잠 못 드는 자는 무한한 세계를 제한된 공간으로 가공할 수 없고 그곳에서 자기자신을 확고하게 세울 수도 없다. 그들은 잠 자지 않기 때문에 깨어날 수도 없다. 그들은 밤을 현존하게 만드는 자들이다. 익명의 중얼거림은 그들에게 찾아온다.

깨어날 수 없는, 즉 낮의 세계 속에 자신을 세울 수 없는, 이 중얼거림에 붙들린 자들을 유령이라고 부를 수 있을까? 「밤을 잊은 그대에게」의 신경정신과 의사는 그렇다고 말한다. "만일 한 달 동안 정말 잠을 못 잔다면 환자분은 이미 살아 있는 사람이 아닐 텐데…… 잠 못 자서 죽은 귀신이라는 건……"(209면) 밤은, 잠 못 자서 죽은 귀신(유령)들에게 찾아온다.

불면증 환자를 치료하는, 그러나 정작 그 자신이 불면증 환자인 신경정신과 의사와 그의 가족, 그리고 의사를 찾아온 환자들의 에피쏘드가 교묘하게 중첩되어 있는 「밤을 잊은 그대에게」를 끝까지 읽고 나면, 하나의 단일한 이야기가 정리되는 것이 아니라 오히려 뭐가 뭔지 도무지 종잡을 수 없는 의문들만 여럿 남는다. 한 달 동안 잠을 자지 못했다는 여자에게 찾아온 남자는 삼년 전에 죽었다는 여자의 남편이 틀림없을 것이다. 가만, 그런데 죽은 남편이라면 유령이 틀림없을 텐데, 그 유령은 자기 물건들을 가져다가 대체 어디에 치워놓는 것일까? 여자와 남편이 중국의 한 놀이공원에서 찍었다는 사진이 의사에게도 있는 것은 우연인가? 여자는 남편이 삼년 전에 죽었다고 하고 의사는 아내와 삼년 전에 이혼했다는데, 이 숫자의 일치도 우연일 뿐인가? 만일 그런 것이 아니라면, 의사 자신이 유령이면서 자신이 죽었다는 사실을 모르고 병원으로 찾아온 아내를 몰라보는 것인가? 이들은 모두 자신이 죽었다는 사실을 모르는 채로 살아가며 서로를 알아보지 못하는 유령들인가? 불면증에 시달리다가 죽었으면서도 자신이 죽었다는 사실을 모르고 아파트를 배회하는 경비원 유령의 존재가 마지막 두 개의 질문에 그렇다고 대답하는 것처럼 보인다.

더 많은 의문들이 있지만, 그 의문들을 나열하는 것은 여기서 멈추기로 하자. 이 작품의 마지막 페이지를 넘기면서 이야기가 끝나는 대신 해결되지 않는 의문들의 연쇄가 시작된다는 점을 지적하는 것으로 충분하다. 「밤을 잊은 그대에게」가 도입하는 것은 '유령이 나타난다는 신고를 받고 순찰을 돌고 있는, 그 자신이 유령이라는 사실을 모르는 경비원 유령'이라는 「씩스 쎈스」 풍의 놀라움이 아니다. 「밤을 잊은 그대에게」가 도입하는 것은, 그래서 여자가 잠이 들었다는 것인지 그렇지 않다는 것인지, 이들이 유령이라는 것인지 그렇지 않다는 것인지, 도무지 확정할 수 없는 저 열린 의문들이다. 어떤 확정도 끼어들기 어려워 보이는 이 처치곤란한 시간들, 그것이 밤이다. 히스테리화된 이 불면증 환자들의 머리 위에 "넓고 깊은 **밤**하늘이, 그의 머리 위에 펼쳐져 천천히 움직이고 있었다."(238면, 강조는 인용자)

밤을 현존하게 만드는 저 불면증 환자들은 낮과 잠 속에서 살아가는 사람들이 도망쳐온 무한과 불안의 세계를 경험한다. 이 경험은 한편으로 견디기 어려운 것이어서 여자는 "몸을 끌 수 있었으면 좋겠어" "스위치 내리듯이. 툭"(208면)이라고 말한다. 그녀가 요구하는 것은 죽음이 아니다. 그녀가 요구하는 것은 잠이다. 잠들고 싶다는 것, 그렇게 해서 깨어나고 싶다는 것, 그렇게 해서 밤 대신 낮과 잠의 세계에 입장하고 싶다는 것. 같은 이유로 의사는 잠자는 흉내를 내며 최대 70퍼센트의 잠의 효과라도 얻으려고 눈물겨운 노력을 계속한다.

낮의 태양 아래 안전하게 피신해 있는 우리들은 이 눈물겨운 노력에 충분히 공감할 수 있지만, 이장욱이 창조해낸 인물들 모두가 이와같은 피신을 준비하는 것은 아니다. 오히려 그들은 더 많은 경우, 불면증의 도움 없이도, 어딘가에 숨겨져 있는 밤을 찾아낸다. "언제나 예민한 각도로 존재하기 때문에, 아무 길로나 지나와서는"(131면) 결코 다다를 수 없는 '아르마딜로 공간'에 찾아와 "모든 것을 볼 수 있"(116면)고, 그렇게 해서 "사건의 진상을 이해한"(124면) 유일한 사람이 된 사내는 불면증 없이도 밤에 도달한 사람이다(「아르마딜로 공간」). 그는 낮의 세계에 입장하면서 우리가 삭제하고 분절화한 무한의 세계, 그 비인칭적 세계에 남아 있는 사람이다. 이장욱이 창조해낸 아르마딜로 공간, 서로 다른 시간과 장소에서 벌어진 사건들이 서로를 간섭하는 순간을 장면화하는 이 가상의 공간을 보면서 평행우주 같은 과학이론을 떠올릴 필요는 없다. 우리는 다만 유령적 사건들이 출몰하며 주체로서는 도무지 감지할 수 없는 비인칭적 공간을 보고 있는 것이다. 비인칭의 세계, 유령적 사건, 이것이 『고백의 제왕』 전체에서 꾸준히 반복되는 테마이다.

「기차 방귀 카타콤」의 남편이 찾아가는 카타콤 또한 작품의 끝에 이르러서는 아르마딜로 공간, 혹은 불면의 밤이 된다. 그가 온갖 주검들이 모여 있는 카타콤으로 향하며 반복하는 것은 죽은 사람의 얼굴을 마주하는 세 번의 경험이다. 사고로 죽은 딸과 자살한 아내, 그리고 빠리행 기차 안에서 목을 맨 낯선 여자. 이 반복되는 충격이, 그리고 이 충격의 최종 목적지가 카타콤이라는 점이 남자를 히스테리 상태로 몰아붙인다. 이 반복의 중심에 있는 주검이란 무엇인가? 주검은 살아 있는 사람도 아니고 그 어떤 현실도 아니며, 살아 있던 그 사람과 똑같은 사람도 아니다. 그렇다고 해서 그 사람과 다른 사람인 것도 아니고 다른 물건인 것도 아니다. 주검은 어떤 의미에서는 아무 의미도 없고 존재의 가치가 결핍된 것처럼 보이지만, 그러나 다른 한편으로는 어떤 것과도 바꿀 수 없는 유일무이한 것이다. 주검은 생명 없는 사물이 아니라 익명의 누군가가 되며, 아무것도 아닌 것, 즉 무와 닮아간다. 그러므로 주검의 현존은 여기 이곳과 그 어디도 아닌 곳 사이를 연결해주는 흔적이다.(우리는 지금 다시 한번 블랑쇼의 논의에 의지하고 있다.) 그렇게 해서 주검들의 집합소인 카타콤은 또 하나의 아르마딜로 공간이 된다.

아르마딜로 공간-카타콤으로 떠나는 여행의 막바지, 남자가 히스테리 상태에서 자신도 이해할 수 없는 말들을 뱉어낼 때, 이 말들은 누가 하고 있는 것인가? 이것은 그의 말도 아니며, 그와 은밀히 동행하고 있는 아내의 유령이 하는 말도 아니다. 다시 한번, 이것은 익명의 중얼거림과 같은 것이다. 그가 "그런데 당신은 누구와 생각합니까?"(167면)라고 물었던 것처럼, 중얼거림의 주체는 하나의 유한한 주체가 아니다. 이제 익명의 중얼거림은 낮의 세계에 존재하는 것들이 아닌 것들을 지시하기 시작한다. "메마른 뼈와 두개골과 물고기들이 있습니다. 나의 여행은 가득합니다, 그것들로."(166면)(남자의 딸과 아내는 모두 익사했다. 남자에게 물고기는 메마른 뼈와 두개골과 등가이다.) 그것들로 가득한, 카타콤의 밤이 『고백의 제왕』이 위치한 시간이며 공간이다.

3. 유령, 혹은 아무도 야구하지 않는 야구장에서
   날아온 야구공

그렇게 해서, 『고백의 제왕』에는 유령적 (비)존재들이 득실거린다. 「동경소년」에서 눈 녹듯 사라지며 존재가 희미해져가는 '유끼', 「기차 방귀 카타콤」에서 남편과 동행하는 아내의 유령,

「변희봉」에서 만기와 그의 아버지의 눈에만 보이는 변희봉, 「밤을 잊은 그대에게」에서 자신의 죽음을 알아차리지 못하고 세상을 배회하는 유령들, 「곡란」의 모텔 202호실에 출몰하는 유령들이 모두 유령적 (비)존재들이다.

그러나 이들을 '우리 눈에 보이지 않지만 실재하는 어떤 존재들'로 잘못 읽지 않는 것이 중요하다. 여기서 이장욱은 단순히 기담(奇談)을 늘어놓고 있는 것이 아니기 때문이다. 물론 이장욱은 '보이는 것을 재현하는 것이 아니라 보이지 않는 것을 보이게 하는' 파울 클레의 예술공식에 충실하지만, 이장욱이 보여주려 하는 것은 존재의 영역에는 없는 비존재이고 익명적 존재인 유령이며 그들이 출몰하는 불면의 시간과 카타콤, 아르마딜로 공간이다. 예컨대 「기차 방귀 카타콤」의 유령이 남편의 꿈과 생각 속에서 남편의 행동을 유인하는 동인으로 작용하면서 여러 에피쏘드들을 하나의 이야기로 엮는 화자의 역할을 담당할 때, 그때 아내의 유령은 마치 살아 있는 사람과 같은 하나의 존재처럼 보인다. 그렇게 보이는 한에서 아내의 유령은 유령적 (비)존재라기보다는 실체적 존재에, 고백하는 주체에 가까워진다. 아내의 유령이 진정한 유령적 (비)존재가 되는 때는, 남편을 히스테리 상태로 만들어 남편뿐 아니라 유령인 자신조차도 이해하지 못하는 중얼거림이 흘러나오게 할 때, 그래서 더이상 소설의 화자로서 유령이 하나의 이야기를 감당할 수 없을 때이다. 남편의 입에서 흘러나오는 익명의 중얼거림에 아내의 유령까지도 당황하는 순간에 누구의 입인지 알 수 없는 곳에서 흘러나오는 환영적 이미지들이야말로 이장욱이 『고백의 제왕』에 초대해놓은 유령적 (비)존재의 참다운 모습이라고 할 수 있다. 그것은 살아 있는 사람처럼 말하고 행동하는 존재가 아니라, 기관의 통제를 거슬러서 예기치 않은 장면에서 새어나오는 방귀(「기차 방귀 카타콤」)나 오줌(「안달루씨아의 개」)에 가깝다.

그러므로 「안달루씨아의 개」와 같은 작품을 읽을 때, 무의미해 보이는 이미지들에 해석학적 폭력을 가하며 그것을 하나의 상징으로 묶거나 하나의 의미에 귀속시키려는 모든 시도는 들이는 수고에 비해 얻는 바가 적다. 「안달루씨아의 개」는 동명의 영화가 겨냥한 것처럼 하나의 매끄러운 플롯으로 이어지는 흐름을 포기하면서 포착하는 어떤 것, 이야기의 흐름이 배제하는 이미지와 에피쏘드의 난처한 조합 그 자체이기 때문이다. 해석학적 폭력은 비존재들을 펼쳐놓으려는 이장욱의 시도를 존재의 영역으로 끌어내리는 것이 되기 쉽다. 「안달루씨아의 개」가 보여주려는 것은, '옹'이 삶과 죽음을 테마로 한 영화에 대해 강의하던 도중 하품하는 학생들의 입에서 목격하는 것, "죽음과 유한성을 잡아먹고 헌신과 영원한 가치를 지"(253면)우는 검은 안개와 같은 비존재이다. 「고백의 제왕」의 희극적 판본이라고 할 「변희봉」의 마지막을 장식하는 이미지, 아무도 야구하지 않는 야구장에서 날아온 야구공이란 무엇인가. 이것은 존재하는 것도 아니며 완전한 무도 아닌 비존재가 아닌가. 이것이 이장욱의 유령적 (비)존재들이다.

『감각의 논리』에서 들뢰즈는 이렇게 썼다. "현재함, 현재함,

이것이 베이컨의 그림 앞에서 나오는 첫마디이다." 들뢰즈는 베이컨의 회화에서 일상적 존재의 영역에서 빠져나온 기괴한 이미지들, 넘치는 에너지, 뭐가 뭔지 모를 일그러진 형태들의 '현재함'을 강조했다. 그는 베이컨에게서 가시적인 영역이 은폐하는 히스테리적인 것, 과도한 현재함을 읽었다. 그런데 이것은 우리가 이장욱에게서 본 것과 동일하지 않은가. 익명의 중얼거림과 불면의 밤, 카타콤에서는 언제나 무엇인가가 지나치게 현재한다. 그러므로 이렇게 말하는 것도 가능할 것이다. 현재함, 현재함, 이것이 이장욱의 소설 앞에서 나오는 첫마디이다.

權熙哲 | 문학평론가

이렇게 쓰고 싶다는 감정과 이렇게 쓰고 싶지 않다는 감정 사이를 헤매면서 이 이야기들을 썼다. 쓰고 나면, 이렇게 쓸 수밖에 없었다고 생각하게 된다. 지금은? 그저 멍하니 중얼거리는 중이다. 나는 이런 글들을 썼구나, 이런 것을 쓰는 것이 나라는 사람이구나……라고.

나는 내가 아주 오랫동안 혼자 살아온 노인처럼 낮고 견고한 감정을 갖게 되기를 바란다. 하지만 삶과 세계가 조금씩 위태로워지는 수많은 순간들과 지속들 앞에서 바늘처럼 긴장할 수 있기를 바란다. 자신으로부터 벗어나고 싶을 때가, 자신에게 가장 가까워지는 순간이라는 것을 알고 있다.

「동경소년」은 외로운 소년의 연애 이야기다. 같은 이름의 순정만화가 있다는 것을 얼마 전에 알았다. 곧 찾아볼 생각이다. 「변희봉」에 대해서는 변희봉 선생께 감사드린다. 지금은 사라진 동대문운동장에도 역시. 공사장으로 변한 그곳을 오래 배회하면서 이 이야기를 떠올렸다. 원래 「고백의 제왕」 마지막 부분에는 제왕에 대한 '살의'를 언급하는 대목이 포함되어 있었다. 그걸 지웠다. 「아르마딜로 공간」에는 내 아버지의 기억이 포함되어 있다. 외로운 아버지에게도, 사막에서 보낸 아득한 젊은 시절이 있었던 것이다. 「기차 방귀 카타콤」을 떠올렸을 때 나는 기차를 타고 있었다. 위태로워 보이던 한 소녀의 뒷모습이 긴 잔상으로 남아 있다. 「곡란」을 쓰면서는 정신적으로 힘겨웠다. 무언가에 사로잡힌 느낌이었다. 인물들과 사람들과 나 자신에게 무작정 용서를 빌면서 썼다. 「밤을 잊은 그대에게」는 원래 '인공위성'이라는 제목을 달고 있었다. 소설 속의 모두가 부디 평화로운 잠에 들 수 있기를. 「안달루씨아의 개」는 '이끼루'라는 제목을 염두에 두고 쓴 것이다. '이끼루'는 쿠로사와 아끼라의 영화 제목으로 '살다'라는 뜻이라고 한다. 살다. 아무것도 부여되어 있지 않은 이 부정형(不定形) 앞에서 취하는 하나씩의 태도, 그것이 삶이자 소설일 것이다.

이 글을 쓰는 지금은 2010년 3월의 어느 새벽이다. 날씨는 여전히 차고 늦눈은 내린다. 창밖에 흩날리는 눈송이들 사이로 먼산이 희미하게 보인다. 결국은 어둡고 고요한 진심만이 남는다는 걸 알고 있다. 있는 것은 타자라는 관념이 아니라 당신이며, 추상적인 언어가 아니라 구체적인 말이다. 언젠가는 당신도 말도 사라지겠지만, 그렇기 때문에 삶은 삶일 수 있을 터이다. 당신과 나와 말이 모두 사라진 뒤에도, 간판들, 행인들, 여고생들의 욕지거리, 취객들의 고성방가, 이 모든 것들은 남아 있겠지. 그들이 조금씩은 더 아름다워지기를. 이제 인사할 시간이다. 상애씨, 창훈씨, 현정, 윌리윌슨, 그리고 또 그리운 친구들, 고마워요. 허술한 글을 묶어준 창비와 상술씨께도 마음으로부터의 감사를.

2010년 3월
이장욱